FOLIO POLICIER

Marcus Malte

Garden of love

Gallimard

Né en 1967 à la Seyne-sur-Mer, un temps pianiste, un temps projectionniste après des études de cinéma, Marcus Malte est devenu en quelques années l'un des auteurs les plus novateurs et remarqués du roman noir français. Styliste impeccable, auteur également pour la jeunesse et talent souvent primé, il a notamment écrit *Carnage, constellation*, *La part des chiens*, *Intérieur nord*, *Garden of Love* (Grand Prix des lectrices de *Elle* 2008) et *Les harmoniques*.

So I turn'd to the Garden of Love
That so many sweet flowers bore...

« Quatre hommes. Lorsqu'ils arrivèrent au pied de l'immeuble, il était minuit passé. Nuit d'été. Une chaleur lourde et collante. Le plus jeune avait trente-six ans, il se nommait Thierry Carmona mais tout le monde l'appelait Titi. C'était lui le guide. Il leva les yeux vers une fenêtre du troisième et dernier étage. Une lueur dorée striait les persiennes. Il sonna à l'interphone.

De là-haut elle débloqua la porte sans demander qui c'était. Elle l'attendait. Il n'avait pas donné d'heure. Il avait juste dit qu'il passerait, ce soir, avec un ou deux potes à lui. Trois, en réalité. Ça ne changeait pas grand-chose. Non, elle ne les connaissait pas. Non. Ils venaient de Corse, ils étaient là pour quelques jours, en vacances, il les hébergeait. De très bons amis. Aucun problème.

Elle ouvrit en grand la porte d'entrée de l'appartement et retourna derrière le comptoir du minibar. Elle était occupée à vider des glaçons dans un bol. Elle les entendit monter. Le bruit de leurs pas dans l'escalier, leurs voix qui résonnent, la sienne reconnaissable entre toutes, une voix haut perchée qui détonnait au premier abord. La voix de Titi le canari. Mais on s'y faisait très vite. On se fait à tout.

C'était un de ces vieux immeubles étroits du centre-ville, récemment réhabilités. Il n'y avait pas d'ascenseur. Elle se foutait de ce que les voisins pouvaient penser. Elle avait mis en sourdine un vieux CD de Shade. Le bout de ses doigts était gelé à force de tripoter la glace.

Ils firent halte sur le palier. Titi Carmona toqua contre le panneau ouvert. « C'est nous », dit-il.

Elle tourna la tête et lui sourit. « Allez-y. Entrez. »

Ils s'engouffrèrent tous les quatre à la suite. Il y avait entre eux des rires dans lesquels elle reconnut l'excitation et une certaine gêne. Cela passerait. Ils avaient déjà bu, bien sûr. Juste ce qu'il faut pour se donner l'élan. Elle s'essuya les mains avec un torchon et s'avança pour les accueillir.

Titi posa une patte sur sa hanche et l'embrassa sur les joues. Il sentait le sel de mer. Il fit les présentations. Antoine, Jean-Paul, Dominique. Rien que des prénoms. Le plus âgé avait quarante-huit ans, une masse de cheveux gris, il était de la même taille qu'elle. Tous portaient des bermudas et des sandales. Elle-même n'était vêtue que d'une robe en tissu léger, tenue aux épaules par de fines bretelles. Elle craignait le soleil et ne s'y exposait pas. Été comme hiver sa peau était de la crème de lait. Ses pieds nus s'enfonçaient dans la moquette. Le vernis carmin sur les ongles de ses orteils assorti à sa robe. Elle referma la porte et les fit asseoir.

L'appartement était petit et douillet. Propre. Tout y était à sa place. Il y avait un salon avec un coin cuisine, une chambre et une salle de bains. Une lampe halogène était disposée dans un angle de la pièce principale, sa froide clarté dirigée vers le plafond qui la reflétait tout en l'atténuant. C'était là l'unique source de lumière.

Les quatre hommes prirent place autour de la table basse, deux sur le canapé, deux sur des poufs. L'espace rempli de leur présence. Elle resta debout. Son regard ne fit qu'effleurer les nouveaux visages. Il était encore trop tôt.

Elle s'approcha de son coffre à trésor, une vieille malle en bois repeinte couleur safran. Elle en souleva le couvercle et dit d'une seule traite et sans respirer : «Gin, Get, whisky, vodka, cognac, armagnac, rhum, Cointreau, tequila, curaçao, Malibu, Martini, Marie-Brizard, prune ou poire.»

Elle adorait faire ça. Le court silence qui suivait, l'étonnement, puis les types qui s'exclament, qui se marrent. Certaines fois on l'avait applaudie. Titi connaissait le coup mais il ne lui gâcha pas son effet. Il regardait ses potes, il la regardait, elle, il avait l'air assez fier. Le coffre était hérissé de goulots de bouteilles.

«Y a aussi du jus d'orange, dit-elle, pour ceux qui préfèrent.»

C'étaient des petits trucs de ce genre qui faisaient toute la différence.

Cette fille était vraiment bien. Elle était jolie. Elle était sympa et drôle. Rien à voir avec une vulgaire pute. Les hommes étaient ravis.

Elle les servit. Elle posa le bol de glaçons sur la table basse. Elle prit son propre verre sur l'évier et se confectionna un gin tonic, le troisième de la soirée. Elle vint les rejoindre, s'agenouilla par terre, sur la moquette, devant la table. De façon tellement naturelle. On aurait dit une chatte blonde.

« Tchin ! » fit Titi Carmona.

Ils reprirent en chœur. Ils burent.

« Alors, c'est comment, la Corse ? » lança-t-elle en reposant son verre.

Il leur fallut une grosse demi-heure et deux tournées pour se relâcher. Elle posait une question et les écoutait parler et son regard à présent fixait bien au fond des yeux celui qui avait la parole. Elle lui accordait toute son attention. Elle allumait des feux et ça commençait à prendre à l'intérieur de leurs corps. Des bouffées de chaleur, des perles de sueur le long des tempes. Ils se sentaient de mieux en mieux. Ils étendirent leurs membres. Ils rirent de plus en plus souvent et de plus en plus fort et elle rit avec eux. De temps en temps Titi Carmona lançait à ses compagnons un coup d'œil qui voulait dire : alors, est-ce que j'ai menti ?

Cette fille, c'était lui qui l'avait dénichée.

La glace avait fondu. Elle prit le bol et se releva, frotta d'une main les marques roses sur ses genoux. Elle passa derrière le comptoir et versa ce qui restait d'eau dans l'évier. Deux autres bacs pleins attendaient dans le freezer. Question d'organisation. Elle fit encore un aller-retour pour vider le cendrier et cette fois-ci elle ne se rassit pas. Elle changea de disque et monta le son de la chaîne.

Musique cubaine, cuivres, percussions, elle se mit à bouger au milieu de la pièce tel un serpent qui se dresse.

« On danse ? » fit-elle.

« On danse », dit Titi Carmona.

Pendant plusieurs minutes ils furent les deux seuls à se mouvoir, face à face ou lui tournant autour d'elle, lui la prenant à la taille, par-devant, par-derrière, et elle se laissant faire, accompagnant le mouvement, souple et malléable et sans jamais perdre une once de sa grâce. Leurs corps se frôlaient, leurs corps s'épousaient parfois et même dans ces moments-là, quand il enserrait ses hanches et la plaquait contre lui, elle donnait encore le sentiment d'être libre et d'agir à sa guise. C'était elle qui menait la danse. Il n'y avait aucun moyen de la forcer.

Les autres remuaient sur place. En rythme ou pas. Ils avaient l'air si faibles soudain, vulnérables autant que des bambins malgré l'épaisseur de leurs bras et de leurs cous, malgré la foison de poils bruns le long de leurs jambes. Ils avaient cessé de rigoler. Ils ne parlaient plus. Tout ce qu'ils faisaient c'était de n'en pas perdre une miette. Sur leurs figures une expression d'émerveillement ou de béatitude. Elle savait pourtant qu'à l'heure de la curée ils montreraient les dents. Qu'ils seraient sans pitié. Dieu merci, elle n'en attendait pas.

Ils se resservirent tout seuls. Ils burent à grandes lampées.

Au beau milieu d'une salsa, Titi Carmona ôta sa chemise. Il en défit les boutons un par un, mimant une effeuilleuse de seconde zone, puis il fit tour-noyer le vêtement au-dessus de sa tête et fina-lement l'envoya valdinguer. Un des compères le rattrapa au vol et ce numéro fut acclamé comme il se doit.

Elle aussi avait chaud. Elle aussi transpirait et sa robe se collait à sa peau, là surtout, au creux des reins, à l'endroit où les hommes aimaient tant poser leurs mains ou leurs joues. Elle gardait le contrôle. Elle se laissait happer par la musique et le rythme, par la chaleur et l'alcool, mais elle demeurait pleinement consciente des choses.

Puis Titi Carmona se tourna vers les autres. Il frappa dans ses paumes.

«Oh, les gars, alors? C'est fini, la sieste! Allez, debout!»

Il insista. Sa voix de piaf perçait à travers la musique. Ils finirent leurs verres, écrasèrent leurs cigarettes et se levèrent. Elle les vit venir à elle, forçant leurs corps au départ afin d'entrer le plus vite possible dans un semblant de transe. Ils ne lui apprenaient rien. D'instinct ils formèrent un cercle autour d'elle, totem de chair, et peu à peu dépo-sèrent à ses pieds les frustes offrandes témoignant de leur dévotion. Elle avait les yeux mi-clos, le fil d'un sourire aux lèvres. Elle sentit glisser les bre-telles de sa robe le long de ses épaules et ne les remonta pas.

Ils dansèrent longtemps. Le cercle avait tendance à se resserrer. Les hommes parfois allongeaient le cou et lâchaient des sons rauques, des mots, des onomatopées dont elle ne cherchait pas à saisir le sens. Tout devenait luisant chez eux, leurs visages et leurs yeux. Elle essaya de donner à chacun avec équité. Des promesses, de l'espoir. Elle se déroba un court instant afin de remettre le disque, le même disque car cela n'avait plus guère d'importance. Ils lui gardèrent sa place au chaud.

Une fois encore ce fut Titi Carmona qui leur ouvrit la voie. Au plus fort d'un solo de congas, elle lui tournait le dos, il fit deux pas en avant, la saisit aux épaules et écrasa ses lèvres contre la nuque blanche qu'elle lui présentait. Elle sentit les dents prêtes à mordre. Suceur de sang. Elle eut un très léger frisson puis se laissa aller, renversa sa gorge en arrière, le regard au ciel, estimant peut-être en un éclair la distance qui l'en séparait. Son sourire s'élargit encore.

Titi Carmona était un homme trapu, au buste épais, humide à cette heure-ci comme le poitrail d'un phoque émergeant des eaux. La même odeur iodée à peu de choses près. Il la fit pivoter, face à lui, et lui dévora la bouche. Quand il la délivra, il avait une expression de guerrier triomphant. On aurait pu croire qu'il lui avait arraché la langue et la tenait en trophée entre ses dents. Il émit un rire bref que les autres répercutèrent. Mes compagnons, mes frères. *La noche es para todos !*

Des baisers, des baisers, des morsures, des caresses. Pattes graissées. Ainsi qu'il était écrit, sa petite robe rouge se déploya bientôt sur le sol à ses pieds. Tranchant sur sa chair laiteuse il ne resta plus que le rouge d'une minuscule culotte en dentelle, les touches au pinceau rouge de ses lèvres et de ses

17

orteils et celles un peu plus pâles de ses aréoles. Des détails. Elle tourna et tourna sur elle-même afin que tous se régalent.

Titi Carmona se trouvait au centre du cercle avec elle et elle continuait à le nourrir par petits bouts. Les autres n'osaient pas encore. Est-ce qu'on leur avait jamais tant offert d'un seul coup ? Ils faisaient de timides incursions dans l'arène et souvent leurs gestes demeuraient en suspens. De simples effleurements, toucher du doigt, juste pour y croire, pour voir si elle n'éclaterait pas sous leur nez comme une bulle de savon. Une façon de se pincer. À chaque fois leurs faces s'illuminaient d'un grand rictus niais. Il était si facile au fond de disposer d'eux, corps et âmes.

En s'agenouillant devant Titi Carmona, en faisant glisser la fermeture Éclair de son bermuda et en s'emparant de lui, elle les tua. Tous autant qu'ils étaient, ils ne furent plus rien. Anéantis. Ils ne s'en remettraient pas. Jamais ils n'oublieraient, aussi longue et pleine serait leur existence (et maudite soit-elle !). Tout cela elle le savait avec certitude tandis qu'ils n'en eurent eux-mêmes qu'une très vague et éphémère intuition.

Cependant ils étaient toujours debout. Obstinés. Se raccrochant à la danse, si on peut appeler ça danser. Leurs pas s'emmêlaient, fantaisistes et tout à fait hors tempo. La musique eût-elle brusquement cessé, sans doute ne s'en seraient-ils pas rendus compte. Ils ne quittaient pas des yeux la déesse à genoux, dans leur cœur le combat entre le désir et la rage, entre les larmes et la joie.

Titi Carmona, lui, avait clos ses paupières. Corps arc-bouté, bandé, mâchoires contractées, retenant et cuvant sa jouissance. Et puis il les rouvrit et ce fut un tout autre regard qu'elles dévoilèrent. Il attrapa une pleine poignée de ces cheveux clairs qui étaient à hauteur de sa ceinture, il les serra, d'abord, puis les laissa couler entre ses doigts. Elle se releva. Docile. De nouveau ces marques roses évanescentes à la pointe de ses genoux. Sans prendre la peine de se rembrailler, il la souleva, la prit dans ses bras comme on prend une jeune mariée au seuil de sa nouvelle demeure. Il fit demi-tour à la barbe de tous et la porta jusque dans la chambre à côté, dont il laissa la porte béante.

Voilà.

Vient ensuite une vision très précise d'elle dans cette chambre. Une sorte d'instantané. C'est la pre-mière chose que sa mémoire lui renvoie lorsqu'elle y fait appel. Pourquoi certaines images demeurent et culminent ? Celle-ci et pas une autre, pourquoi ? Mystère.

Cela se passe un peu plus tard. Ils sont trois autour d'elle. Ils pourraient être dix, cent, mille, ils n'y suffiraient pas et ils ne feraient toujours qu'un, de toute façon. Leurs visages se sont effacés. Traits, couleurs, contours : flou, flou, flou tout ça. Dissous. Plus rien ne les distingue. L'ensemble est d'une netteté imparable mais eux ne forment qu'une seule entité, une seule créature subdivisée dont chaque partie serait régie par les mêmes flux, tendue vers le même but unique.

Ils sont entièrement nus. Il y en a un couché de

tout son long au-dessous d'elle, qu'elle chevauche à l'envers. Il y en a deux debout sur les côtés. De part et d'autre. Elle les tient chacun dans une main, chacun dans le creux de sa paume. C'est si facile. Si on observe de près, on dirait bien qu'ils souffrent. Ou alors c'est que le plaisir fait peur à voir.

Elle, elle n'a jamais cessé de sourire. Tu sais comme elle peut être belle dans ces moments-là. Non, tu ne sais pas. Elle est magnifique. Son ventre fourmille. Elle donne le ton et la mesure. Pour l'instant elle est là et elle est vivante.

Telle est l'image qui lui vient. Mais cela se passe un peu plus tard, comme on l'a dit.

Pour commencer ils la prirent à tour de rôle. Titi Carmona le premier, à tout seigneur tout honneur. La chambre n'était qu'un vaste matelas étalé par terre, recouvert de draps blancs. Les murs et le plafond blancs également, immaculés sous la lumière crue d'un plafonnier qu'elle avait éclairé au passage. Elle y tenait. Que tout soit vu et qu'il ne puisse y avoir de méprise. Aucune ombre au tableau. Tant pis pour le romantisme. Le romantisme tenait tout entier dans un délicat petit panier en osier déposé sur la moquette à la tête du matelas. Il était rempli de capotes dont les emballages brillaient. Autant de friandises. Autant de pétales qui font la pluie des noces réussies.

Elle connaissait les goûts de Titi Carmona et s'employa à le rendre heureux. Les trois autres à petits pas s'étaient rapprochés de la porte ouverte. À présent ils se tenaient debout dans l'encadrement, assez semblables à des valets de pied espionnant les ébats de leur maître. Ils remuaient toujours pour ne pas perdre d'un coup toute contenance mais leurs piétinements, leurs déhanchements ne voulaient absolument plus rien dire, sinon l'urgence.

Elle prit tout son temps.

Démonstration. Elle usa de sa large palette en les guettant du coin de l'œil. Elle les vit rougir et pâlir, elle vit saillir les os de leurs mâchoires et suinter l'eau sur leurs fronts. Ils attendaient sur le seuil, sages, brûlants. Inquiets aussi. Quand cette inquiétude était sur le point d'éclater, elle les rassurait alors, d'un seul et franc regard qui disait : patience. Qui disait : ce ne sont pas les restes que vous aurez. Vous aurez vous aussi la matière et le temps. À parts égales. Patience.

Ils la croyaient.

Au bout d'un moment, le plus vieux d'entre eux, celui qui se prénommait Antoine, se laissa choir sur le canapé. Il ne devait plus en bouger jusqu'à la fin. Soit qu'il ne le put pas, soit qu'il ne le voulut pas. L'homme avait paraît-il, là-bas sur son île, une fille exactement du même âge qu'elle. Une enfant chérie. Aussi brune que celle-ci était claire. Aussi blanche de peau.

Les autres n'avaient que des épouses légitimes ; ils restèrent à racler leurs semelles devant la porte en attendant leur tour.

Et leur tour vint. L'un, puis l'un, puis l'un encore. Ils se relayèrent. Ils entraient dans la chambre tout gonflés, boursouflés de sève et d'orgueil. Ils arrachaient leurs habits. Ils faisaient leurs gueules de durs. Lèvres serrées pour retenir leur bave. Ils piochaient de leurs grosses paluches dans le frêle panier d'osier, déchiraient les emballages d'un coup de dents et recrachaient le morceau au hasard. Tu vas voir, semblaient-ils dire, tu vas voir ce que tu vas voir… Ils se jetaient sur elle. Pauvres petits diables, queues fourchues, combien de mots pour désigner l'enfer ?

Elle joua sur toutes les subtiles nuances de son sourire et de son regard et cela semblait être là les seules armes en sa possession, elle qui était allongée en pleine lumière, tellement nue et blanche sur les draps blancs. La pureté même, n'est-ce pas ? La pureté incarnée. Elle composa avec toute sa science. Elle fut la femelle impressionnée, subjuguée, apprivoisée, la femelle provocante, la femelle soumise. Mais pas trop. Juste. Jamais dans ses yeux de défi direct ni rien qui eût pu d'emblée les décourager. Ainsi pensaient-ils à chaque fois avoir leur chance.

Elle exagéra à peine ses râles et ses gémissements. Elle les retint parfois. C'est qu'ils poussaient fort, les bougres. Elle avait le don de les faire grandir, et ne fût-ce que pour cela ils n'auraient pas de sitôt abandonné.

Ils avaient le nombre pour eux. Ils passaient la main. Ils se croisaient sur le seuil de la chambre. Celui qui entrait avait déjà oublié le peu qu'il avait appris. D'où une certaine innocence, une quasi virginité, partie noble dont elle se faisait un régal en la laissant fondre sous la langue. Celui qui sortait, en revanche, se doutait bien à cet instant qu'ils n'en viendraient jamais à bout. Il essayait de rejeter ça dans une des cales profondes et noires de son cerveau. Au moins jusqu'à la prochaine escale. Tout ce qu'il lui fallait, pensait-il, c'était quelques minutes de repos et un peu de carburant pour la machine. Il finissait presque par s'en persuader. Il ne se rhabillait pas. Il se posait tel quel sur un pouf ou sur le canapé, l'arrière des cuisses collant au tissu et ce petit bout de chair à vif pendouillant, luisant au milieu d'une sombre toison et d'où gouttait quelquefois l'ultime larme d'un élixir soi-disant miraculeux. Mais qui croire ? À quoi donc se fier ? L'homme reprenait son souffle et pansait ses blessures à l'alcool. Tant de degrés de servitude.

La musique avait cessé et personne ne songea à remettre un disque. Régnaient les bruits des corps et ceux qui les accompagnent. Quelques tintements de verres. Guère de paroles échangées. À un certain moment, Titi Carmona s'approcha du père de famille tassé dans son coin de canapé. Il hocha la tête d'un air interrogateur. Pour toute réponse, l'autre eut un geste vague et flottant de la main. Une moue tout aussi vague et flottante. Titi Carmona hocha de nouveau la tête, pour lui-même cette fois.

Ils s'y mirent à deux, puis à trois. Ils eurent envie de la battre. Ils eurent envie de la cogner avec la masse de leurs poings, mais toujours elle saisissait à temps cet éclat précis dans leur regard et l'étouffait à sa manière. L'art de se laisser couler à pic, toucher le fond avant de remonter brusquement d'un seul coup de reins. Ils eurent envie de s'enfouir et chialer entre ses bras. Ils n'en firent rien.

Il faut avouer qu'ils tinrent vaillamment leur rôle.

Luttant jusqu'à l'aube et davantage. Quel somptueux festin, quelle admirable guerre ce fut. De fines poussières voletaient dans le premier rayon d'or oblique traversant le salon quand ils prirent enfin conscience de leur défaite et du peu qu'ils étaient. Et qu'ils l'acceptèrent. Alors ils se revêtirent en silence, sans hâte, tous dans la même pièce tandis qu'elle demeurait étendue sur le matelas, paupières à demi fermées, pupilles battant au fond de l'iris comme de minuscules cœurs d'oisillons. Pour rien au monde elle n'aurait voulu manquer la levée du camp.

Le dénommé Dominique, crâne oblong, tonsure monastique, frotta son pouce contre son index. Est-ce qu'on paye ? Question muette adressée à Titi Carmona. Celui-ci fit non de la tête. Laisse tomber, c'est bon, c'est arrangé. L'autre n'insista pas.

Ils durent soulever à deux le paternel Antoine et le soutenir dans sa marche vacillante. Ils se retirèrent sans gloire et sans se retourner, lâchant du bout des lèvres un faible au revoir, sachant qu'ils ne la reverraient pas. Seul Titi Carmona fit l'effort de se déplacer jusqu'au seuil de la chambre. Il s'appuya au chambranle. Il jeta un œil sur les capotes flétries disséminées sur la moquette. Il lui envoya un baiser du bout des doigts. Puis il rejoignit ses pairs sur le palier, refermant doucement la porte derrière lui.

Après leur départ, elle garda un long moment les yeux ouverts. Puis elle les ferma aussi.

« Toi qui prétends m'aimer, songea-t-elle, exauce mes vœux… »

C'est le ciel qui donne sa couleur à la mer. Le fond aussi, dans une moindre mesure. Ce qu'il y a au-dessus et ce qu'il y a en dessous. Prise entre ces deux éléments sans lesquels elle ne serait qu'une vaste étendue transparente. Invisible. De l'eau. On y plonge le regard, il passe à travers. Rien ne le retient.

Peut-être en est-il de même pour certains êtres.

Oui, mais qui recueille en son sein les naufragés ? Qui use obstinément les plus durs rochers et les peines les plus anciennes que le cœur ait portées ?

Toutes les légendes le disent.

Je me souviens très précisément du jour où il est réapparu. C'était le 24 décembre, veille de Noël. Une date facile à retenir. Il était 10 heures du matin. Journée grise, des nuages bas, chargés de pluie. C'était tombé plus tôt dans la matinée et ça menaçait encore. J'avais profité de ce temps de répit pour faire un tour avec les enfants, histoire de nous aérer. Bottes et K-way, vieux survêts pour eux. Pour moi jean et baskets. On a marché jusqu'au bout de la plage. Déserte. Les petits l'avaient pour eux seuls. Leur jeu favori consistait à sauter sur les monceaux de varech humide. De véritables petites collines. Ils s'y enfonçaient jusqu'aux genoux. J'ai râlé un peu au début, pour la forme, puis j'ai laissé faire. J'avais fait pareil à leur âge.

J'ai toujours aimé la plage en hiver.

Pendant un moment j'ai observé le manège des oiseaux au bord de l'eau : mouettes, goélands, tourterelles, pigeons. Tous en vadrouille, tous intéressés par ce que les flots avaient pu rejeter après la tempête. Ramasse-miettes, oiseaux éboueurs. Sur le sable mouillé leurs traces entrelacées. Quelques empreintes de chiens aussi.

Puis je suis allé m'asseoir sur le parapet de l'esplanade. Dos à la mer. Les cafés et restaurants sont fermés en cette saison. Sauf Le Neptune. C'est le seul bar du quartier qui reste ouvert à l'année. J'y ai mes habitudes. Toutes les terrasses étaient vides, ne subsistaient que les structures métalliques des auvents et des pans entiers de canisses arrachés par les bourrasques. Aux yeux d'un étranger c'est peut-être un tableau désolant. Pas aux miens.

J'étais là depuis une dizaine de minutes lorsque je l'ai vu. Et reconnu immédiatement. Il a débouché de l'angle du Neptune, à cinquante mètres de moi. Haute silhouette noire dans la grisaille. Son élégance particulière. J'ai souvent songé à lui comme à une sorte de Don Quichotte au temps de sa jeunesse. Si ce n'est que le Chevalier avait de nobles aspirations.

Nul rayon de soleil n'a transpercé les nuages à ce

moment-là. Le temps ne s'est pas figé, les petits ont continué à chahuter sur la plage. Pourtant, je sais que quelque chose a changé.

Lui ne m'avait pas vu. Du moins, je ne le crois pas. Il se dirigeait vers l'entrée du bar. La première idée qui m'a traversé l'esprit, c'est qu'il me cherchait. Péché d'orgueil. Le temps qu'il franchisse les quelques pas qui le séparaient de la porte, j'ai prié pour qu'il m'ignore et j'ai prié pour qu'il me voie.

Il se peut qu'il ait croisé mon reflet sur la vitre du bar. Il avait la main sur la poignée quand il s'est arrêté, puis retourné. Nous sommes restés un instant à nous fixer ainsi, à distance. Là oui, mon cœur a cessé de battre, et j'ai perçu un grondement sourd à mes tympans qui n'était pas le bruit des vagues.

Il a lâché la poignée et il est venu vers moi.

Je ne me suis pas levé. Je n'ai pas bougé. Je l'ai laissé venir.

Il n'avait pas disparu de mon existence, loin de là. Son absence n'était que physique, matérielle. Depuis neuf ans qu'il était parti je pouvais compter les jours où je n'avais pas pensé à lui. Et je redoutais par-dessus tout celui-ci : le jour de son retour.

Il s'est arrêté devant moi et on a continué à se dévisager en silence. On ne pouvait ni s'embrasser, ni se serrer la main. Pas nous. Pas après tout ce temps. On ne pouvait pas tomber dans les bras l'un de l'autre et se taper dans le dos. C'est lui le premier qui a ouvert la bouche.

— Bonjour, Matthieu, il a dit.

Il a souri d'une façon douce, qui m'a paru sincèrement douce, presque humble. Ce qui ne lui ressemblait pas. Pour le reste j'ai trouvé qu'il n'avait pas changé. Peut-être le visage à peine plus émacié, sa petite cicatrice au-dessus du sourcil un peu plus marquée. C'est tout. En ce qui me concerne, j'avais dû prendre une dizaine de kilos au cours de ces dernières années et je cultivais depuis quelques mois une barbe de six jours. Avec mon vieux jean et mes baskets aux pieds je savais très exactement de quoi j'avais l'air : j'avais l'air d'un type banal. C'est tout. Immanquablement m'est revenu le goût de l'ancienne souffrance. Honte à moi. J'ai tenté de dissimuler tout ça en imitant le ton de sa voix.

— Bonjour, Ariel, j'ai dit.

Il a jeté un bref regard au ciel.

— Ce temps, ça doit te plaire, non ?

J'ai acquiescé en souriant à mon tour, mais ce n'était pas sincère. Il y a eu un nouveau silence. Le souffle du ressac, le ricanement d'une mouette. Puis j'ai posé la question que n'importe quel type banal aurait posée en la circonstance.

— Alors, j'ai demandé, qu'est-ce que tu deviens ?

Misère. Misère de l'esprit et des mots. Je m'en serais bouffé la langue. J'ai dû faire un effort colossal pour ne pas baisser les yeux. S'il a éprouvé de la pitié à mon égard, il n'en a rien montré. Merci bien, vieux frère. Il a pris une légère inspiration puis il a répondu le plus sérieusement du monde à ma question.

— Ça va, il a dit. Je me débrouille. J'ai pas mal bougé. Angleterre, Suède, Danemark, Italie. Depuis deux ans je me suis posé en Espagne. Costa del Sol. J'ai monté une boîte, là-bas. On produit des

28

composants informatiques. En fait, ça marche plu-tôt bien. J'ai cinquante personnes qui travaillent pour moi. Quarante-neuf, exactement. C'est un beau pays, l'Espagne. Un pays d'avenir.

Je me suis vu en train de hocher la tête comme un benêt durant tout le temps qu'il parlait. Asservi. Quand j'ai réalisé qu'il avait fini, j'ai pensé : qu'est-ce qu'il raconte ? Je m'attendais à n'importe quelle réponse mais pas à ça. Des « composants informa-tiques »... Merde ! Est-ce que c'est bien toi, Ariel Weiss ? Don Quichotte qui se lance dans la techno-logie de pointe ! Ou alors, c'est qu'il se foutait de ma gueule ? J'ai scruté son visage en sachant qu'on ne pouvait pas s'y fier. Tout ce que j'ai trouvé à dire, c'est :

— Je ne connais pas l'Espagne.

J'ai frotté mes paumes sur le dessus de mes cuisses. Elles étaient moites. Il y avait une seconde question débile qui me brûlait les lèvres – « Qu'est-ce que tu fabriques ici ? » — Je ne suis pas sûr que j'aurais pu me retenir de la poser, mais par chance un des enfants a lâché un cri en jouant et je me suis retourné. Ariel a suivi mon regard. Quand je lui ai fait face à nouveau, il a demandé :

— Ce sont les tiens ?

J'ai fait signe que oui.

— Les miens et ceux de Florence, j'ai dit.

J'ai guetté sa réaction. C'est à peine s'il a cligné des cils. Je suppose qu'il savait déjà. Il a eu le même sourire qu'au début, puis il a soufflé :

— C'est bien...

Il ne m'a pas demandé leur âge, ni leurs prénoms.

Ce genre de choses. Je préférais ça. Il ne m'a pas demandé non plus de passer le bonjour à Flo. J'aurais aimé que crève l'orage à cet instant. J'aurais aimé me lever et partir, insouciant, en le saluant comme une simple connaissance de quartier.

Mais c'est lui qui a pris congé. Ariel Weiss connaît tes désirs et tes secrets, as-tu oublié ça ?

— Faut que j'y aille, il a dit. J'ai un million de trucs à faire d'ici ce soir. Je suis déjà en retard.

— Bien sûr, j'ai dit. Bien sûr.

Un homme d'affaires a des trucs à faire.

Rien d'autre. Rien à ajouter, semble-t-il. Il n'y a pas eu de «Joyeux Noël», pas de «À bientôt». Juste ce misérable petit signe de la main qu'il m'a adressé avant de repartir. J'ai réellement cru à cet instant précis que le temps et la distance avaient creusé entre nous un gouffre infranchissable. J'ai cru que la page était définitivement tournée et j'ai pensé que c'était ce qui pouvait arriver de mieux.

Alors pourquoi soudain cette immense tristesse ?

Je l'ai regardé s'éloigner et c'était comme assister au départ du vieil éléphant qui se retire pour mourir. Celui qui fut le plus grand et le plus fort, celui qui pouvait dévaster à lui seul dans sa colère des forêts entières. Celui qui décrochait les grappes de fruits les plus hautes, afin de tous nous nourrir.

Ariel.

Il est entré dans le bar et la porte s'est refermée sur la mince silhouette noire.

Ariel Weiss et tout ce qu'il avait représenté pour moi. Tout ce qu'il représentait encore. Sans cet homme, j'aurais traversé ma vie sans la voir. Même mes enfants, j'ai pensé, c'est à lui que je les dois.

J'en ai eu les larmes aux yeux, c'est vrai. Pauvre tache. Honte à moi encore une fois. J'ai respiré un bon coup. Je me suis secoué de l'intérieur. Tout ça, c'est dans ta tête, mec. C'est tout dans ta tête.

Notre grande scène des retrouvailles avait duré moins de trois minutes. Je suis resté sur place une demi-heure de plus, je ne l'ai pas vu ressortir. Puis le ciel a tonné juste au-dessus de nous et l'averse est tombée d'un seul coup. J'ai rameuté les garçons et nous sommes repartis au pas de course, cette fois par la promenade qui longe la plage. En passant devant Le Neptune, je me suis efforcé de ne pas tourner la tête. J'ai pensé qu'il était peut-être en train de me regarder, nous regarder, à travers les vitres teintées.

La pluie m'a fait du bien.

On est arrivés trempés. Les petits avaient encore des algues brunes collées aux bottes et aux pantalons comme des bouts de sparadrap. Piteux et hilares à la fois.

— Ben, voyons… a soupiré Florence en nous voyant.

Sourire aux lèvres. Dieu qu'elle était belle. On s'est déshabillés et frottés avec des serviettes. Les enfants riaient. Tout cela représentait une tranche de vie familiale absolument parfaite. L'image même de l'harmonie et du bonheur. Des gens qui s'aiment. Je ne peux pas m'empêcher d'y croire, à chaque fois. Je cherche alors le regard de Flo et j'espère de toute mon âme qu'il ne démentira pas. S'il y a une chose que j'ai apprise, c'est à repérer les ombres qui planent au fond de ses yeux.

J'avais d'abord imaginé garder la nouvelle pour moi. Je m'étais dit que si Ariel ne se manifestait plus, Florence ne saurait jamais rien de notre rencontre. Mensonge par omission. J'étais prêt à tout pour nous préserver, elle, moi, nos enfants, pour conserver ce qui avait été si chèrement acquis et dont je connaissais la fragilité. À quoi bon? je me disais. Qu'elle le sache ou pas, qu'est-ce que ça changerait?

Tout, bien sûr. Ça pouvait tout changer.

Mais me taire, mentir, ce n'était pas non plus une solution. C'était reculer encore. C'était admettre que je n'étais pas de taille à lutter. Que je ne faisais pas le poids. Toute la masse de mon amour pas plus lourde que du vent. Me taire, mentir, c'était accepter que planent les ombres indéfiniment.

On dit que tant que l'on n'a pas retrouvé le corps d'un être cher, le deuil ne peut se faire. Plutôt qu'un fantôme, c'eût été moins dur pour moi de lui ramener un mort bien mort.

Joyeux Noël, mon amour.

J'ai ruminé tous ces arguments jusqu'au soir. Je voulais que ma décision soit prise avant le lendemain. J'ai préparé des phrases, soupesé les mots. Je les ai eus à plusieurs reprises au bord des lèvres, sur le point de jaillir. Je les ravalais quand mes yeux se posaient sur le ventre de Flo. Son ventre rond et plein. Ça aussi c'était un argument de poids dans la balance. Florence attendait notre troisième enfant. Enceinte de sept mois. Quelle incidence pouvait avoir un choc trop rude sur sa grossesse ? Dans un moment de pure angoisse, j'ai vu surgir un bébé qui avait la gueule d'Ariel Weiss. Frappé dès sa naissance du sceau de la malédiction. N'importe quoi.

Il a plu tout le reste de la journée par intermittence. Nous n'avons plus mis le nez dehors mais les garçons se sont tenus tranquilles. Le sapin, la crèche. Les derniers préparatifs. Et toujours cette impression de bonheur ordinaire et serein. Quelque chose d'extrêmement précieux pour moi. Hélas, avec ce qui se jouait dans les replis de mon crâne, il m'était impossible de me laisser aller et d'y adhérer pleinement. Je voyais ça de l'extérieur et ma propre joie, ma petite fête personnelle en était en partie gâchée. Ne serait-ce que pour ça, j'en voulais à Ariel d'avoir reparu juste ce jour-là. J'ai du mal à croire au hasard.

On s'est fait notre petit repas de réveillon tous les quatre. Le sapin clignotait dans un coin du salon. Florence avait disposé des espèces de lumignons multicolores un peu partout dans l'appartement. J'ai chassé l'idée que ça pouvait ressembler à une veillée funèbre. Je me suis concentré sur leurs visages. Celui de Flo. Celui d'Étienne le Sage. Celui de Mattéo, Mat-au-Marteau, roi des bricolos. Mes trois merveilles. Mes trois étoiles dans la nuit noire. Les reflets avaient des éclats doux sur leur peau comme autour d'un feu et leurs yeux brillaient. J'ai souhaité qu'il n'y ait jamais de fin à ça.

Mais qui sait où se perdent nos prières ?

On a couché les enfants à 11 heures, quand la fatigue et l'excitation commençaient à prendre le dessus. Ils ne se sont pas endormis avant minuit. J'ai forcé Flo à s'asseoir sur le canapé pendant que je débarrassais. Quand j'ai eu fini, je suis resté un moment à l'observer depuis la porte de la cuisine. Elle se tenait le dos bien droit au fond du siège, aussi immobile qu'une statue. Le regard fixe, porté en direction du sapin. Ses paupières ne clignaient pas. Je redoute les absences qu'elle a parfois. Je voudrais savoir toujours où elle se trouve.

Je suis allé m'asseoir à côté d'elle.

— Ça va ? j'ai demandé.

— Ça va.

— Et lui ? j'ai fait, en posant la main sur son ventre.

Florence a baissé les yeux.

— Lui, il tourne et vire. Il cogne. Je crois qu'il cherche la sortie.

Nous savions déjà que ce serait un troisième garçon. Et ça nous allait très bien.

— Besoin d'espace, j'ai dit. C'est normal. Patience.

— Patience… a murmuré Flo.

Du bout des doigts j'ai caressé les cheveux sur sa tempe. J'ai remarqué que l'immeuble était bien silencieux pour un soir de fête. Certaines nuits on peut entendre la mer d'ici, lorsqu'elle est agitée. J'ai eu envie de lui dire que je l'aimais mais je ne l'ai pas fait. Au bout d'un moment je me suis redressé, j'ai pris un air préoccupé et j'ai dit :

— J'ai l'impression qu'il nous manque encore quelque chose.

Elle a levé la tête. Ses fins sourcils froncés et tout de suite cette lueur inquiète dans le regard, qui me fait mal. J'ai souri.

— Quelques cadeaux, peut-être ? j'ai lancé.

Matthieu le Malicieux. Gai, jovial. Mari et père idéal. J'offre des fleurs, je la couvre de centaines et milliers de bouquets, je me dis qu'il lui restera toujours au moins le souvenir de leur parfum.

Ses traits se sont relâchés. Son sourire était un peu las mais elle a tendu la main vers moi. Je l'ai saisie. Je l'ai pressée doucement, puis embrassée. Puis j'ai dit :

— J'y vais.

Au passage, j'ai raflé les clés de la voiture dans le vide-poche, puis je suis sorti de l'appartement. Les paquets se trouvaient dans le cellier, au bas de l'immeuble. J'ai dû faire trois allers-retours afin de tout remonter. Dehors, il tombait encore quelques gouttes. Avant le dernier trajet, je suis allé jusqu'à la voiture garée sur le parking. J'étais en train d'ouvrir la portière quand j'ai entendu crisser le gravier dans mon dos. Je me suis retourné. Je n'ai rien vu. La nuit était opaque, sans lune. J'ai attendu un instant mais rien n'a remué. Puis je me suis penché vers la boîte à gants et j'ai récupéré un paquet, un tout petit paquet que j'ai glissé dans ma poche.

J'ai refermé la voiture et je suis reparti. Pour la seconde fois j'ai entendu le bruit derrière moi. Ce bruit de pas sur le gravier. J'ai retenu mon souffle et scruté l'obscurité avec plus d'attention. Rien. Je n'ai pas pu m'empêcher de penser à lui. Je n'avais pas peur, c'était la colère qui enflait. J'ai serré les mâchoires et lancé un défi aveugle et muet à la nuit tout autour. Voleurs, fantômes, revenants : qui que vous soyez, ne vous approchez pas de cette demeure !

Personne ne pouvait imaginer ce dont j'étais capable.

J'ai remonté les deux étages en tâchant de me raisonner. De m'apaiser. J'y suis presque arrivé. Avec Flo, nous avons bâti une cathédrale de cadeaux au pied du sapin. Comme d'habitude, il y en avait trop. On aurait dit qu'ils étaient destinés à un orphelinat tout entier. C'était une honte. C'était un plaisir. Nous sommes restés debout côte à côte à contempler notre œuvre, un vague sourire aux lèvres. Je suppose que tous les parents connaissent ça. Puis nous sommes allés nous coucher. Il était près de 2 heures du matin.

Florence dormait sur le côté. Ventre lourd, seins lourds. Je me suis accroché à elle sans trop la serrer. Juste pour sentir sa peau. Je ne connais rien de plus doux. Le courage m'a fait défaut et j'ai préféré éteindre la lumière avant de me lancer. Dans le noir, une minute ou deux se sont écoulées, puis j'ai chuchoté :

— Tu sais… je l'ai revu.

J'étais collé contre son corps, j'avais la main sur sa hanche, si elle avait tressailli, je l'aurais inévitablement senti. Elle n'a pas bronché. Elle ne m'a pas demandé qui. Après un court silence, elle a demandé :

— Quand ça ?

Sa voix non plus ne m'a pas paru altérée.

— Ce matin, j'ai dit. En promenant les petits.

— Ah bon, elle a fait.

J'ai attendu la suite mais il n'y en a pas eu. Pas d'autres questions, pas d'autres commentaires. Le sujet paraissait clos. Au bout d'un moment, elle a pris ma main et elle a soufflé :

— Dors.

C'était merveilleux. Si merveilleux que j'ai d'abord refusé d'y croire. J'ai pensé : ne sommes-nous donc plus rien de ce que nous avons été ? Le temps et la distance. Le vent qui chasse. Les eaux qui emportent. La vie. J'ai pensé : même les pires cauchemars s'affranchissent et cessent de nous hanter et meurent de leur belle mort.

Dors, elle avait dit.

Cette indifférence qu'elle affichait, je n'avais pas osé en rêver. L'espoir je l'avais tenu à l'écart, enfoui au fond de moi, j'avais pris soin d'en étouffer la flamme de peur qu'elle ne grandisse et m'embrase soudain et me consume comme un arbre sous la foudre.

Mais cette nuit-là, dans le silence et les ténèbres alliés, j'ai eu la faiblesse de m'y abandonner.

Deux furies ont sauté sur notre lit à 6 h 42 du matin. Pendant une poignée de secondes j'ai maudit Noël, le sapin, la crèche, les cadeaux. Je n'avais pas encore décollé les paupières. Les enfants étaient déjà retournés dans le salon. J'ai déposé un baiser entre les omoplates de Flo. J'ai respiré son odeur. J'ai soupiré :

— Quand faut y aller, faut y aller…

Nous nous sommes levés avec des gestes d'octogénaires au bout du rouleau. Je me suis passé la tête sous l'eau avant de les rejoindre tous les trois dans la caverne d'Ali Baba. Des paquets étaient déjà défaits. Emballages déchiquetés, boules de papier par terre. Étienne s'était chargé d'office de la distribution. Il piochait au hasard, lisait le prénom sur l'étiquette, puis répartissait entre son frère et lui. Tous les deux, c'était tout juste s'ils prenaient le temps d'ouvrir un cadeau avant de passer au suivant. Affamés. Voraces. Je les regardais faire, je goûtais leurs expressions et exclamations. J'étais bien.

J'ai été surpris en entendant Étienne annoncer : « Papa ». J'ai pris le paquet qu'il me tendait et vérifié l'étiquette. C'était bien ça. *Papa*. Tracé de la main de Flo. Ce mot m'émeut toujours. Je me suis tourné vers elle : elle avait son petit air rusé.

C'était un paquet assez plat, de forme rectangulaire. 40 × 60 cm environ. J'ai pensé à un livre d'art ou à un cadre, quelque chose comme ça. Je ne l'ai pas ouvert tout de suite. Un seul plaisir à la fois.

Le tas diminuait. Quand il n'en est plus rien resté, j'ai patienté une demi-minute, puis j'ai fait le tour du sapin et je me suis baissé.

— Étienne, j'ai fait en me relevant, je crois que tu en as oublié un.

C'est ainsi qu'a commencé mon numéro. Je

tenais à la main le petit paquet récupéré la veille dans la boîte à gants. Il n'y avait pas de nom inscrit dessus. Comment savoir à qui il était destiné ?

Je l'ai retourné dans tous les sens. Je l'ai secoué près de mon oreille. Je l'ai porté sous mon nez pour le renifler.

— Alors ? a lancé Étienne.

— On n'a qu'à l'ouvrir, a dit Mattéo.

— Pas question ! je me suis écrié. Celui qui ouvre un cadeau qui ne lui est pas destiné… le verra aussitôt disparaître en fumée !

J'avais adopté le ton lugubre et maléfique d'un méchant sorcier. Ça leur a cloué le bec. Impressionnés.

— Vous savez ce qu'on va faire ? j'ai repris. On va invoquer l'Esprit ! L'Esprit de Noël. Lui seul peut nous aider.

Ils étaient là tous les deux devant moi, les yeux levés, le front soucieux. Suspendus à mon haleine. J'ai adoré leurs bouilles à ce moment-là.

J'ai lancé la formule :

— Esprit, Esprit de Noël, je t'en prie, montre-nous la voie ! Esprit de Noël, je t'en prie, guide mon bras !

Puis j'ai fait mine d'entrer dans une espèce de transe. Je tremblais. J'étais possédé. Bras tendu devant moi comme le bâton d'un sourcier, avec, au bout, le paquet dans ma paume ouverte. Lentement, j'ai fait un tour complet sur moi-même. Puis un deuxième. Avant de m'immobiliser sous le nez de Florence.

— L'Esprit t'a désignée. Ce présent est pour toi.

Le silence est retombé comme une pluie de sable. Il y a eu un temps mort. Puis Étienne a haussé les épaules et il a lâché :

— Ouais, d'accord…

Son frère lui a lancé un regard en coin avant d'adopter la même position, balayant à son tour les ultimes résidus de sa crédulité.

— J'en étais sûr, il a renchéri. C'est toujours pareil !

Quelques grognements et semblants de râles, ça faisait partie du jeu, puis tous deux s'en sont retournés vers leurs cadeaux sans plus se préoccuper ni de l'Esprit ni de moi. Même pas le temps de saluer. Rideau.

L'innocence se perd, j'ai pensé. Comme tout. Mais dans le fond ils n'étaient pas déçus et je l'étais encore moins. J'avais fait le pitre pour eux, je les avais soulevés quelques instants de terre et emportés avec moi. Le pire, ce serait de n'avoir rien à leur offrir, et je ne parle pas de ces objets qu'on trouve dans le commerce.

Mon bras était toujours tendu. Florence a cueilli le petit paquet dans ma paume.

— Merci, elle a murmuré.

Elle a ôté l'emballage sans le déchirer. Elle a soulevé le couvercle de l'écrin. Il contenait deux larmes bleues. Des boucles d'oreilles. Ce n'étaient pas ce qu'on appelle des bijoux de valeur, je n'avais pas les moyens pour ça, ni véritablement le goût. C'étaient de simples pendants en verre soufflé. Par leur forme, par leur simplicité même, ils évoquaient pour moi quelque chose de pur. Mais je les avais choisis surtout pour leur couleur. Ce bleu profond et concentré, si particulier. Ce bleu dont le ciel ne se revêt qu'à une certaine heure du soir, et pour quelques minutes éphémères. Ce bleu qui est très exactement celui de ses yeux.

— Elles sont très belles, a dit Florence.

Elle m'a confié l'écrin tandis qu'elle accrochait les boucles à ses oreilles. Elle a remué doucement la tête.

— Alors ?

— Parfait, j'ai dit.

Elle s'est penchée vers moi. Elle m'a caressé la joue.

— Et toi, elle a dit, tu n'ouvres pas ton cadeau ?

Le paquet était posé sur le canapé. J'ai relu encore une fois le mot « Papa » sur l'étiquette. Puis je l'ai ouvert.

C'était un tableau. Il représentait une petite fille marchant dans un paysage de neige. Un vague chemin de campagne, quelques arbres effeuillés et épars. La fillette s'éloignait. On voyait ses propres traces de pas dans son sillage. Elle était peinte de trois quarts dos, seul son visage était tourné et son regard vous fixait droit dans les yeux. Comme si l'artiste l'avait hélée et croquée instantanément durant cette fraction de seconde où elle avait interrompu sa marche. Ce qui pouvait causer un certain trouble, à première vue, c'était son absence totale d'expression. Ni surprise, ni crainte, ni même l'esquisse d'un sourire. Cette enfant semblait n'éprouver aucun des sentiments qui gouvernent les êtres de chair. L'ensemble dégageait une indéniable sensation de mélancolie. Quelque chose de ténu mais qui prenait au cœur. Florence me connaissait bien. Je suis tombé tout de suite amoureux de ce tableau.

J'ai cherché une signature. Dans le coin inférieur, à droite, j'ai cru déchiffrer les initiales : E. D.

Je suis resté un long moment sans pouvoir détacher le regard de la toile. À partir de là on aurait pu me la soustraire, la faire disparaître, je ne l'aurais jamais oubliée. Lorsque enfin je me suis tourné à nouveau vers Flo, je n'ai pas su quoi dire. Je l'ai enlacée, j'ai enfoui ma figure dans le nid entre son épaule et son cou. Puis j'ai fini par murmurer à mon tour :

— Merci.

Merci infiniment.

Profiter du feu, de la chaleur. Profiter des braises qui rougeoient avant que s'installe le grand froid.

C'était le matin de Noël, j'avais deux enfants superbes et gâtés qui s'amusaient sur le carrelage du salon, j'avais tout contre moi la mère de ces enfants, la femme tant aimée, ventre rond, fécond, deux perles pour ses yeux, deux larmes de verre pour ses oreilles, du même bleu. J'étais l'homme comblé. J'étais l'homme porté aux nues.

Et j'estime que je l'avais mérité.

La question qui me hante est celle-ci : y a-t-il quelque chose que j'aurais pu faire pour que cela dure ? Quelque chose comme ériger une clôture, un rempart, une forteresse entière, imprenable, un cloître à notre amour. S'il ne s'était agi que de ça. Mais je crois que le mal était déjà dans la place. Je crois, je sais, qu'il était là, à l'intérieur, qu'il y était de longue date et que toutes mes pauvres tentatives pour l'éradiquer, toutes mes sincères mais dérisoires gesticulations n'avaient eu pour seul effet que de le tenir assoupi. Dormant sous les pétales des fleurs. Parfums anesthésiants. Mais il était là, oui. Tapi. Bien vivant. Le mal dans notre cœur. Il attendait son heure. On l'avait réveillé.

Cela se passe à peine trente minutes plus tard.

Florence a pris sa douche et m'a rejoint dans la cuisine. Petit déjeuner. J'ai préparé le café, sorti les bols. Les enfants jouent encore dans la pièce à côté. Bruit de fond que j'apprécie. Nous sommes seuls. Je suis assis, les coudes sur la table. Elle se tient debout devant le grille-pain, elle me tourne le dos. Je la regarde. Je songe qu'elle n'a jamais eu de ces envies pressantes et farfelues que l'on prête aux femmes enceintes. Dommage. Il ne m'aurait pas déplu d'essayer de les satisfaire. Les tranches de pain sont prêtes, j'entends le déclic de l'appareil, et tout de suite après j'entends sa voix qui demande :

— Tu lui as parlé ?

J'ai peut-être une seconde ou deux de rab avant de comprendre. Cela m'était sorti de l'esprit. Je nageais tranquillement dans les eaux de la félicité et voilà tout à coup que je perds pied. Voilà que le fond m'aspire. J'ouvre la bouche, je reste muet.

Elle, elle ne s'est pas encore retournée. Elle lève un bras, prend une assiette dans le placard, pose les tranches de pain sur l'assiette et en met deux autres à griller. Après ça elle se retourne et vient s'asseoir face à moi. Elle pose l'assiette au milieu de la table, entre nous deux. Une assiette blanche et deux tranches de pain dorées. J'ai suivi chacun de ses gestes. Maintenant elle est immobile et je me rends compte qu'elle me fixe. Elle attend une réponse. Je sens mes épaules se voûter.

— Oui, je dis. Trois minutes. Même pas.

— Qu'est-ce qu'il t'a raconté ?

— Pas grand-chose…

— Quoi ? insiste Florence.

Sa voix s'est durcie et il y a cet éclat dans son regard. Ce sont sans doute d'infimes nuances, que je suis seul capable de percevoir. Le bruit des enfants s'estompe, monte celui du ressac. Je me racle la gorge.

— Ça t'intéresse vraiment ? je dis.

Elle ne répond pas. Elle porte toujours ses pendants mais ils ne sont plus tout à fait du même bleu que ses yeux.

— Il m'a dit qu'il avait pas mal voyagé. Dans plusieurs pays. Maintenant il habite en Espagne. D'après ce que j'ai compris, il est devenu chef d'entreprise. Il a monté une société qui fabrique des composants informatiques. Il a cinquante salariés à sa charge. Il a dit que c'était un beau pays, l'Espagne.

Je me tais. Ma propre voix m'est étrangère.

— Des composants informatiques… répète Florence.

C'est un quasi murmure. Je vois les mots se former sur ses lèvres. J'acquiesce d'un signe. Je dis :

— Quarante-neuf, exactement.

— Quoi ?

— Quarante-neuf salariés.

Les deux nouvelles tranches de pain sautent dans l'appareil mais personne ne se lève.

— C'est des conneries ! crache Florence.

— Je sais.

— C'est n'importe quoi.

— Oui.

Ses mâchoires sont serrées, les ailes de son nez pincées et pâles.

— Et quoi d'autre ? Qu'est-ce qu'il t'a dit d'autre ?

Veut-elle savoir s'il a parlé d'elle, s'il a demandé de ses nouvelles ?

— C'est tout, je dis.

Puis je me lève. Je vais prendre les tranches de pain grillées. Elles ont déjà refroidi. Je les pose dans l'assiette, avec les autres. Ensuite je saisis la cafetière et me penche par-dessus l'épaule de Flo.

— Café ? je demande.

Je la sers avant qu'elle me réponde. Je verse du café dans mon propre bol, je remets la cafetière à sa place puis je me rassieds.

— Pourquoi est-il revenu ? demande Flo. Pourquoi il est ici ?

— Je ne sais pas, je dis. Puis j'ajoute : Peut-être qu'il voulait passer Noël en famille…

Ce n'est pas très malin de ma part mais je souffre. J'ai envie de chialer et j'ai envie de fracasser la table à coups de poings, de la pulvériser. J'ajoute encore :

— Il a vu les enfants, sur la plage. Il m'a demandé si c'étaient les miens. J'ai répondu que c'étaient les tiens aussi. Les nôtres.

Florence ne dit rien. J'ai la sensation que son regard se perd bien au-delà des frontières visibles et concrètes. Je ne suis même plus un obstacle sur son parcours. Je prends une tranche de pain et commence à la tartiner. Beurre. Confiture. C'est le matin de Noël. Mes mains tremblent. Je pose la tartine devant elle. Elle ne la voit pas. Je prends une deuxième tranche et je recommence. Brusquement, elle dit :

— Il ne va pas en rester là. Il va revenir à la charge. D'une manière ou d'une autre. Faut pas le laisser faire. Je ne veux pas qu'il mette les pieds dans cette maison. Jamais. Je ne veux plus qu'il s'approche des enfants, Ni de toi. Jamais, tu entends ? Jamais !

Cette fois il y a dans sa voix la peur et la rage. La panique mal maîtrisée. C'est rare et ça me fait d'autant plus souffrir. L'ombre a envahi ses yeux. Je pense à un soldat sur le front, dans la boue des tranchées. Ma gorge se serre. Et moi, alors ? j'ai envie de lui dire. Je suis là. Je suis là… Je crains que ce soient des paroles dans le désert.

Elle avait raison. Bien sûr qu'elle avait raison. Je l'ai su dès cet instant. J'ai su avec certitude que ce n'était pas fini, et j'ai su dans le même temps comment ça allait finir.

J'ai posé la seconde tartine à côté de son bol. Tout ce que j'ai réussi à dire, c'est :

— Mange, mon amour.

J'aurais dû me douter qu'il y avait qu'un putain de fantôme pour m'envoyer ses vœux.

Il y avait longtemps que je n'attendais plus de lettres de personne. Même à cette période de l'année. J'avais coupé tous les ponts et je ne voyais pas qui se serait donné la peine de ramer pour venir jusqu'à moi.

Tout ça pour dire que je jetais un œil à ma boîte environ tous les trente-six du mois, juste pour savoir combien je devais aux uns et aux autres. C'est presque un hasard si j'ai découvert le paquet. Ç'aurait pu se faire encore plus tard.

C'était une enveloppe en papier kraft, assez épaisse. Mon nom et mon adresse libellés à la main : *M. Alexandre Astrid, 106 chemin des Carmes...* Pas de nom d'expéditeur. D'après le cachet, elle avait été postée treize jours plus tôt dans un bureau de la ville de Saintes-sur-Mer. J'ai ressenti une petite décharge en lisant ce nom. Une connexion qui se fait, quelque part dans les vieux circuits. Désagréable. J'ai pris le paquet, je suis rentré dans la maison et je l'ai posé sur la table de la cuisine.

J'ai tourné un moment autour. Maintenant que la connexion était établie, ça continuait à vibrer à l'intérieur, tout au fond, ça ronronnait comme une onde de courant basse tension. Une sensation que je n'avais pas connue depuis le déluge. Je regardais l'enveloppe. Je jaugeais. Amie ou ennemie ? Colis piégé ? Fausse alerte ? Difficile de me fier à mon flair. Mon flair légendaire avait sombré dans le naufrage avec tout le reste.

J'ai fini par me décider. J'ai pris un couteau de cuisine et je lui ai ouvert le ventre d'un coup sec.

L'enveloppe contenait une pile de feuillets imprimés. Papier machine, format A4. Le texte était tapé sur ordinateur, les pages non reliées entre elles et numérotées. L'ensemble se présentait comme un roman ou un récit intitulé :

So I turn'd to the Garden of Love
That so many sweet flowers bore...

Si on peut appeler ça un titre. L'auteur avait omis de signer son œuvre.

J'ai regardé l'heure, par réflexe. Je n'avais rien de plus urgent à faire. Je me suis assis et j'ai commencé à lire.

Cent cinquante-trois pages en tout. Ça m'a pris la matinée. Je m'arrêtais de temps en temps pour une pause-café. Quand j'étais au bord de l'implosion. Certains passages m'ont dévasté. Des coups à bout portant. Impact garanti – espèce d'enfoiré ! –

J'ai serré les dents. J'ai vidé la cafetière. Je suis allé jusqu'au bout. Après la dernière page, je me suis affalé contre le dossier.»

«Espèce d'enfoiré!» j'ai craché pour la quinzième fois.

L'envie m'a pris de balancer tout ça direct au feu, dans la cheminée. Je ne l'ai pas fait. Je n'ai pas de cheminée.

Paraît que la colère est salutaire. Je suis ressorti dans le jardin, juste pour respirer un peu d'air. Le temps était gris, pas vraiment froid. Les yeux me brûlaient. J'avais perdu l'habitude de lire. Au bout de cinq minutes, le chat du voisin est venu se frotter contre mes mollets. Je ne lui avais jamais filé à bouffer, jamais fait une caresse, mais il venait toujours se coller. C'était soit une preuve d'affection, instinctive, sincère, soit de la connerie pure et simple. Je n'avais pas encore réussi à trancher.

Maintenant la question était : que suis-je censé faire de ça? Ce message. Ce témoignage. Cette confession. Je ne savais même pas comment l'appeler. Une histoire à cauchemarder debout quand on en connaissait les véritables tenants et aboutissants. Qu'est-ce que ce salopard attendait de moi en m'envoyant son missile par la poste? Que je fasse la part des choses? À première vue, j'aurais divisé le récit en trois : un tiers fiction, un tiers réalité, un tiers délire. Mais peut-être qu'il voulait juste me faire mal. Remuer le couteau. Remuer la merde et m'enfoncer un peu plus le nez dedans.

Je m'efforçais de comprendre. J'avais aussi perdu l'habitude de réfléchir.

J'ai marché sans le faire exprès sur la patte du chat et il s'est sauvé en râlant. Je suis retourné dans la maison. J'ai mis du Haendel en sourdine et je me suis allongé sur le canapé, les yeux fermés. C'est ce que je fais quand j'ai l'intention de me vider l'esprit ; dans l'espoir de ne plus penser à rien. Parfois, ça marche. Avec un peu de bol, il m'arrive même de m'endormir et ça compense en partie les nuits d'insomnie.

Pas ce jour-là. Je n'ai pas eu cette chance. Des passages entiers du texte défilaient sous mes paupières comme sur un prompteur. Mot pour mot. En surimpression s'y ajoutaient des images, des bouts de scènes, des visages. Autant de bribes de l'histoire. Autant de réminiscences. Saloperies de bestioles prises dans mes phares, et qui toutes finissaient par se scratcher sur mon pare-brise.

J'ai tenu une demi-heure, puis je me suis relevé. J'ai refait chauffer une cafetière pour m'occuper les mains. Le manuscrit était toujours sur la table de la cuisine. Posé là en attente. Un tas de papier en apparence, mais en réalité une putain de dalle funéraire en marbre noir et blanc. La seule chose qui manquait à mon tombeau. Du fond de mon trou, je pouvais encore voir s'amonceler les nuages au-dessus de ma tronche, même si ça ne me faisait ni chaud ni froid ; aujourd'hui ce fumier me tendait un couvercle à ma mesure. Libre à moi de l'ignorer ou bien de combler l'ouverture et faire le black-out une fois pour toutes.

Libre ?… Parce qu'on a vraiment le choix ?

Tu m'as volé mes morts, j'ai pensé. T'espères quoi après ça ? Le partage des os ? Le grand pardon ? L'absolution ?… Va te faire foutre !

J'ai eu beau mettre trois sucres, le café avait un goût de terre retournée. J'ai vidé ma tasse dans l'évier. Au même instant, le jus est revenu à pleine puissance et la décharge m'a foudroyé. Je venais de piger ce qu'il attendait de moi. J'en suis resté pétrifié pendant une poignée de secondes, puis j'ai soufflé : « D'accord. D'accord… T'as gagné, encore une fois. Tu m'appelles, je viens. Mission acceptée ! »

J'ai tout laissé en plan. Je suis allé dans ma chambre, j'ai ouvert le tiroir de la table de nuit et j'en ai sorti mon petit Beretta. Je n'avais plus le droit de porter une arme de service, mais celle-ci était ma propriété personnelle et occulte. Elle m'avait été gracieusement fournie par un maquereau italien que j'avais serré, à la belle époque. Lui-même en avait délesté un carabinier de Gênes juste avant que ce dernier aille nourrir les poissons au fond du golfe. C'était ma première grosse affaire et j'avais eu envie d'en conserver un souvenir. Un trophée. C'était dans une autre vie.

Dans ma vie actuelle, le pistolet me tenait lieu de doudou une bonne partie de mes nuits. Je le tripotais, je le serrais fort, je le tétais. Chargeur vide. Trop lâche pour aller au bout de mes convictions. J'avais planqué une boîte de cartouches au fin fond du cagibi derrière un fatras de cartons. Je n'ai jamais tenté une seule fois de franchir ce

semblant d'obstacle. Je jouais. Je m'amusais simplement avec le Beretta en me disant : si je veux, je
peux.

C'est un des traits regrettables de mon caractère.
J'avais fait à peu près pareil pour la bouteille. J'ai
stoppé net quand le toubib m'a annoncé que j'avais
largement entamé la dernière ligne droite. Six mois
maxi : à ce train-là, c'était tout ce qu'il me donnait
avant de crever. Or, n'était-ce pas précisément ce
que j'étais censé vouloir ? Le but soi-disant recher-
ché : crever ?

Pourtant, le soir même, j'avais enfoui ma dernière ration de vodka dans le jardin sous quatre-
vingts centimètres de terre. Une bouteille pleine.
Je n'avais pas marqué l'emplacement exact. L'herbe
avait repoussé. Mais je savais que le poison était
quelque part par-là. Si je veux, je peux.

Trop lâche pour avoir des convictions.

Ma conclusion est que le mal-être finit par
devenir une sorte de seconde nature. On y tient.
On s'y vautre. Et l'autocomplaisance est une
des meilleures nourritures que je connaisse pour
l'alimenter.

Ce jour-là, après avoir lu le manuscrit, je suis
allé dénicher les munitions au cagibi. Ça m'a pris
dix minutes pour une tonne de poussière avalée.
J'ai retrouvé la boîte. Je l'ai fourrée avec le Beretta
dans les poches de mon blouson. J'ai enfilé le blouson. Puis j'ai quitté la baraque en crachant encore
une fois : « Espèce d'enfoiré ! »

Je roulais piano. À mi-parcours, le ciel m'a signifié son mépris sous la forme d'un petit crachin mou. Je n'ai pas réagi. J'ai songé un moment à prévenir la Maison Mère de mon absence. Vieux réflexe, aussitôt balayé. C'était me donner encore trop d'importance. Personne n'irait fouiller les fonds de placards pour voir si je m'y trouvais.

Selon la version officielle, je faisais toujours partie des effectifs. J'étais toujours fonctionnaire de police et touchais mon salaire en temps et en heure. En vérité, j'étais une tache sur leur plastron. Pas moyen de s'en débarrasser, mais moins on la voit, mieux on se porte. Dès le départ – le second départ – on m'avait bien rappelé les consignes : pas de bruit, pas de mouvement, pas d'odeur. L'homme invisible. De toute façon, on ne comptait plus sur moi et on ne me demanderait rien, strictement rien, même pas d'aller chercher les cafés à la machine. Est-ce que c'était clair ?

Ça l'était. Et j'appliquais.

J'ai cessé peu à peu de faire acte de présence, du moins régulièrement. Je séchais. Aucun mot d'excuse à fournir. J'allais et venais à peu près à ma guise. Un statut que quelques-uns parmi mes chers collègues considéraient comme privilégié. Ces abrutis m'enviaient. Mais ceux-là étaient en général des nouveaux venus, ils n'avaient pas encore eu vent de l'histoire. Une fois qu'ils la connaissaient, ils fermaient leur gueule.

Bref, je pouvais rouler vers mon destin personnel pendant mes heures de service en toute impunité.

J'ai mis pas loin d'une heure pour faire les quatre-vingts bornes jusqu'à Saintes. J'aurais souhaité qu'il y en eût quatre-vingt mille. Dans la caisse, je me sentais encore à l'abri. Plus je me rapprochais, plus j'avais tendance à lever le pied. Je me suis rendu compte que je n'avais rien oublié du chemin. L'itinéraire gravé dans ma mémoire malgré tout ce temps passé ; pas l'ombre d'une hésitation aux carrefours.

Je me suis garé au flanc de la villa, le long du mur d'enceinte. J'ai coupé le moteur et le silence m'est tombé dessus. À l'extérieur, ça crachouillait toujours. Des postillons sans consistance. Il n'y avait pas d'autre véhicule aux alentours. Je m'étais peut-être trompé. Je suis resté assis sur mon siège sans bouger. Une minute. Deux minutes. Puis j'ai tendu les mains devant moi, doigts écartés, pour voir si elles tremblaient.

Elles tremblaient. Rien d'anormal, je me suis dit. Le café. Un litre et demi ingurgité. Inspirer profondément, relâcher progressivement… L'exercice a tourné court. J'ai pris la boîte de cartouches et le flingue. J'ai rempli le magasin. J'ai remis l'arme dans ma poche. Je suis sorti de la voiture et j'ai longé le mur jusqu'au petit portail sur le côté. Barreaux en fer, rouillés. J'ai jeté un regard à travers.

D'après ce que je pouvais en apercevoir, la baraque avait morflé, elle aussi. Ce qui fut une somptueuse demeure était une ruine en devenir. À l'abandon depuis un bail. Livrée aux squatters et autres nuisibles. Ça laisse des traces. Le jardin ressemblait au mien, en dix fois plus grand. Un parfait exemple de retour à la nature. Ç'avait poussé n'importe où et n'importe comment et dans des proportions phénoménales. Tarzan n'y aurait pas retrouvé ses petits.

Une pression sur le portail et il s'est ouvert. La chaîne qui le retenait était lovée par terre comme une couleuvre. Rouillée aussi. J'ai suivi un vague sentier en écartant les branches sur mon passage. Je suis parvenu jusqu'à l'allée centrale. Ce qu'il en restait. Dalles en pierre brisées, le chiendent jaillissant entre les failles. Il y avait un peu plus loin un formidable eucalyptus au tronc pelé. Au pied de l'arbre la vieille balancelle, peinture blanche écaillée, coussin éventré, mousse trempée et moisie. Je me suis tourné vers le large.

Au moins quelque chose qui n'avait pas perdu de sa splendeur. D'ici, la vue était exceptionnelle. Sans limite autre que celle de la ligne d'horizon. La surface de l'eau à peine frémissante, dans les tons gris. « C'est le ciel qui donne sa couleur à la mer… » On aurait pu se contenter du paradis. S'asseoir et contempler. Juste ça. Paisiblement. Sentir couler le temps et la beauté. La chaleur. Des fauves repus au soleil.

Un beau gâchis, j'ai pensé.

Le jardin se terminait abruptement par un à-pic d'une vingtaine de mètres. En bas, il y avait les rochers et l'eau. Aucune barrière de protection. Je m'étais déjà fait la réflexion que cette absence de clôture était un danger flagrant. Je me suis avancé jusqu'au bord, puis je me suis penché pour jeter un œil. Encore un vieux réflexe, conditionné. Je me souvenais du bordel que ç'avait été la dernière fois pour récupérer le corps.

Je n'ai rien vu qui fasse tache sur les rochers.

Je me suis tourné à nouveau vers la villa. Plein cadre. Tous les volets étaient clos sauf ceux de la porte-fenêtre, au rez-de-chaussée, et ceux d'une petite lucarne là-haut sous les toits.

J'ai remonté l'allée avec la désagréable sensation d'être observé. Un léger picotement sur le sommet du crâne. Mes fringues commençaient à se faire humides, mes mains glacées. Un des panneaux vitrés de la porte-fenêtre avait été fracassé dans sa partie supérieure. Des éclats jonchaient le sol. J'ai glissé le bras par cette brèche et tourné la poignée de l'intérieur. Le battant s'est ouvert. Je suis rentré en évitant au mieux de faire craquer les bouts de verre sous mes semelles.

La pièce était vide et sale. Une odeur de pierre froide, d'humidité, et des relents plus âcres de déjections humaines ou animales. J'ai tendu l'oreille. Je n'ai perçu que mon propre souffle et les coups de bourre de mon cœur. J'ai marché jusqu'à la cuisine.

Un tabouret gisait par terre. Un unique graffiti ornait la cloison au-dessus de l'évier. «Squizz la souris», inscrit à la peinture noire. Je suis retourné au salon. Je me déplaçais avec lenteur. Le moindre de mes pas prenait de l'ampleur en résonnant. J'ai attaqué l'escalier avec un début de crampe au creux du bide.

Halte au premier. Toujours l'oreille aux aguets et la bile qui me montait au gosier et que je devais ravaler. J'ai saisi le flingue dans ma poche ; ça m'a fait du bien de le serrer. J'ai poussé chaque porte, j'ai inspecté chaque pièce de l'étage, et toutes m'ont renvoyé le même reflet de désolation. J'ai repris mon ascension.

La lumière faiblissait à mesure que je montais. Au deuxième il ne restait plus qu'un peu de jour grisâtre filtrant à travers les persiennes. J'ai recommencé mon manège, poussant du pied les portes des chambres, le Beretta à la main. Résultat identique. Personne. Village déserté par les habitants à l'heure du grand cataclysme. Les pillards étaient passés avant moi ; ils avaient tout emporté, jusqu'aux ampoules et aux rideaux. Même les fantômes s'étaient tirés, semblait-il.

Je m'étais peut-être trompé.

Je suis retourné à l'escalier. J'ai levé les yeux. Il me restait plus qu'un palier à visiter. Une sorte de demi-étage aménagé sous les combles. Je savais que sa chambre se trouvait là-haut. Son antre. Je savais que c'était là que j'aurais dû aller voir en premier lieu. Jusqu'alors, je n'avais fait que reculer cet instant – si je veux, je peux…

Je gardais encore en réserve un bon paquet de prétextes pour retourner voir ailleurs. Laisser tomber. Fuir. Réintégrer vite fait mon confortable costume de zombie. À quoi bon ? je me disais. Ce dernier baroud ne serait pas pour l'honneur ; l'honneur, je l'avais paumé en route et je m'en foutais. Ce ne serait pas non plus pour le salut de mon âme, parce qu'il y avait belle lurette qu'elle avait quitté le navire, elle aussi. Alors pour quoi ?

Peut-être simplement pour savoir si je m'étais trompé ou pas.

J'ai gravi la première marche, puis les suivantes. Là-haut, le couloir était plongé dans la pénombre. Un boyau étroit et bas de plafond. Il n'y avait que deux portes, une sur la gauche, une au fond sur la droite. La première était ouverte et donnait sur une salle d'eau. Lavabo, couche de crasse sur l'émail, bac à douche avec tuyau arraché et tringle à rideaux démantibulée. Rien d'autre. J'ai reporté mon attention sur la dernière porte. Celle-ci était close. Un rectangle un peu plus pâle dans la semi-obscurité. J'y suis allé encore plus lentement, pas à pas. Le dos mouillé de sueur ou de pluie. Devant le panneau, j'ai fermé les yeux et cessé de respirer. Et j'ai fini par percevoir le bruit. Un cliquetis métallique, régulier. Bien sûr, j'ai pensé. Bien sûr...

J'ai ajusté le Beretta au creux de ma paume en luttant comme un damné pour chasser tous les miasmes de mon esprit. De l'autre main, j'ai baissé doucement la poignée de la porte ; puis j'ai flanqué un coup de talon et le battant s'est ouvert à la volée.

Position de tir : bien campé, genoux fléchis, bras tendus, canon pointé. Un cri de sommation coincé en travers de la gorge. Grotesque. J'ai saisi le tableau d'un seul coup et dans son ensemble. En pleine poire.

Non, je ne m'étais pas trompé. Pour une fois, cet enfoiré ne me surprenait pas. Il était allongé par terre sur le dos. Son torse était nu et parsemé de touffes de cheveux – des bouts de mèches coupées, de couleur claire. Il s'en était couvert. Il avait le visage légèrement tourné sur la gauche. Du moins ce qu'il en restait. Le haut de son crâne avait été arraché, décalotté par une balle de revolver. Calibre 38 Spécial. Les doigts de sa main droite étaient encore agrippés à la poignée du vieux Ruger.

Je suis resté un moment cloué sur place. Puis je me suis avancé, le flingue toujours tendu, pointé sur le corps. Je me suis penché au-dessus de lui. Ce fils de pute avait gardé les yeux ouverts. Éclairés par le carré de ciel de la lucarne. Il était beau. Malgré les plaques violacées sur sa peau, malgré son auréole de sang et le magma de cervelle et d'os. Qu'est-ce que tu vois ? Qu'est-ce qui t'amuse comme ça ?… J'aurais juré qu'un sourire flottait sur ses lèvres. J'ai baissé le canon du Beretta jusqu'au coin de sa bouche. Je m'étais mis à trembler de tous mes membres. D'impuissance, de rage. Il ne m'avait même pas laissé la maigre consolation de parachever le carnage. J'ai senti mon index se crisper sur la détente, et mes mâchoires avec, et tout le reste de mon corps, chargé à bloc, compressé, tout mon être contenu dans ce bout de chair sur ce bout de métal et prêt à exploser.

Seules les larmes ont giclé de mes paupières. Je me suis redressé en poussant une sorte de râle, un feulement rauque arraché à ma poitrine. Trente secondes plus tard, j'étais déjà à sec. Debout à ses pieds je regardais le cadavre et je regardais le coffret en bois à ses côtés. Coffret à cigares. Ainsi donc, il existait réellement. Boîte à trésor, boîte à secrets. Vide.

Derrière moi le cliquetis persistait, provenant d'un balancier à billes métalliques qui s'entrechoquaient entre elles. Mouvement perpétuel. Je connaissais cet objet. Il était posé sur une étagère, le long du mur.

Mise en scène parfaite… Putain de malade !

J'ai pivoté brusquement et balancé six balles à la suite, au jugé. Le boucan était épouvantable. Des fragments de bois et de plâtre ont volé. Le balancier a été pulvérisé dès le deuxième impact. Le temps s'est figé.

Après ça, il n'y a plus eu que la poussière dans l'air et le sifflement dans mes tympans. J'ai jeté un dernier coup d'œil au cadavre. Ça ne voulait plus rien dire. Je suis ressorti sans même lui cracher dessus.

« Jona, je l'aimais. Personne n'a le droit de dire le contraire. Ceux qui l'ont dit sont des menteurs et des méchants. Ceux-là ne parlent pas, ils bavent. Ils vomissent.

Et elle aussi, elle m'aimait.

On était toujours ensemble, on ne se quittait pas du matin jusqu'au soir et même la nuit, souvent, on traversait le couloir, elle ou moi, on se rejoignait pour dormir. Un long couloir, aussi long et sombre qu'une galerie sous la terre, mais c'était plus fort que nous. Si tu arraches une aile à un oiseau, il tombe, il ne peut plus voler. C'est pareil. Nous deux. Rien que nous deux, tout le temps. On ne sortait pas. On ne fréquentait pas les autres enfants. Pas de petits voisins, pas de camarades. On n'allait même pas à l'école. C'était madame Greenhill qui venait nous faire la classe à la maison, deux heures le matin, deux heures l'après-midi. On l'appelait madame Gorille. Elle avait une grande tache marron toute velue sous la gorge. On se moquait d'elle. Ma Jona était très forte pour l'imiter, elle me faisait mourir de rire. C'est là que je dis que tu lui ressembles. C'est fou, je trouve, comme parfois tu peux lui ressembler.

Ça se passait là-bas, dans la grande maison blanche. La Maison aux Cygnes.

Le meilleur moment, c'était après la classe, quand madame Gorille était repartie. On était enfin libres. On se glissait dehors par la porte de la buanderie. On filait jusqu'au fond du parc, tout au fond, et ça me paraissait loin, loin, mais j'aurais bien aimé que ce soit plus loin encore, au bout du bout du monde, on marchait en se donnant la main et sa main était tellement petite, tellement menue dans la mienne, pourtant elle n'avait qu'un an de moins que moi, elle était tellement tiède et vivante, quelquefois je ne pouvais pas m'empêcher de la serrer très fort, de toutes mes forces, ma Jona disait « aïe » mais en même temps elle souriait, elle ne m'en voulait pas, elle comprenait pourquoi. Je sais qu'elle comprenait.

On s'arrêtait à l'étang. Maman nous l'avait interdit. Elle disait que c'était dangereux. Elle disait qu'on pouvait trébucher ou glisser et tomber dans l'eau et après c'était trop tard. C'était fini. Elle disait que des choses comme ça arrivaient chaque jour. On n'avait pas appris à nager, ni Jona ni moi.

Mais c'était pas pour embêter maman qu'on allait à l'étang, on y allait parce que c'était chez nous. On longeait la berge encore un moment et puis on arrivait à notre maison à nous. Il y avait deux arbres qui étaient tombés l'un contre l'autre pour s'embrasser. Je ne sais pas quelle sorte d'arbres.

Des arbres géants. On pouvait s'asseoir dessous,
ça faisait comme une hutte en Afrique, le soleil
ne passait pas à travers, à l'intérieur c'était tout
sombre et vert et notre peau devenait verte aussi.
On pouvait grimper dans les étages au-dessus. Il y
avait plusieurs étages. Quand on montait au dernier
tout là-haut, on pouvait toucher le ciel. On apercevait un bout du toit de la maison blanche entre
les branches, elle avait l'air minuscule, comme un
château de poupée, mille fois plus minuscule que
la nôtre. Au départ c'était tout un fouillis mais
petit à petit on l'avait vraiment bien arrangée, Jona
et moi. Tous les jours on améliorait quelque chose.
On y passait du temps, on se donnait du mal, mais
ça valait le coup. On aurait pu y vivre. On aurait pu
ne jamais retourner dans l'autre maison et rester
dans notre maison à nous. Rien que tous les deux.
C'était mon vœu le plus cher. Souvent, quand la
nuit tombait, je disais à ma Jona : « Reste. Reste
avec moi. On habitera ici. On pourra faire tout ce
qu'on voudra. Ils ne nous trouveront pas. » Mais
elle n'osait pas. Je lui disais : « Si maman n'était
pas là, tu resterais ? Si maman et papa n'étaient pas
là, s'ils étaient morts, tu resterais ici avec moi ? »
   J'attendais le printemps pour que les jours
s'allongent.
   On jouait à des jeux d'enfant. On jouait à crever
les nuages. On jouait à rapporter des trésors. Jona
allait chercher des trésors pour moi, et moi pour
elle. On se les offrait. Il y avait une salle exprès
pour ça au premier étage, une salle de cérémonie.
On jouait à lancer des cailloux et des mottes de

terre sur les canards et les cygnes quand ils s'approchaient du bord. On jouait à se perdre. C'était un supplice pour moi lorsque Jona était perdue et que je devais la retrouver. Je ne pouvais pas crier son nom de peur qu'on nous repère. Je l'appelais tout bas en fouillant partout dans les feuillages, dans les buissons, je me griffais la figure et les mains, et plus ça durait plus je sentais mon cœur cogner dans ma poitrine et les yeux me piquaient, je retenais mes larmes, je répétais son nom encore et encore, je la suppliais, et toujours, au dernier moment, lorsque j'étais sur le point de hurler, ma Jona surgissait d'un seul coup et me sautait dessus en riant. Et j'étais tellement content de la retrouver que je riais aussi. Je riais et je pleurais en même temps.

Je détestais ce jeu mais ma Jona l'aimait bien alors je l'aimais aussi. C'est comme ça, en jouant à se perdre, qu'on a découvert le diable la première fois. Ce jour-là, je cherchais Jona depuis un moment déjà. J'avais fouillé tous les recoins où elle allait d'habitude mais elle n'y était pas. Alors j'ai continué, plus loin, toujours plus loin. Il y avait la grande forêt. De notre maison dans les arbres, là-haut à l'étage, on la voyait, mais pour nous c'était comme un autre pays, comme une île au large, à l'horizon. On n'était jamais allés jusque-là. On n'y pensait même pas. Et cette fois-ci, à force de marcher, je me suis retrouvé devant la forêt et puis je me suis enfoncé à l'intérieur sans m'en rendre compte. Jona, Jona, Jona, je répétais son nom et je continuais d'avancer. C'était difficile, c'était de plus en plus sombre et touffu, les branches et les racines essayaient de me retenir, mais je continuais. Il faut bien que tu comprennes que j'aurais continué jusqu'au bout. S'il avait fallu traverser toutes les forêts du monde, s'il avait fallu les raser, s'il avait fallu arracher tous les arbres un par un pour retrouver Jona, je l'aurais fait. Il faut bien que tu comprennes ça.

C'est elle qui m'a retrouvé. Comme d'habitude. Tout à coup elle a surgi, elle était là devant moi mais elle n'a pas éclaté de rire. Pas cette fois. Elle a mis un doigt devant la bouche et m'a fait signe de la suivre. J'ai attrapé sa main et je ne l'ai plus lâchée. Elle m'a entraîné comme ça jusqu'à la maison du diable. En plein cœur de la forêt.

C'était une vraie maison. Une cabane en bois, toute petite, mais avec une porte et un toit. Il fallait presque avoir le nez dessus pour la repérer. On l'a contournée en faisant le moins de bruit possible. Sur l'arrière il y avait un espace taillé, dégagé, ça formait une sorte de cour minuscule avec au centre un feu éteint. Une petite mare de cendres. Il y avait aussi une ficelle accrochée entre deux troncs d'arbres et des choses qui pendaient à la ficelle. J'ai d'abord cru que c'étaient des chauves-souris puis j'ai réalisé que c'étaient des écureuils. Une douzaine d'écureuils suspendus par les pattes de derrière. Morts. On leur avait coupé la queue. On leur avait enlevé la peau. Jona m'a regardé en faisant la grimace. On est restés encore un moment cachés derrière les branchages, puis Jona s'est accroupie pour ramasser un bâton. Je n'ai pas eu le temps d'arrêter son geste. Le bâton est allé frapper la cabane et il m'a semblé que ça faisait un bruit terrible dans tout le royaume. On a attendu mais il ne s'est rien passé. Personne n'est sorti. Ma Jona a dit : « Viens. »

La porte n'était pas fermée à clef. Je n'ai eu qu'à la pousser un peu pour qu'elle s'ouvre. On a passé la tête à l'intérieur. J'ai eu l'impression que c'était vide. Il faisait trop sombre là-dedans pour qu'on y voie quelque chose. On a fait un pas en avant, un petit pas, Jona se tenait tout contre moi et je crois bien que je sentais battre son cœur, ou alors c'était le mien. Et puis nos yeux se sont habitués et j'ai commencé à voir. Il y avait une sorte de couchette par terre, avec des couvertures sur le dessus ou des peaux de bêtes, je ne sais pas. Il y avait aussi une caisse en bois retournée et une vieille lampe suspendue au plafond, une lampe de corsaire. C'est à peu près tout ce que j'ai eu le temps de distinguer. Après ça il y a eu le cri de Jona. Ça m'a rempli les oreilles et la tête tout entière. J'ai senti ma Jona qui s'agrippait à mon bras. J'ai frissonné. J'ai tourné le regard et c'est là que j'ai vu les yeux rouges dans le noir. Dans le coin le plus reculé de la cabane, le plus obscur, rien d'autre que ces deux yeux, on aurait dit qu'ils flottaient tout seuls au milieu du vide. Ils nous fixaient. C'est là qu'on a su que c'était le diable.

On a détalé tous les deux ensemble en s'accrochant et on a couru, couru, couru. Je ne sais pas s'il nous a poursuivis ou non. On n'a pas arrêté de courir jusqu'à la maison. En arrivant, ma Jona avait sa robe toute déchirée et elle avait des écorchures à plusieurs endroits sur sa peau. J'aurais voulu les lécher pour la soigner.

La seconde fois qu'on a vu le diable, c'était la dernière. J'ai beau me boucher les oreilles j'entends encore le cri de Jona. Il fait du bruit à l'intérieur de mon crâne. Ça vaut mieux que le silence. Ça vaut mieux que rien du tout.

Tu vois, elle est encore là. Elle est avec moi. Elle ne m'a pas quitté. Je prends ta petite main dans la mienne et je la serre très fort. Je la tiens bien. Où veux-tu qu'elle aille ? On est toujours ensemble, tous les deux. On restera toujours ensemble, pas vrai ? Ceux qui disent le contraire sont des menteurs. Ne les écoute pas, ma Jona. Ne les crois pas… »

Je suis le seul à connaître toute l'histoire. Dans son intégralité. Les autres ont encore des cases à remplir, qu'ils ne rempliront sans doute jamais. C'est bien comme ça. Le destin, au gré de ses méandres, a placé entre mes mains certains précieux documents, des pièces maîtresses dans ce drôle de jeu qui n'en est pas un. Entre mes *seules* mains, j'insiste.

Je veux parler ici des cahiers verts de Florence ; je veux parler également de la douzaine de carnets d'Ariel, carnets à spirale, de petit format, tout ce qu'il y a de commun si ce n'est leur contenu – j'ai encore sur la rétine ces feuilles saturées de signes, raturées, sales, ces lignes tracées d'un jet fébrile, souvent à la limite de la lisibilité. Le tout, cahiers et carnets, formant entre eux une manière de correspondance qui ne dit pas son nom.

Ariel et Florence partageaient ce goût pour l'écriture. Étaler leur âme et leurs entrailles sur le papier. Chacun à sa façon, chacun dans son style, Florence étant probablement la plus douée en la matière. Je m'efforce aujourd'hui de me hisser à sa hauteur.

Florence, je dois aussi le préciser, ignore que ces textes sont en ma possession. Cela fait partie de mes petits secrets. D'où certains malentendus qui demeurent, certaines rancœurs qui perdurent. Mais j'ai ma conscience pour moi. Toutes mes paroles, tous mes actes, ne m'ont jamais été dictés que par l'amour.

J'ai connu Ariel Weiss au lycée, en classe de première. J'avais tout juste seize ans. Il n'avait pas fait la rentrée comme nous tous et n'est apparu qu'au début du deuxième trimestre. Apparition très remarquée. Il était déjà vêtu de noir de la tête aux pieds, il était déjà beau et grand, il avait déjà l'air de savoir ce qu'est la vie. Un héros solitaire. Je pensais que les types comme ça n'existaient que dans les romans.

Charme et mystère, alliés à la nouveauté : c'était plus qu'il n'en fallait pour faire fondre les filles. Ariel serait désormais l'objet de tous leurs conciliabules tandis qu'à leurs yeux nous passerions, nous autres, de pas grand-chose à rien du tout. Son prénom même était à faire pâlir tous ceux que nous portions, tous les Patrick et les Philippe et les Matthieu, pauvres mortels – Ariel, n'était-ce pas le patronyme d'un dieu ?

Pour les petits mâles de la classe, touchés de plein fouet par cette concurrence imprévue et qu'ils jugeaient déloyale, c'était avant tout une marque de lessive. Sitôt la fin de la première semaine, on a vu fleurir à la craie rose sur le tableau du professeur principal un immanquable : « Ariel = Omo. » Anonyme, cela va de soi. On se défend comme on peut.

La plupart des garçons avaient pris dès le début l'intrus en grippe. Très vite ils se sont mis à le haïr, d'une haine quasi instinctive et qui s'avérerait tenace. J'étais de ceux, beaucoup plus rares, qui attendaient la suite avant de trancher.

Mais le fait est que nous tous, garçons et filles, soupirantes et jaloux, tous étions d'ores et déjà sous son emprise. Tous étions fascinés.

Je crois qu'Ariel avait conscience de l'effet qu'il produisait. Cependant, il n'en abusait pas. C'était sa nature et il ne cherchait à la forcer ni dans un sens ni dans l'autre. Du moins, pas encore. Pas à cette époque. Le calcul ne viendrait que plus tard.

J'ai donc attendu, pour voir. Sans prendre parti. Sans me mouiller. J'ai commencé à observer cet être capable par sa seule présence de bouleverser notre quotidien, de le faire voler en éclats. D'abord de loin, puis, à mesure que ma fascination grandissait, de plus en plus près. Je l'ai épié. Je l'ai suivi. J'ai pris l'habitude de noter mentalement chacun de ses faits et gestes. La moindre de ses paroles, tel le précieux nectar d'une plante rare, voire unique, était aussitôt recueillie et préservée dans le flacon de ma mémoire. J'attendais le soir pour m'en abreuver. Je les buvais et les rebuvais, jusqu'à la lie. Dans les prémices du sommeil je rassemblais chaque parcelle de son visage afin de le recons-

tituer. La nuit, je le rêvais. Quand il ne m'empêchait pas tout simplement de dormir.

En un rien de temps – moins d'un trimestre
scolaire – j'en étais rendu à ce point. Délaissant
toutes mes autres activités et les quelques copains
que j'avais, négligeant les études, je n'avais plus de
goût et d'intérêt que pour lui. Ariel était devenu
mon unique passion. Mon obsession.

Et tout ceci à son insu, bien sûr. Au cours de ces
trois premiers mois, je n'ai pas souvenir qu'il m'ait
accordé un seul regard. Je n'ai pas souvenir que
nous ayons entamé un seul semblant de conversation. Eussé-je disparu du jour au lendemain, je
ne suis même pas certain qu'il aurait remarqué
mon absence. Pas plus que le soleil ne prendrait en
compte la brusque désintégration d'un de ces
innombrables et misérables petits astres gravitant
dans son aura.

Étranges sentiments. Étrange comportement de
ma part, c'est vrai. Je suis peu enclin à l'analyse et
à l'introspection : la seule explication que je puis
donner à ce séisme personnel, c'est qu'il devait
alors me manquer quelque chose, quelqu'un, pour
que mon existence prît véritablement un sens. Et
ce quelqu'un, c'était lui. Ariel. Noir soleil. Avec
lui, j'avais enfin trouvé ce que j'ignorais chercher.

Explication sommaire et guère satisfaisante, je
le reconnais. Mais je n'en ai pas d'autre.

J'étais moi-même en ce temps-là un garçon
plutôt solitaire et réservé. Un brave garçon, comme
on dit, qui ne fait pas de vagues. Et j'imagine sans
peine la route qui aurait dû être la mienne : au

tracé rectiligne, au revêtement lisse, et plane et dégagée du départ à l'arrivée. Nombre d'êtres, je crois, connaissent une telle trajectoire, et ce pour la simple raison que ni le ciel au-dessus de leur tête, ni la terre sous leurs pieds ne se sont un jour ouverts afin de leur laisser entrevoir l'infinité des mondes à explorer.

Le Paradis comme l'Enfer ne sont pas des lieux abstraits. Je le sais, j'y suis allé.

Toutefois, il est aussi étrange de noter que je suis toujours, dans le fond, le brave garçon que j'étais. Et cette vie ainsi décrite, à demi larvée, est à peu de choses près celle à laquelle j'aspire depuis qu'Ariel l'a quittée. Je veux Florence et mes enfants auprès de moi. Je veux sur nous la paix et la sérénité. L'onde d'un bonheur limpide. Et ne plus bouger. C'est tout.

Est-ce à dire qu'Ariel n'aura été qu'une parenthèse, une monstrueuse déviation dans le cours de mon existence, ou, pire encore, une erreur de jeunesse ?

J'aimerais pouvoir répondre que oui.

Ariel ne semblait pas affecté par l'attitude des autres élèves à son égard. Il était au-dessus de tout ça. Il faut dire que ça ne volait pas bien haut. Sarcasmes des garçons, parades des filles. Le plus souvent on se contentait de quelque vanne indirectement adressée sur son passage, ou au contraire un gloussement nerveux, un bruyant soupir de pâmoison qui venait un instant interrompre les messes basses. On lui lançait des regards de travers, œillades assassines ou langoureuses, qui ne l'atteignaient pas. Personne n'osait l'aborder de front. Sauf un dénommé Cartereau, qui lui se montrait plus franc et plus précis dans ses attaques, sûrement dans le but de conforter son statut de meneur et caïd de la classe. J'y reviendrai.

Pour ma part, il m'en fallait plus. Le temps de l'observation et de l'idolâtrie à distance était révolu. Je ressentais le besoin, de plus en plus pressant, d'entrer en contact. Jamais encore je n'avais éprouvé quelque chose d'aussi intense.

Mon petit manège d'espion ne m'avait pas appris grand-chose sur Ariel. Je savais où il habitait : sur la falaise, au bord de la mer, dans une somptueuse villa, peut-être la plus belle de la ville, ce qui ne faisait qu'ajouter à son prestige. Je savais qu'il aimait à se rendre quelquefois dans certaine crique isolée, hors de vue, et là se tenir debout sur tel rocher et contempler je ne sais quoi dans l'eau ou au large. Cela durait de longues minutes. Une autre habitude, enfin, que j'avais pu remarquer au cours de mes nombreuses filatures, et pas la moins intéressante : il y avait, dans les proches parages du lycée, une bande de petits délinquants, racketteurs, dealers à l'occasion – ce qu'on appelle communément « la racaille ». Ces types n'étaient plus scolarisés, ils ne rôdaient dans le coin, à l'heure de la sortie, que pour exercer leur commerce. Leurs têtes nous étaient connues et nous prenions tous grand soin de les éviter autant que possible.

Mais ce n'était pas le cas d'Ariel. Ainsi ai-je pu le voir à plusieurs reprises s'approcher délibérément de ces petites frappes et entrer en discussion avec eux. Je l'ai vu les accompagner dans un bar miteux du centre-ville qui leur tenait lieu de Q.G. Je les ai vus s'échanger de mystérieuses choses sous couvert d'une preste et fausse poignée de mains. Et le plus incroyable est que ces types semblaient le traiter d'égal à égal. Ils le saluaient. Ils le respectaient.

Il y avait là largement de quoi aiguiser ma curiosité, beaucoup trop peu pour la satisfaire.

Avec ça les vacances de Pâques approchaient et cette échéance me plongeait dans un puits d'angoisse. Car cela signifiait quinze jours sans le voir. Je me demandais très sérieusement si j'allais pouvoir tenir, et comment.

J'ai passé la majeure partie de ces deux interminables semaines à traîner autour de sa maison. En essayant de ne pas me faire remarquer, ce qui n'était pas une mince affaire dans ce quartier riche et peu fréquenté où le moindre piéton risquait d'être assimilé à un vil maraudeur. Mais je commençais à devenir expert en matière de planques et filatures.

Hélas, cela ne m'a été d'aucune utilité. Ariel est demeuré invisible à mes yeux. Pas une fois je n'ai pu apercevoir ne serait-ce que sa silhouette, et ce n'était pas faute d'avoir scruté avec attention les nombreuses fenêtres de la maison (pariant sur telle ou telle qui serait celle de sa chambre), ni les recoins ombreux du magnifique jardin sur lequel elles ouvraient. J'y ai consacré des heures. Je ne sais même pas, en réalité, si Ariel se trouvait en ces lieux. La seule personne qu'il m'ait été donné d'y voir était un homme d'une cinquantaine d'années, grand, mince, presque chauve. Un après-midi, il est sorti prendre le soleil sur la terrasse. Il portait une chemise blanche et un pantalon mais ses pieds étaient nus. Il est resté assis sur une chaise en fer forgé, un verre à la main, qu'il a mis près d'une demi-heure à boire, à toutes petites gorgées. Après quoi il est retourné à l'intérieur. J'ai pensé qu'il s'agissait du père d'Ariel. J'avais vu juste. Ce dont je ne pouvais me douter alors, c'est que j'aurais l'occasion de revoir cet homme quelques années plus tard, mort, le corps disloqué au bas de la falaise, à une vingtaine de mètres à peine de l'endroit où présentement je me tenais caché.

Entre-temps, j'aurais appris leur histoire.

Mais pour l'heure, cette vision n'avait été pour moi qu'une bien maigre consolation. Je rentrais de ces expéditions bredouille et frustré. En manque.

Seule chose positive à retenir de ces maudites vacances : j'avais enfin trouvé le moyen d'entrer en contact avec mon idole. Non sans m'être creusé la cervelle. Sans doute par excès de timidité, je cherchais pour cette première approche un paradoxal coup d'éclat. Un truc énorme et infaillible, car je supputais qu'il n'y aurait pas de seconde chance. Quelque chose du style : ça passe ou ça casse. Parmi la multitude de plans fumeux qui m'ont traversé l'esprit, je ne mentionnerai ici que celui retenu.

Chez nous, il y avait une arme. Un revolver. J'ignore d'où il venait et pour quelles raisons il se trouvait là. Mon père était un être tout à fait pacifique et je le vois mal faire l'acquisition d'un tel objet, encore moins s'en servir. D'ailleurs l'arme était enfouie au fin fond d'un placard, parmi tout un bric-à-brac. Probablement oubliée. Deux ou trois ans auparavant, j'avais mis la main dessus, un jour que je farfouillais à la recherche de je ne sais quoi. Ce paquet, enveloppé d'une épaisseur de chiffons poussiéreux et entouré d'une ficelle, m'avait intrigué. Je me souviens du subtil frisson ressenti en découvrant son contenu. C'était un flingue d'aspect assez impressionnant, ma foi, fort semblable à ceux dont usaient gangsters et policiers dans les films. Après avoir, quelques minutes durant, dégommé nombre d'invisibles et malfaisants personnages qui en voulaient à ma peau, j'avais soigneusement remisé l'arme à sa place et l'avais à mon tour oubliée.

Jusqu'à ce jour.

Mon idée me paraissait géniale. Une révélation. Je n'ai pas hésité une seconde. Profitant d'une absence de mes parents, j'ai récupéré le revolver, je l'ai débarrassé de ses oripeaux et glissé dans mon sac de classe.

Les cours ont repris. L'arme n'a pas quitté son nouvel étui ; pendant cinq jours je l'ai trimballée avec moi, entre livres et cahiers. Quelle folie lorsque j'y songe ! Puis, au bout du cinquième jour, l'occasion que je guettais s'est enfin présentée.

Je suivais Ariel. Je l'ai surpris à rejoindre une fois encore les petites frappes du quartier. Ils sont entrés ensemble dans leur bar. J'ai attendu qu'Ariel en ressorte et l'ai filé de nouveau. Nous n'étions plus très loin de chez lui lorsque j'ai rassemblé mon courage et l'ai rattrapé. L'endroit me semblait propice, c'est-à-dire désert. Il a dû entendre mes pas dans son dos et s'est retourné avant que j'aie eu besoin de l'appeler.

— Salut, j'ai dit.

Il n'a pas répondu. Il m'a dévisagé en silence. Une heure auparavant je me trouvais encore à deux rangs de lui dans la classe, mais je sais qu'il lui a fallu un certain laps de temps pour me remettre. Comme une vieille et vague connaissance ressurgie du passé. J'avais beau m'y attendre, le coup m'a fait mal. J'ai enchaîné :

— T'as des ennuis ?

— Des ennuis ? il a fait.

— Avec ces mecs. Les types, à la sortie. Il me semble t'avoir vu avec eux. Je me suis dit que tu avais peut-être un problème…

Ça ne sonnait pas comme je l'espérais. J'aurais aimé un ton plus sûr et dur. Sans faille. Une vraie voix de justicier.

— Non, il a dit. Je n'ai pas d'ennuis.

J'ai hoché le menton.

— Au cas où tu aurais besoin d'un coup de main, n'hésite pas. J'ai tout ce qu'il faut là-dedans.

Je tapotais mon sac. J'attendais une question qui n'est pas venue.

— Tu veux voir ? j'ai insisté.

Il continuait à me fixer sans rien dire. J'ai pris ça pour un assentiment. Je ne tenais plus. J'ai ouvert mon sac et plongé une main à l'intérieur ; j'ai jeté un coup d'œil à droite, à gauche, puis, tandis que

dans mon crâne enflaient les roulements de tam-
bour, avec une extrême lenteur, j'ai soulevé le
revolver.

Pas mécontent de moi. Délectable poids du métal
au creux de ma paume. Si j'avais pu faire tournoyer
l'arme au bout de mon index, à l'instar des cow-boys
du far-west, je ne m'en serais pas privé.

J'avais seize ans, je l'ai dit. Et la passion m'aveu-
glait. Comment aurais-je pu me rendre compte du
ridicule, du pitoyable de la situation ?

Le pli de sa lèvre s'est soulevé en une esquisse
de sourire. Toute sa commisération. Cela a été sa
seule réaction manifeste.

— D'accord, il a dit. J'y penserai.

Puis il a fait volte-face et s'est éloigné, me laissant
seul sur ce bout de trottoir avec sur les bras une
arme d'un kilo et l'envie de me foutre à l'eau.

J'avais pas fait cinq cents mètres que j'ai dû ranger précipitamment la voiture sur le bas-côté. Je me suis éjecté de mon siège pour vomir tout mon soûl sur le trottoir et sous le regard outré d'un grand-père promenant son clebs. De la bile au goût d'arabica. C'est tout ce que j'avais dans l'estomac. Le vieux a tiré sur la laisse pour pas que le chien vienne renifler la flaque. Appuyé contre le capot, j'ai laissé s'apaiser les spasmes. Puis je suis remonté dans la caisse en me jurant de ne plus jamais remettre les pieds dans cette ville.

Je n'ai pas roulé plus vite au retour. J'avais besoin de recréer ma petite bulle dans l'habitacle : toutes vitres fermées, le ronronnement feutré du moteur, une station de musique classique que j'ai fini par dénicher sur les ondes. J'ai reconnu Brahms. *Symphonie nº 1 en do mineur.* Les essuie-glaces battaient la mesure à contretemps. Ma mère aurait aimé que je sois à la baguette. Chef d'orchestre. Espoirs déçus. Je m'étais tapé onze ans de solfège et de piano avant qu'elle se rende à l'évidence et accepte la défaite : son cher bambin était aussi doué pour cet art qu'un rhinocéros pour la danse. Mon père se marrait en douce. Son truc à lui, c'était la Grande Muette. Il comptait me voir embrasser la carrière dans son sillage. Espoirs déçus. Quoique. La police nationale présentait certaines similitudes avec l'armée : rigueur et discipline étaient censées régner dans les deux corps, et faire la guerre afin de maintenir la paix constituait leur paradoxal lot commun. Flic était un pis-aller. Papa en avait moins souffert que maman.

Mais en définitive, seul Mozart pouvait se réjouir de ma décision.

Je me suis arrêté à la première station sur l'auto-route. J'ai trouvé un point-phone et composé le numéro de la Taule. Au standard une voix masculine, plutôt jeune. Impossible de mettre un visage dessus. La moitié de l'effectif avait changé au fil des années et je ne fréquentais pas tous ces frais débarqués. Je ne les connaissais pas et eux ne me connaissaient que de réputation. J'ai donné mon nom au gars et je lui ai demandé de me passer le commissaire. Ce petit con m'a collé en attente. Une bonne minute à poireauter. Au moment où j'allais raccrocher, un « Allô » a jailli à l'autre bout du fil. Sec. Tranchant.

— Georges ? j'ai fait.

— Oui.

— C'est moi. Alexandre.

— Oui.

Un temps. Pas de question. Manifestement, je dérangeais.

— Je voulais juste te prévenir, j'ai dit. Tu vas pouvoir ajouter un scalp à ton tableau de chasse.

— C'est-à-dire ?

— C'est-à-dire que ça y est : je l'ai retrouvé.

Un temps.

— Qui ça ? De quoi tu me parles, là ?

— En fait, c'est plutôt lui qui m'a retrouvé, j'ai rectifié.

Un temps. Large inspiration, bloquée. Puis il a lâché :

— Je sais que c'est pas vraiment ton problème, Alex, mais y a le feu, ici. Comme d'habitude. Alors, si tu as quelque chose à me signaler, essaie d'être un peu plus clair, s'il te plaît !

Colère contenue. C'eût été me faire encore trop d'honneur que de sortir de ses gonds. Mais j'en avais rien à foutre de son cinéma. J'ai conservé le même ton.

— Je te parle de mon vieux pote, j'ai dit. Édouard Dayms. « Ed », pour les intimes.

Un blanc. Puis un long, long soupir. Je pouvais voir d'ici la gueule du commissaire Georges Hasbro. Un homme qui avait été mon collègue. Mon équipier. Mon ami. Je pouvais l'imaginer, accoudé à son bureau, en train de se pincer les paupières entre le pouce et l'index. Georges Hasbro avait poursuivi son ascension vers les sommets de la hiérarchie presque aussi vite que j'avais dégringolé au bas de l'échelle. Je pouvais saisir à cet instant précis le fil de ses pensées et le remonter à toute berzingue. J'ai coupé court avant qu'il ait rouvert la bouche.

— Non, j'ai dit. Non, Georges, je n'ai pas replongé. Je suis parfaitement à jeun, et aussi clair qu'on peut l'être.

Il s'est mis à gémir :

— Bordel, Alex... Ça va pas recommencer ?

Limite suppliant. Pour un peu, j'aurais eu pitié de lui.

— Y a rien qui recommence, j'ai dit. Au contraire. C'est fini, cette fois. Pour de bon. Cette enflure s'est fait sauter le caisson. Il reste pas grand-chose de son admirable cervelle.

— Quoi ?... Alex ?

J'ai senti le début de panique dans sa voix. Le doute. La suspicion immédiate, non formulée. Je l'ai rassuré :

— J'y suis pour rien, j'ai dit. Si c'était moi, je m'en cacherais pas. Tu le sais. J'ai même pas eu droit à cette compensation.

Le commissaire a dégluti bruyamment dans l'écouteur. Soulagé. Des emmerdes en moins.

— Putain, j'en reviens pas ! il a soufflé. Où est-ce qu'il est ?

— Chez lui. À Saintes. La grande baraque, au bord de la mer, tu te souviens ? À vue de nez, le macchabée doit avoir une douzaine de jours. Je pense qu'il a fait ça le premier janvier, histoire de fêter le nouvel an à sa façon. On va dire que ce sont de bonnes résolutions, pas vrai ?

— Et comment tu...

— Pas maintenant, Georges. Plus tard, les explications.

Je connaissais trop bien les rouages de la machine

pour mettre le doigt dedans. Le commissaire a ravalé son interrogatoire ; j'avais beau être le dernier de ses subalternes, il n'avait aucun pouvoir sur moi.

— Pour l'instant, contente-toi de savourer, j'ai dit. Affaire classée. C'est une bonne nouvelle, non ? Les statistiques vont encore enfler en votre faveur, commissaire. Toutes mes félicitations. Et meilleurs vœux à toute l'équipe !

J'ai raccroché. Jambes molles, soudain, et la tête qui tourne. J'ai dû prendre appui sur le mur et rester comme ça un moment. Mes sarcasmes ne m'avaient été d'aucun soulagement. J'ai réussi à me traîner entre les rayons de la boutique où j'ai pioché un sandwich jambon-fromage, un sachet de cacahuètes salées et une grande bouteille d'eau minérale. Dans le regard de la caissière, une petite boulotte à lunettes, j'ai lu des choses qui m'on fait honte.

Tout en conduisant, je me suis enfilé le paquet d'arachides et la bouteille de flotte entière. Je n'ai pas touché au sandwich – resté dans son emballage bien sage à la place du mort. La bruine tombait toujours. Des sons venus d'ailleurs peuplaient ma cabine. Liszt, Ravel, puis Bach. Merci, Seigneur.

Je suis rentré chez moi. Vaguement étonné, comme à chaque fois que je franchissais la porte, que rien n'ait bougé durant mon absence. Je ne me suis jamais habitué à ça.

Il était quatre heures de l'après-midi et la nuit se pointait tout doucement. Je suis allé dans ma chambre. Assis au bord du lit, j'ai ôté les cartouches restantes du Beretta. J'ai remisé l'arme dans le tiroir de la table de chevet. Les balles aussi. J'ai repensé aux douilles semées sur place, là-bas ; aux impacts de projectiles sur le mur ; à mes empreintes de doigts et de chaussures. Des indices à la pelle. Remonter jusqu'à moi était à la portée de n'importe quel débutant. Et y avait de quoi se poser des questions. Mais je faisais confiance au commissaire Hasbro pour gommer ces détails et clouer le bec à ses sbires. Pas de zèle. Il n'avait aucun intérêt à lâcher les lions dans ma cage.

Et maintenant ? j'ai pensé.

Je me suis laissé tomber sur le dos, en travers du lit. Un trou noir m'a happé.

Il s'est passé près de deux mois encore avant que je récolte les fruits de mes efforts. Tout ce que j'avais gagné jusque-là, c'était de m'être fait remarquer par Ariel. Désormais j'avais droit chaque matin à un imperceptible salut de la tête, à un ou deux rapides regards qu'il m'octroyait parfois en supplément, au cours de la journée. Preuve que j'avais réussi à m'extraire du lot. Un résultat pas si mauvais dans le fond, mais à des années-lumière de ce que j'escomptais. Je craignais de devoir m'en contenter.

Par bonheur, il y avait Cartereau. Le grand, le gros, le gras, le colossal Cartereau. Nouvel homme des cavernes. Lombric surdéveloppé. Despote de la classe. Trois ans de retard au bas mot, cauchemar des profs mais invirable car engeance du cousin du maire (la rumeur voulait même qu'il fût le propre bâtard du premier magistrat). Le bras aussi long que courte sa vue.

Cartereau, si tu savais. J'aurais pu, à cette époque, te baiser les pieds pour tout ce que ta bêtise et ta méchanceté m'ont involontairement procuré.

J'ai dit que Cartereau était le seul à oser s'attaquer de front à Ariel. Il faut lui reconnaître ce courage, quand bien même il reposait sur l'assurance d'une totale impunité. La cadence de ses agressions s'était nettement intensifiée au fil de ces dernières semaines, ainsi que leur dureté. De verbales elles étaient passées à physiques. Piques et insultes n'y suffisaient plus. C'était à présent des boulettes de papier, des gommes jetées à la face. C'était des coups d'épaule dans le couloir. Des bousculades. Des tentatives de croche-pattes. C'était une façon d'utiliser toute la masse de son corps pour obstruer le passage.

Cartereau provoquait, Ariel ne réagissait pas. Il esquivait. Non par peur, mais plutôt par mépris. Pour ne pas céder à cette forme de chantage. Pour ne pas s'abaisser au niveau de son bourreau. Aussi parce qu'il savait sans doute que sa réponse serait terrible et définitive. C'est comme ça que je vois les choses aujourd'hui.

Les saillies de Cartereau n'avaient jamais lieu sans témoin. Elles se déroulaient sous les yeux de sa cour, bande de minables puntilleros qui à eux tous devaient à peine égaler son poids. Et sous mes yeux à moi. Chaque fois que j'y assistais, mon cœur et mes poings se serraient. Je bouillais d'intervenir. Je l'aurais peut-être fait, passant outre la trouille que Cartereau m'inspirait, j'aurais peut-être volé au secours d'Ariel si j'avais été certain de lui rendre ainsi service. Mais l'intuition me commandait de le laisser faire, seul et à sa guise. Sans compter que l'épisode du revolver m'avait quelque peu refroidi.

Le véritable risque pour moi n'était pas tant celui de me faire assommer par Cartereau que de subir un second revers de la part d'Ariel. Ma main demeurait tendue, libre à lui de la saisir ou pas.

Patience… comme souvent je dis.

Pour les types comme Cartereau il ne peut y avoir de victoire qu'écrasante. Sa subtilité tout entière contenue dans son énorme cul, qu'il lui faut au final asseoir sur l'adversaire.

Ainsi qu'il fallait s'y attendre, il a eu un jour le geste de trop. Celui qui d'une certaine façon allait transformer ma vie. Celui pour lequel je l'ai long-temps béni.

Une gifle. Une vilaine gifle assénée à la sortie d'un vestiaire. À la portée incommensurable.

Je me souviens du claquement sec et de l'empreinte de sa grosse patte sur la joue d'Ariel. Je me souviens du silence qui a suivi. Ni ricanements ni rires. Tous les témoins avaient aussitôt saisi la gravité de l'affaire. Une bombe explosant dans le couloir n'eût pas eu pour nous plus de reten-tissement.

Cartereau était resté bien campé sur ses jambes, paré pour la riposte. Pour la mise à mort. Car il nous paraissait évident à tous qu'Ariel ne pouvait plus y échapper. L'affront était trop direct, l'humi-liation trop cuisante pour qu'il pût encore se défiler et repousser l'échéance.

C'est pourtant bien ce qu'il a eu l'air de faire sur le coup. Après s'être doucement frotté la joue, Ariel a ramassé son sac qui avait glissé et l'a raccroché à son épaule. Puis il a considéré un moment son ennemi, sans un mot. Sur ses lèvres est apparu cet étrange fil de sourire, que je ne saurais que plus tard reconnaître et interpréter. Enfin, il a fait demi-tour et s'en est allé.

Jusqu'à ce qu'il disparaisse au bout du couloir, j'ai cru à une feinte de sa part. Une tactique de combat. Il prenait son élan, il allait brusquement se retourner et revenir à la charge avec une prise dont nous n'avions même pas idée et porter un coup fatal à ce gros lard qui commençait à se pavaner.

J'avoue que c'est ce que j'espérais. Quitte à ce qu'il se fasse ratatiner par Cartereau. J'aurais mieux aimé ça. Son absence de réaction, cette fois, a jeté un grand trouble en moi. Elle a terni d'une ombre le halo merveilleux, sacré, dont je l'avais ceint. M'étais-je donc à ce point fourvoyé ? Mystifié ? Mon idole n'était-elle qu'un poltron, un lâche, en définitive un être commun ?

Je passe sur le triomphe de Cartereau.

Il a fallu quarante-huit heures pour que mes doutes se dissipent, au terme desquelles Ariel s'est enfin décidé à saisir la main que je lui tendais.

Cela s'est passé à quelques encablures de chez moi. Je rentrais, le soir, après les cours. Ariel m'attendait sur le chemin. Il m'attendait ! Il était adossé à un réverbère. La première chose qu'il m'a dite, c'est :

— Tu l'as toujours ?

— Quoi ? j'ai fait.

Puis, dans la seconde qui a suivi :

— Le pistolet ?

— Le revolver, m'a repris Ariel.

J'ai fait oui de la tête.

— Rendez-vous demain à 17 heures devant La Sirène, il a dit. Tu connais ?

De nouveau j'ai acquiescé, frénétiquement.

— Apporte-le, a dit Ariel.

Il est parti, sans un mot de plus. Je me rappelle avoir renversé la tête et embrassé le ciel du regard. Peut-être pour le remercier. Peut-être pour y chercher quelque réponse, qui ne s'y trouvait pas.

Nuit blanche. Passée à ressasser les derniers événements et le lot de questions qu'ils avaient soulevé. Ces quatre ou cinq répliques échangées avec Ariel, j'ai dû les rejouer deux cent fois dans mon petit théâtre personnel. Je commençais seulement à entrevoir les possibles conséquences de mes actes. C'était moi qui lui avais offert mes services. C'était moi qui lui avais présenté l'arme. Je ne cherchais qu'à attirer son attention, à l'impressionner ; lui m'avait pris au mot. Je n'aimais pas Cartereau, mais de là à le tuer ! Car j'étais persuadé que telle était l'intention d'Ariel. Et, inévitablement, cela ferait de moi son complice. *Nous* allions le tuer !

Je sais que, vu de l'extérieur, on peut penser que j'avais encore le choix. J'aurais pu, semble-t-il, m'en tenir là. Dire stop. J'aurais même pu, pourquoi pas, tenter de raisonner Ariel et le faire revenir sur sa décision.

Raisonner Ariel... Quels mots creux. Sans signification.

Qui forcera l'antre de mon âme saura pourquoi.

À quatre heures du matin, sans bruit, je suis allé une nouvelle fois chercher le revolver au fond du débarras pour le ranger au fond de mon sac.

La Sirène est un café situé à l'extrémité du port. J'étais sur place depuis trente secondes quand j'ai entendu un coup de klaxon. Je me suis penché vers les voitures en stationnement le long du trottoir. Dans l'une d'elles, à travers le pare-brise, j'ai reconnu Ariel. Il se tenait au volant. J'ai ouvert la portière et pris place à côté de lui.

— C'est quoi, cette bagnole ? j'ai demandé.

— C'est la mienne, a répondu Ariel en mettant le contact.

— Parce que… Parce que t'as l'âge de conduire, toi ?

Le genre de basses considérations dont il avait horreur. Son regard me l'a tout de suite fait sentir, et comme si cela n'y suffisait pas, il a ajouté :

— Parce que t'as l'âge de te balader avec un Ruger calibre 38 Special dans ton sac, toi ?

C'est ainsi que j'ai appris la marque du flingue que je transportais.

Ariel a démarré. J'ai pensé qu'il était de bon ton de ne pas demander où on allait. On a roulé en silence pendant une vingtaine de minutes. Trop peu, bien trop peu. J'aurais cassé ma tirelire pour quelques tours de plus. Une sourde et délicieuse excitation commençait à m'envahir. La sensation que d'invisibles liens enfin se défaisaient, lentement, qui jusque-là m'avaient empêché de m'élever. La voiture était une Saab. Je n'eusse pas été plus à mon aise sur un tapis volant ou sur le dos d'un aigle. Le monde à mes pieds. En baissant les yeux je pouvais voir tout en bas ces affreuses bestioles qui grouillaient et s'agitaient.

Ça n'a été qu'un simple aperçu. Un avant-goût. Mais je touchais là sans doute à ce que j'avais confusément senti qu'Ariel pourrait m'apporter : la délivrance.

L'atterrissage a été plus rude. J'ai repris conscience des choses au moment où Ariel s'engageait sur le chemin qui menait au bowling. Nous étions à quatre kilomètres environ après la sortie ouest de la ville. À cette époque l'endroit n'avait pas encore été décrété zone commerciale et les grandes surfaces n'étaient qu'à l'état de germe sous les terrains en friche. Seul le bowling avait poussé. Gros quadrilatère trapu surmonté d'une gigantesque enseigne rose fluo. Le parking se trouvait à l'arrière de l'établissement. Une dizaine de voitures y étaient garées. Ariel les a passées en revue, une à une, moteur au ralenti, il a détaillé les lieux comme s'il s'agissait de choisir avec soin son propre emplacement. Je n'osais toujours pas l'interroger. Il a fini par se ranger face au mur, légèrement à l'écart des autres véhicules. Il a coupé le contact. Ses yeux se sont fixés un instant dans le vide, puis il s'est tourné de trois quarts vers moi.

— Fais voir, il a dit.

J'ai pris mon sac qui était à mes pieds. Je l'ai ouvert. J'ai sorti le revolver.

— Il est chargé, au moins ? a demandé Ariel.

La question m'a fait l'effet d'un coup à l'estomac.

Non pas à cause de ce qu'elle sous-entendait pour la suite, mais tout bêtement parce que je ne me l'étais moi-même jamais posée. Aussi incroyable que cela puisse paraître, je n'avais pas pensé à ça !

La honte m'a enflammé la gueule jusqu'à la racine des cheveux. Dans un souffle j'ai balbutié :

— Je… je sais pas…

Ariel a pincé les lèvres, exhalé un soupir par les narines. Il a saisi l'arme dans ma main, En moins de trois secondes il a débloqué le barillet, l'a fait tourner sur son axe, l'a remis en place avec un petit clic net et précis. Inspection terminée. On aurait dit qu'il faisait ça chaque jour avant chaque repas.

— Non, il a lâché. Il est vide.

J'ai préféré demeurer muet.

— On fera avec, a ajouté Ariel sans me regarder.

Puis il a posé le revolver à plat sur ses cuisses.

Le fait de savoir que l'arme n'était pas chargée distillait en moi un curieux mélange de soulagement et de déception. J'ai laissé passer du temps, puis, du bout des lèvres, j'ai demandé :

— Qu'est-ce qu'on fait ici ?

— On attend, a répondu Ariel.

Il devait être 18 heures 30 quand Cartereau s'est pointé. Renault 5 Alpine customisée, à dominante rouge et or. Avant même de voir apparaître l'engin j'avais identifié le boucan du pot d'échappement. Impossible de le manquer. Cartereau, lui, avait l'âge légal pour conduire. Il avait doublé, triplé, quadruplé ses classes, il était un des rares dans le lycée à posséder une voiture.

Il était seul à l'intérieur. Il s'est garé presque à côté de nous. Il ne nous a pas vus. Il s'est extrait du véhicule. Dès que sa portière a claqué, Ariel a ouvert la sienne. J'ai hésité un quart de seconde avant de le suivre.

Ariel ne courait pas. Il marchait vite. Cartereau a enfin tourné la tête vers lui et il a dû m'apercevoir aussi en train de trottiner à l'arrière. Il a eu d'abord une expression étonnée, puis ses lèvres se sont retroussées dans un sourire mauvais, fielleux, dédaigneux, lequel s'est figé sur-le-champ lorsqu'il a vu le poing d'Ariel et ce qu'il serrait.

Ruger, calibre 38 Special – j'avais retenu la leçon.

Le gros a blêmi. Insensiblement il a reculé et ses talons ont fini par heurter le haut mur aveugle du bowling. Ariel arrivait sur lui.

— Qu'est-ce que tu f… ? a commencé Cartereau.

Il n'a pas pu finir. J'ai été le premier surpris par la brutalité du geste d'Ariel et sa vitesse d'exécution. Tout le poids de l'arme s'est écrasé sur la face de Cartereau, en plein sur l'arête du nez, qui s'est brisée. J'ai cru percevoir un bruit semblable à celui de la coquille d'un escargot sur lequel on marche – n'était-ce que dans mon imagination ? Un long frisson m'a secoué. Le sang s'est mis à pisser. Cartereau a ouvert la bouche pour hurler sa douleur et sa frousse, Ariel en a profité pour lui enfourner le canon du revolver jusqu'au fond de la gorge.

— Qu'est-ce qui se passe, Cartereau ? il a fait. T'as mal ? Tu chiales ?… Tu me déçois, tu sais. Je croyais que tu étais un homme. Un vrai. Un vrai mec ne chiale pas, Cartereau. Tu es d'accord?... Alors, si tu n'es pas un homme, qu'est-ce que tu es, Cartereau? Qu'est-ce que tu es?

Le second coup a été asséné avec la même vélocité et la même force que le premier. Au même endroit. Cette fois, un cri a jailli. Mais il n'y avait personne d'autre que nous pour l'entendre. Et cette fois Ariel lui a planté le canon au beau milieu du front. Il a repris:

— Je vais te le dire, Cartereau. Je vais t'apprendre ce que tu es. Exactement ce que tu es. Et tu vas le répéter, pour bien que ça te rentre dans le crâne. Pour que tu n'oublies pas. Jamais. Tu comprends, Cartereau?

Ils étaient tous deux à peu près de la même taille. Face à face. Celle de Cartereau prise en étau entre le mur de béton et le froid métal du revolver. Barbouillée de larmes et de sang mêlés; il en avait sur les joues, sur le nez, sur la bouche, sur le menton, sur les pans de sa chemise. En guise d'acquiescement il a poussé une sorte de miaulement aigu.

— Alors répète après moi, a dit Ariel: «Je suis un gros tas de merde.»

Il a patienté quelques secondes, après quoi il a accentué la pression de l'arme et dans le même temps en a relevé le chien. Cartereau a eu un soubresaut.

— Répète, a dit Ariel.

J'étais là, sur le côté. J'assistais à ça. J'avais beau savoir que le flingue était vide, je voyais déjà exploser la cervelle de Cartereau. J'ai croisé le regard suppliant qu'il m'a lancé. Je n'ai pas bronché. Cartereau a fermé les yeux.

— Je suis un gros tas de merde… il a dit.

— Bien, a fait Ariel. Puis il a poursuivi : «Je suis une grosse truie immonde et j'aime qu'on m'encule. »

La figure de Cartereau s'est littéralement froissée. Il a gardé les paupières closes. Il a répété les mots. Ariel a poursuivi :

— J'aime quand des vieux messieurs me défoncent l'anus. J'aime quand ils me fourrent leur queue dans la bouche. J'aime les sucer jusqu'à la moelle et avaler leur foutre…

Il a poursuivi comme ça pendant deux bonnes minutes. Débitant des propos d'une crudité et d'une cruauté extrêmes, que Cartereau répétait, entre deux sanglots, d'un filet de voix grêle ressurgi sans doute de sa petite enfance. Mais le plus terrifiant était la propre voix d'Ariel. Une voix sans timbre et sans inflexion. Parfaitement neutre. On n'y sentait ni la haine, ni la colère qui auraient dû la nourrir. C'était comme si Ariel ne faisait lui-même que répéter des mots dictés par une puissance qui lui était étrangère. Comme s'il n'était qu'un simple messager. Un médiateur.

Quand enfin il a cessé sa litanie et relâché son étreinte, Cartereau s'est effondré au pied du mur, dans sa propre flaque de pisse. Il souffrait et il pleurait. J'ai pensé qu'il ne serait jamais plus le même à compter de ce jour. J'ai pensé qu'il avait perdu la face et sûrement autre chose de plus essentiel. Je dois dire que je n'ai éprouvé aucune espèce de pitié.

— Une dernière chose, a dit Ariel. Si par malheur il arrivait le moindre petit pépin, à moi ou à mon ami ici présent, je te donne ma parole, Cartereau, ma parole que je te crèverai le bide avec mes dents.

Puis, en se baissant un peu plus, il a ajouté :

— T'as pas de tête, Cartereau. T'as pas de cœur. Le bide, c'est tout ce qui te reste !

Sur ce, il a tourné les talons.

Je garde le souvenir de cet instant comme un instant de grâce. J'entendais les pas d'Ariel décroître dans mon dos. J'entendais les geignements de Cartereau. Mais par-dessus tout, ce qui résonnait en moi était l'enchanteur écho de ces mots : « Mon ami ici présent. »

Mon ami… Mon ami… Mon ami…

Ariel a klaxonné. Il m'attendait. Je l'ai rejoint. Nous sommes repartis sans un regard pour la bête à terre.

Le soir tombait quand il a garé la voiture au pied de mon immeuble. Dans l'habitacle régnaient le silence et la paix. Je n'avais pas envie de descendre. J'avais envie de m'allonger. De poser le museau sur ses genoux et m'assoupir sous ses caresses.

J'ai dormi comme un sac jusqu'au lendemain matin six heures. Quatorze plombes d'affilée. Sans visite. Ni rêve, ni cauchemar. Un miracle. Ma dernière traversée de cet acabit avait eu lieu dans un coma éthylique. Encore un peu et le ciel serait peut-être bleu aujourd'hui, qui sait ?

Faut pas pousser.

J'ai compris ma douleur en rouvrant les yeux. Armure de fer et casquette de plomb. Les reins bloqués, les membres ankylosés, des fourmis qui courent partout ; tout le poids de mon âge et de mes artères. J'ai cru que je n'y arriverais jamais sans l'aide d'un engin de levage.

J'ai pris une douche et laissé couler le jet brûlant jusqu'à faire fondre le métal sur ma peau. J'ai enfilé des vêtements propres. Puis je me suis retrouvé à la cuisine en train de préparer une nouvelle cafetière. Au bout de la deuxième tasse, la barre au niveau du front a commencé à s'alléger. Je me suis assis et j'ai rassemblé les feuilles du manuscrit en une pile bien nette. Puis j'ai pris une grande bouffée d'oxygène et je m'y suis replongé.

J'ai relu le texte de bout en bout, sans quitter ma chaise. Cette fois-ci j'étais prévenu. Je me suis efforcé de garder le recul nécessaire. Un œil professionnel et critique. Un œil de flic. Passé le choc initial, j'ai retrouvé un sentiment qui ne m'avait plus effleuré depuis très longtemps : celui que le devoir m'appelait. Devoir de comprendre et de résoudre – pour la partie châtiment, c'était déjà fait.

J'étais passé à côté de pas mal de choses, à l'époque. J'avais frôlé. L'intuition, oui, mais guère d'éléments concrets, tangibles, rien qui pouvait nourrir un dossier d'inculpation, encore moins tenir la route face à un jury. Sauf la dernière preuve, c'est vrai. Quasi imparable. Le lapin sorti du chapeau. Mais trop tard.

Je n'avais aujourd'hui aucun moyen de revenir sur le passé et d'en faire dévier le cours. Le texte que j'avais sous les yeux m'offrait simplement la possibilité de compléter le puzzle, de boucler la boucle. Encore fallait-il que je sache le décrypter.

Ce pseudo-témoignage était tout sauf objectif, j'étais bien placé pour le savoir. Lors de cette seconde lecture, je me suis astreint avant tout à séparer le faux du vrai ; c'est-à-dire démêler la partie fantasmatique du récit de sa partie réelle. Un seul mot d'ordre : les faits, Alex ! Ceux qui étaient décrits à travers ces lignes, ceux suggérés, comparés à ceux qui étaient en ma connaissance – les faits avérés. Pas à pas, j'ai remonté le chemin qu'il m'avait tracé, toujours avec l'impression de me balader dans le palais des glaces, à la foire.

L'esprit labyrinthique d'Édouard Dayms. Son cerveau de dément. Tantôt persuadé que ce salaud en était conscient et en jouait, tantôt qu'il était aussi paumé que moi.

Trois heures plus tard j'ai pris un stylo et un bout de papier sur lequel j'ai écrit en premier : *Pourquoi ce titre ?* Suivait une liste de questions et de remarques griffonnées à chaud, comme elles venaient. Ensuite, j'ai relu ces notes et je me suis dit que ça faisait beaucoup pour un homme seul. À travers la fenêtre j'ai pu constater qu'il ne pleuvait plus mais que le ciel était toujours gris. Et lourd. J'ai soupiré. Avant de fourrer le bout de papier dans ma poche, j'y ai ajouté un ultime commentaire : *N'écoute pas ton cœur, connard !*

Puis j'ai commencé par ne pas suivre cet excellent conseil. C'est-à-dire que j'ai fait une chose à laquelle j'avais souvent songé et que j'avais aussi souvent repoussée pour un tas de raisons, bonnes et moins bonnes. J'ai remis la main sur le vieux répertoire téléphonique, je l'ai ouvert à la lettre M, puis j'ai composé un numéro en espérant qu'il était toujours d'actualité. À la première sonnerie, j'ai fermé les yeux.

Elle n'était pas chez elle. Elle n'attendait pas mon coup de fil prostrée jour et nuit à côté du téléphone. Je n'en espérais pas tant. Je n'ai pas laissé de message sur son répondeur. J'ai décidé d'aller l'attendre à la sortie du collège.

Je me suis pointé là-bas un peu avant 15 heures. Au pif. Je n'avais aucune idée de son emploi du temps. À vrai dire, je n'étais même pas certain qu'elle bossait toujours dans cet établissement. Impossible de me rappeler la dernière fois que je l'avais vue. Qui m'aurait prévenu si elle avait quitté la ville ? Si elle avait quitté ce monde ?

J'ai patienté, assis dans la voiture. Le portail de l'école en ligne de mire. Sortie de 15 heures 30. Puis de 16 heures 30. À chaque fois je scrutais la foule avec la crainte de la manquer. Et le trac de la voir apparaître. Pour ça, je devais me raccrocher à mon prétexte. J'avais une raison valable d'être là : un renseignement à demander, une question tout à fait concrète à poser – « Pourquoi ce titre ? » – Au cas où, je pourrais toujours prétendre que c'était la spécialiste que je venais consulter. Ce qui aurait peut-être le mérite de la faire sourire.

Mais elle n'était pas parmi la foule. Je voyais les élèves surgir en masse avant de s'éparpiller sitôt la grille franchie. Des grappes de mômes, garçons et filles, à pied, en vélo ; certains allaient attendre un peu plus loin à l'arrêt du bus, d'autres s'engouffraient dans la voiture des parents stationnée en double file. En les observant, j'ai senti que ça montait. J'ai tenu bon un moment, puis la digue a rompu. Je n'ai pas pu m'empêcher de penser à eux. J'avais si peu connu ça : la corvée d'accompagner ses enfants à l'école le matin, de les récupérer le soir. Cet indicible bonheur commun. Je me suis dit que la plupart des parents ne savent pas apprécier leur chance. Normal.

Je projetais l'image de mes deux anges au milieu de ces collégiens. Même âge, même bouille, même dégaine. Je me leurrais. J'ai eu le malheur de vérifier mentalement les calculs et le résultat m'a crucifié : l'aîné aurait eu vingt-quatre ans cette année, et son frère vingt-deux.

Putain de Dieu ! Mes enfants seraient aujourd'hui des hommes et j'étais proprement incapable d'imaginer à quoi pourraient ressembler leurs visages !

Arrive, Maria, j'ai pensé. Arrive, je t'en prie. C'est maintenant que j'en ai le plus besoin.

Elle était mon dernier repère vivant.

À 17 heures 30, l'ultime vague s'est écoulée hors de l'établissement. Passée scrupuleusement au tamis mais en vain. Pas de Marie. La grille s'est refermée. La nuit tombait. Je suis resté quelques instants devant l'esplanade déserte. Bien fait pour ma gueule. Retour à la réalité et à ses contingences. J'avais beaucoup à réapprendre.

J'ai remis le contact et je suis allé faire demi-tour au bout de l'impasse. Quand je suis repassé devant la grille du collège, une silhouette féminine était en train de la franchir. Retardataire. À la lueur des lampadaires, elle m'est apparue presque aussi solitaire que je pouvais l'être. J'ai pilé. Le crissement des pneus l'a fait sursauter. Elle s'est retournée et nos regards se sont trouvés. C'est là que j'ai pleinement réalisé toute l'étendue de mon absence. À quel point j'avais été ailleurs et longtemps. Je n'avais rien vu passer. Cette bombe à retardement a explosé sans bruit au niveau de mon estomac et ses effets continuaient de se propager partout à l'intérieur tandis que nous restions là, immobiles, à nous dévisager à travers le pare-brise. Sa propre stupéfaction était sans doute d'un autre ordre.

Curieusement, lorsqu'il m'arrivait de penser à Marie, les images qui me venaient étaient celles de ses seize-dix-huit ans. Différents portraits, différentes poses. Jeune femme au violoncelle : elle est assise devant le chevalet, l'instrument entre les jambes, une main sur l'archet, l'autre le long du manche, paupières mi-closes, concentrée, appliquée, absorbée. Ou jeune femme à la plage : posée sur les galets dans une robe à grosses fleurs qu'elle a refusé de quitter et qu'elle enserre autour de ses genoux pliés, le vent soulève ses mèches qui dépassent, un sourire mélancolique effleure ses lèvres quand elle nous voit débouler hors de l'eau

tout ruisselants et foufous comme de jeunes chiots…
Ce genre de choses. Les tout débuts de notre
histoire. Seuls ces instantanés ressortaient de ma
mémoire. Je l'avais pourtant régulièrement revue
au cours des années suivantes. Elle était demeurée
très proche de nous. Le cinquième membre de la
famille. La cinquième roue du carrosse.

C'était elle, Marie, qui m'avait appris la nouvelle.
À cette époque, elle était la seule à pouvoir encore
me débusquer. Un matin d'octobre à cinq heures
trente, le jour n'était pas levé. J'avais une misérable paire de huit en main quand on m'a passé son
coup de fil. J'avais eu du mal à reconnaître sa voix
au téléphone : « Alex… Il y a eu un accident… »

À partir de là, plus rien ni personne n'avait eu
de prise sur moi. Hormis Édouard Dayms.

Durant ses premiers mois, Étienne, comme nombre de bébés, se mettait parfois à pleurer, la nuit, faute de trouver le sommeil. Je me levais. Je le cueillais dans son lit à barreaux. Puis je me recouchais par terre, sur le carrelage de la chambre, à plat dos, et le couchais sur ma poitrine. Il y tenait tout entier. Il ne pesait rien. Je nous enveloppais tous deux d'une berceuse à chaque fois inventée, renouvelée, et susurrée dans le noir. Les paroles n'avaient aucun sens, seul importait le lent, le très lent et sinueux déroulement de la mélodie.

Il finissait par se calmer. Ses pleurs et son agitation cessaient et bientôt je sentais se remettre en place le souffle court et régulier du sommeil. Le haut de son crâne duveteux calé sous mon menton. Si, dans un réflexe, avant de s'assoupir, sa petite main s'agrippait à mon cou, c'était un bonus inestimable.

Il n'était pas sur moi, il était en moi. Je savais que nul ne pourrait me le prendre.

Il dormait depuis longtemps que je fredonnais encore. Souvent même je voyais naître le jour à travers les volets de sa chambre d'enfant; et dans ces premières lueurs se dessinaient les branches d'un mobile suspendu au plafond, qui tout doucement semblait reprendre vie.

Les nuits les plus belles s'achevaient ainsi.

Ce temps a passé trop vite et bien sûr il ne reviendra pas. Le fait est que j'ai parfois regretté que Mattéo, le second, ait un sommeil de plomb.

J'aime le bruit de leurs pas lorsqu'ils trottinent en chaussettes dans l'appartement. J'aime leur peur irraisonnée des sorcières qui viennent les visiter dans la pénombre. J'aime et j'envie les libertés qu'ils prennent avec le temps.

Ceci pour être certain que nous parlons bien des mêmes choses, monsieur Astrid.

S'ouvrait alors une période rose et faste.

Cartereau ne devait plus reparaître au lycée. Je ne crois pas qu'il ait dévoilé à personne les causes véritables de son absence. On a ouï dire par certains qu'il avait eu un accident de la circulation au volant de son petit bolide, par d'autres qu'il avait contracté la tuberculose, par d'autres encore qu'il avait devancé l'appel sous les drapeaux. On a laissé dire. Mis à part peut-être ses plus fidèles parasites, nul ne l'a pleuré, et son ombre n'a pas longtemps plané au-dessus des couloirs et des salles de classe.

Ariel ne s'est pas vanté. Il ne recherchait pas la gloire. De mon côté, j'étais trop heureux d'être seul dans la confidence, trop jaloux pour partager ce privilège avec quiconque.

Amitié scellée dans le sang d'un dragon terrassé. Buvons.

Que pourrais-je mettre en avant des semaines et des mois qui ont suivi ? Les faits, hormis à mes yeux, n'ont sans doute rien d'extraordinaire. Et les mots fuient quand il s'agit d'explorer les sentiments. Les mots détournent et trahissent. Tout ce qui sortira de nos bouches, tout ce qui sera couché sur le papier ne sera jamais que viande morte.

Je n'étais plus seul.

Par un accord tacite, Ariel et moi avions gardé nos distances en classe, au vu de tous. C'est en dehors que tout se jouait. Passé l'enceinte du lycée, nous nous retrouvions aussi souvent que possible. Rendez-vous. Balades sans but. Errances au cours desquelles peu à peu Ariel a commencé à se livrer, à se confier, et par-là même à m'initier. Je ne répéterai pas ses paroles, elles ne concernent que nous et il me semble qu'elles n'auraient aucun poids ailleurs que sur ma conscience. Qu'on comprenne juste que, non seulement Ariel creusait un puits en moi, jour après jour, mais qu'il le remplissait au fur et à mesure.

J'ai visité sa chambre. La chambre d'Ariel dans l'immense maison au bord de la falaise. Ou devrais-je dire sa « cellule » ? Elle était située tout là-haut, sous le toit, au fond d'un couloir qu'on longeait sans pouvoir s'empêcher de rentrer la tête dans les épaules tant le plafond paraissait bas. C'est ici que nichait Ariel.

Je me souviens de mon émotion lorsque pour la première fois je me suis présenté devant cette petite porte peinte en blanc. Comme au seuil d'un passage secret qui devait me conduire au cœur du mystère. Et mon étonnement lorsqu'il a ouvert.

D'un seul regard j'ai tout embrassé. La pièce avait les dimensions d'une salle de bains. Et nue, dépouillée à l'extrême. La couche d'Ariel était un matelas sur une planche posée à même le sol. Un pupitre haut sur pied faisait office de bureau, sur lequel on écrivait debout. Enfin, ultime élément du mobilier : une étagère fixée au mur. Ariel y avait empilé ses cahiers et livres de cours. S'y trouvaient également un coffret en bois, (il s'agissait d'un de ces coffrets permettant de conserver les cigares à bonne température) ainsi qu'un petit balancier à mouvement perpétuel, en vogue à l'époque. Par un mécanisme précis et parfaitement équilibré, deux billes de métal au bout de leur tige s'entrechoquaient, l'une donnant l'élan à l'autre et vice-versa, et ceci sans fin. C'était justement ce dernier point qu'Ariel prétendait vérifier : que la perpétuité était bien de ce monde.

Ariel avait déclenché le mouvement dès son installation dans cette pièce. Ce qui voulait dire que depuis des semaines, des mois déjà, les billes se balançaient sans interruption, cliquetant, fractionnant les jours et les nuits comme les aiguilles d'un monstrueux réveil.

Si personne n'a songé à l'arrêter, il se peut que le bruit persiste aujourd'hui encore, dans le silence de la maison vide, abandonnée. Coups de bec du corbeau sur l'armure des morts.

Je n'ai su que plus tard ce que recelait le coffret à cigares.

Voilà tout pour le décor. Pas de chaise, pas d'armoire, pas de disques ni de bouquins, il va sans dire qu'aux murs pas d'affiches, pas de posters de pin-up ou de star, pas une affaire qui traîne à terre, propre ou sale, pas même un mouton de poussière. Je parle de la chambre d'un garçon qui n'avait pas dix-sept ans !

Il m'est arrivé souvent d'imaginer Ariel étendu, à la nuit tombée, dans son antre minuscule et austère. Cette seule vision m'oppressait. Dieu merci on pouvait de là-haut apercevoir les flots, à travers les carreaux d'une étroite fenêtre par où un peu de jour entrait. On voyait la pointe de la côte. On voyait, plus loin, ce gros rocher gris brun qu'on nomme la Corne. On voyait le large et l'horizon.

Mais sans doute Ariel n'avait-il pas besoin de tant d'espace à conquérir.

Il vivait seul avec son père. Tous deux exilés. Ils venaient de Suisse. Ils avaient acheté cette villa et y avaient emménagé quelques mois plus tôt. Presque dans l'urgence. Pourquoi ici ? Pourquoi cette région ? Souvenirs d'enfance de Walter Weiss. Des séjours de vacances dans les environs avec ses propres parents. Il avait évoqué le climat, la douceur de vivre en même temps que l'air vivifiant de la mer…

La douceur de vivre !

La vérité c'est qu'ils avaient fui. Tenté de fuir. Spectres, fantômes aux trousses, hantises, que monsieur Weiss père avait peut-être le secret espoir de voir fondre au soleil du Midi, ainsi que des vampires craignant la lumière du jour.

Je frémis en songeant à la tension qui régnait entre le père et le fils. Aucun échange qui fût anodin. Dans chacun de leurs silences comme dans chacune des rares paroles qu'ils s'adressaient résonnaient toujours en fond les harmoniques basses et sifflantes de la rancœur, du reproche. De leurs regards réciproques suintait le ressentiment quand ce n'était pas le fiel luisant de la haine. Quelque effort qu'ils fissent en ma présence (et ils n'en faisaient guère) pour dissimuler, pour estomper, je le sentais. Tout dans leurs rapports était chargé d'âpreté et de violence difficilement contenue – qui parfois éclatait.

Deux serpents. Deux fauves dans la même cage. Tournant autour de la même charogne.

Je ne crois pas avoir jamais vu Walter Weiss à jeun. J'entends : sans une goutte d'alcool dans le sang. Jamais non plus soûl au point de rouler sous la table. Il était de cette race de dandys poivrots qui savent préserver un certain maintien jusque dans le naufrage. Monsieur Weiss gardait le front haut, le buste raide, et le blanc de l'œil étoilé de vaisseaux roses. Il buvait constamment mais à petites doses, étalées tout au long de la journée et d'une bonne partie de la nuit. De sorte que son état d'ébriété était devenu comme une seconde nature chez lui.

En fait de soleil et d'air vivifiant, il passait des heures et des heures entre les bras d'un monumental fauteuil en cuir, dans la bibliothèque, d'ailleurs totalement dépourvue de livres, le regard rivé sur l'âtre d'une cheminée sans feu. Puis, quand ça le prenait, et Dieu sait pour quelle raison, il se levait et se mettait à arpenter la maison, de long en large, de haut en bas, toujours pieds nus (autre particularité), s'aventurant rarement hors de ces limites, sur la terrasse ou dans le jardin.

Walter Weiss avait été un grand chirurgien. Réputé. Une sommité dans son domaine. Il ne l'était plus. On ne confie pas sciemment sa vie à des mains qui tremblent. À des yeux embrumés de vapeurs éthyliques. L'alcool avait mis un terme à son activité ; cela avait été la cause de l'arrêt et non la conséquence. Pareil en ce qui concerne la mort de madame Ludmilla Weiss, la mère d'Ariel. D'après ce dernier, c'était son alcoolique de père qui l'avait tuée. À petit feu. À petites goulées. La pauvre avait trop subi, trop souffert, elle avait fini par en crever.

Et c'était lui, Ariel, qui l'avait retrouvée étendue sur son lit. Pâle endormie parmi les tubes et les flacons vides. Délivrance au Valium.

Ce n'était pas le moindre des griefs qu'il avait contre son père.

Ludmilla Hortense Bérard, épouse Weiss.

Maman.

Après sa mort, ils avaient décidé de déménager.

Au cours de cette période, j'ai également eu l'honneur d'accompagner Ariel dans cette petite crique déserte où il aimait se retirer. Admis dans son sanctuaire. Là il m'a appris à écouter vraiment, à entendre le chant de la mer et tout ce qu'il contient, la mémoire, l'histoire des hommes, leurs souffrances et leurs espérances, les désastres et les victoires du passé. C'était beau et j'y ai cru. Je me rendais compte que je n'avais fait jusque-là qu'effleurer le monde. J'étais lisse et vierge de chair et d'esprit, sans marque, sans empreinte, sans cicatrice. Il m'a ouvert les yeux et le cœur. J'ai vu apparaître des couleurs là où naguère ne régnait que le gris. Dans la morne plaine j'ai vu se dessiner des reliefs insoupçonnés. J'ai pris. J'ai tout gobé, absorbé, et recyclé à mon usage.

Je peine à imaginer ce que je pouvais lui apporter en échange.

L'essentiel de notre temps en commun se passait ainsi : il parlait et j'écoutais sa voix. Le danger étant que tout ce qui vous nourrit vous bouffe aussi. Vous dévore. J'ai couru ce risque.

J'ai donc appris à connaître Ariel. J'ai appris à « vivre avec » – encore une expression que souvent l'on emploie à tort et à travers – et je me suis souvent demandé comment j'avais pu jusqu'ici « vivre sans ».

Je sais que vous pourrez comprendre ça, cher monsieur Astrid.

Petit poison deviendra grand.

Nous avons eu dix-sept ans, puis dix-huit. Terminé, le lycée. Bientôt s'ouvrirait une ère nouvelle. Bientôt le cercle restreint que nous formions s'élargirait, se compléterait. Un troisième élément viendrait s'inscrire dans la ronde et nous saurions alors plus sûrement sur quel pied danser.

Mais pour l'heure nous n'y songions pas. Nous nous laissions porter. L'été précédant notre entrée à la faculté a coulé sans remous apparent. C'étaient de vraies vacances. Et pour conclure ce chapitre, je retiendrai cette image de nous, nous deux, assis côte à côte sur une balancelle dans le jardin de la maison, ainsi que cela nous est arrivé souvent. C'est une fin de soirée. L'air est tiède, tendre. Un majestueux acacia nous protège de ses branches. Nous nous berçons doucement et parlons à mi-voix. Non pas tant, il est vrai, pour refaire le monde que pour le défaire.

Et là-dessus sans qu'on s'en rende compte la nuit tombe et nous confond.

J'ai fini par décrocher mes doigts du volant pour ouvrir la portière. Marie se tenait toujours devant la grille. Un long manteau, une écharpe, un petit sac suspendu à l'épaule, un cartable en cuir à la main. La panoplie adéquate pour son rôle. Je me suis approché lentement et elle m'a laissé venir. Je me suis planté devant elle. Mes yeux s'ouvraient et c'était une femme de 50 ans que je découvrais. Une femme magnifique. J'ai eu peur de ce qu'elle pouvait découvrir en retour. Elle continuait à me dévisager en silence. Elle aurait eu parfaitement le droit de me tourner le dos et de filer sans un mot. Elle ne l'a pas fait. Elle a eu son merveilleux sourire mélancolique, puis elle a soufflé :

— J'avoue que j'avais cessé d'y croire…

J'aurais voulu répondre quelque chose mais je n'ai pas pu. Je n'avais pas prévu que ça me chamboulerait autant. J'ai tendu les bras et je l'ai étreinte. Fort. Le nez dans ses cheveux, j'ai reconnu et respiré son odeur. Tout ce que j'ai pu murmurer, c'est : « Maria… » Ce contact a achevé de me pulvériser en dedans. Grand nettoyage d'hiver. Un peu de sa pureté commençait déjà à m'investir. Je l'ai tenue longtemps serrée contre moi. Vu de tout là-haut, on aurait pu nous confondre avec deux collégiens isolés dans leur monde, débordants de sève et d'illusions. Nous l'avions été un jour.

Marie n'a jamais eu le permis. Elle a accepté que je la raccompagne. Elle a pris place à côté de moi après que j'ai eu viré à l'arrière le sandwich intouché et un sac en plastique qui contenait les feuillets du manuscrit tenus par un élastique. Tout le trajet s'est déroulé dans un muet échange de coups d'œil, furtifs, timides. Ce manège a eu l'air de l'amuser. Elle a simplement dit :

— Déçu ?

J'ai fait signe que non.

— J'ai longtemps été aveugle, c'est tout.

Une très légère rougeur sur ses joues ; elle a reporté ses yeux sur la route. J'avais noté quelques rides insignifiantes ici ou là, le pli des lèvres marqué, des veines à peine plus saillantes sur le dos des mains. Son regard n'avait rien perdu ni de sa clarté ni de sa profondeur – pareil à une fenêtre ouverte sur un ciel lumineux. Bilan on ne peut plus honorable pour elle. J'ai évité mon propre reflet dans le rétroviseur.

Elle habitait toujours le même vieil immeuble bourgeois, en plein centre-ville. Un appartement hérité de ses parents. Je me suis garé, j'ai pris le texte emballé dans le sac et je l'ai suivie dans les escaliers. Une nouvelle bouffée d'émotion m'a saisi en pénétrant dans ces lieux. Marie les avait depuis longtemps remodelés à son image. L'intérieur était sage, accueillant, délicat. Un écrin presque parfait, si ce n'est qu'il était beaucoup trop vaste pour un diamant solitaire.

Le piano avait disparu. Dans un haut vase jaune il y avait un bouquet de fleurs fraîches. Marie a posé ses affaires et jeté son manteau sur le dos d'un fauteuil.

— Assieds-toi, elle a dit. Tu veux quoi ? Café ? Thé ? Autre chose ?...

Pas mal de points de suspension après cet « autre chose », mais je ne pouvais pas lui en vouloir. Elle ne savait pas exactement où j'en étais.

— Café, s'il te plaît. Ce sera jamais que mon quatorzième, aujourd'hui.

Un éclair d'approbation dans son regard. Je l'ai entendue traficoter cinq minutes dans la cuisine. Elle est revenue avec deux tasses sur un petit plateau. J'étais toujours debout avec mon sac ballant. J'ai attendu qu'elle s'assoie pour l'imiter. Elle a bu une gorgée, puis reposé sa tasse. Elle m'observait. Je n'avais pas préparé de phrases. Elle a fini par dire :

— Toute la journée, j'ai l'occasion de voir des gamins pris en faute par leurs professeurs : tu as exactement la même expression qu'eux.

— Ça fait drôle, j'ai dit. De me retrouver ici. Je me demandais depuis quand…

— Longtemps, elle m'a coupé. Trop longtemps. Mais tu as quand même meilleure mine que la dernière fois.

Je n'en avais pas souvenir mais j'imaginais assez

bien le désastre. Mon air contrit a dû s'accentuer. Elle s'est penchée en avant et a ajouté :

— Je suis très heureuse de te voir, Alex. Vraiment.

Je savais qu'elle était sincère. J'ai essuyé une volée de remords, puis enchaîné avant de m'appesantir.

— Je ne suis pas sûr que tu diras la même chose tout à l'heure, quand tu auras vu ce que je t'apporte.

— Hmm, encore une surprise ?

— On peut appeler ça comme ça, j'ai dit.

Puis j'ai saisi le sac plastique et pendant trente secondes mes doigts se sont escrimés sur le nœud que j'avais fait, sans en venir à bout. J'ai fini par déchirer l'emballage. J'ai sorti le paquet de feuilles et l'ai posé sur mes genoux. Ultimes relents de mauvaise conscience. Embarquer Marie là-dedans, c'était jeter de la boue dans le cours limpide d'une rivière. Pas très fier, mais encore assez égoïste pour ça. J'ai soupiré :

— J'ai besoin de toi, Maria.

— Tant mieux !

J'ai relevé les yeux. Les siens pétillaient. Puis sa gorge s'est soudain renversée dans une sorte de rire muet et j'ai fait un bond de trente années en arrière.

— « Maria » ! elle s'est écriée. Il y a une éternité que personne ne m'a plus appelée comme ça !

L'instant d'après son visage se figeait, comme si ce fugace éclat de joie l'avait elle-même étonnée.

Ses lèvres se sont refermées, laissant son sourire en surface.

— Allez, montre-moi, elle a fait.

Je lui ai tendu le manuscrit par-dessus les tasses. Elle a ôté l'élastique qui l'entourait et passé lentement le plat de sa main sur la première page, comme pour en apprécier le grain ou effacer d'infimes traces de poussière. Elle a eu le temps de lire cent fois le titre.

— C'est toi qui l'as écrit ? elle a demandé.

— Non. Je l'ai trouvé dans ma boîte aux lettres, hier matin.

— Qu'est-ce que c'est ?

— Je préférerais que tu le lises avant qu'on en parle.

Elle a soulevé une feuille, puis une autre, au hasard, parcourant quelques lignes à chaque fois. Paupières plissées.

— Te sens pas obligée, Marie, j'ai dit. Tu peux très bien m'envoyer balader, c'est pas pour ça que je t'en voudrais. Ce truc risque de te… de te faire du mal.

Elle a hoché la tête.

— D'accord. Tu m'auras prévenue.

J'ai lâché un nouveau soupir. Je me sentais bon qu'à ça. Marie s'est penchée vers son sac et y a pioché un étui à lunettes ; puis elle s'est redressée, le texte à la main.

— Tu m'accordes… disons : trois heures ?

Ça m'a scié.

— Quoi ! j'ai fait. Tu vas t'y mettre là, maintenant ?

— Pourquoi pas ? Je n'avais rien prévu de particulier pour ce soir. Et toi ?

— Euh… non.

— Bien. Alors, installe-toi. Il y a des disques, il
y a des bouquins. J'ai laissé la cafetière allumée
dans la cuisine. Si tu as faim, tu te sers dans le frigo.
Ça ira ?

Je n'avais même pas quitté mon blouson.

— C'est trop, j'ai dit.

Elle s'est dirigée vers sa chambre. Je l'ai rappelée
au moment où elle en franchissait le seuil.

— Marie !

Elle a fait volte-face.

— Moi aussi, j'ai dit. Je suis très heureux de te
voir.

Elle s'est éclipsée sans rien ajouter, refermant la
porte derrière elle.

Une fois seul, je suis resté un bout de temps assis
sur le canapé, l'esprit flottant. Puis je me suis levé
pour aller jeter un œil sur les étagères. Des rangées
de disques. Je connaissais les goûts de Marie, apparemment ils n'avaient pas changé. Il y avait là
quelques incontournables du répertoire classique,
mais l'essentiel de sa discothèque était un florilège
de la variété française des années soixante à nos
jours. Dans ce domaine, cela allait du haut de
gamme (Brel, Brassens, Ferré…) à du beaucoup
moins haut. Cette prédilection pour ce que je
considérais comme de la bluette musicale m'avait
toujours étonné de sa part. Marie était une fabu-
leuse interprète de Haydn et de Dvořák, mais elle
était capable de verser une larme en écoutant Sal-
vatore Adamo fredonner *Tombe la neige…*

Je me suis dit que ça la toucherait peut-être si je faisais l'effort d'essayer. J'ai glissé un CD d'Aznavour dans le lecteur et me suis rassis sur le canapé. J'ai dû m'endormir au troisième morceau, avec pour seule excuse deux mille ans de retard de sommeil à rattraper.

« Il adorait sa maman, cet homme-là. Ça se sentait, ça se voyait. À cinquante-cinq ans passés, il partageait toujours avec elle sa vie et son appartement, refusant d'entendre l'appel pressant de la maison de retraite malgré tous les maux dont elle souffrait, malgré son invalidité et les complications que cet état entraînait. Et comme il s'en occupait bien ! Avec quelle sollicitude, avec quelle abnégation. Le dimanche en matinée, lorsque le temps le permettait, on pouvait les apercevoir tous deux sillonnant les allées du jardin de la ville. Le vieux garçon et la vieille dame, l'un poussant l'autre dans son fauteuil et souvent se penchant sur le dôme blanchi de son crâne afin de lui faire part de quelque impression, peut-être un commentaire sur la clémence du ciel ou la magnificence d'un mimosa en fleurs. Ou bien sur le choix des douceurs qu'ils s'octroieraient pour le dessert dominical. Mille-feuilles, religieuse, la sublime tarte aux pignons de chez Fourques. Qu'est-ce qui te fait le plus envie, maman ?

La malheureuse avait perdu l'usage d'à peu près

tous ses sens, mais conservait un solide dentier. Et l'amour inaltérable de son fils.

Jean-Baptiste Cyrillus. Docteur ès lettres. Honorable professeur de faculté. Celui qu'entre eux les étudiants surnommaient «Elmer», à cause essentiellement du timbre de sa voix, qui n'était pas sans rappeler celui du souffre-douleur de Bugs Bunny et tous ses amis. Non plus que la physionomie de son visage, c'est vrai.

On imagine bien ce brave Elmer prendre soin d'une mère impotente jusqu'à ce que mort s'ensuive.

Costume anthracite, coupe réglée, cravate : mise identique aussi bien la semaine dans les amphis que le week-end au parc. Homme discret et érudit, un brin maniaque, dont l'autre objet de dévouement et de dévotion, outre sa maman, était les poètes de la Renaissance – ainsi pouvait-il déclamer des stances de Ronsard, des odes de Du Bellay, comme il était capable de décliner la complète pharmacopée de la polyarthrite. Et tout ça toujours avec la voix nasillarde du petit bonhomme Elmer.

Portrait brossé. Sera-ce celui qu'on suspendra le moment venu aux cimaises de son mausolée ? Possible. Quelques retouches s'imposent cependant : oui cet homme-là aimait passionnément sa vieille maman et la poésie du XVIe siècle, et il aimait aussi passionnément qu'on lui enfonce des bouteilles de Perrier dans le fondement.

Et pourquoi pas ? se dit-elle.

Le problème était avant tout d'ordre pratique. Le premier soir où il se présenta, elle fut prise de court. Elle ignorait encore ses goûts. Autant dire que le coup du coffre et du chapelet de boissons débité fut un flop mémorable. Monsieur le professeur resta de marbre. Jamais d'alcool. Il ne jurait que par l'eau gazeuse. De plus il n'était pas là pour plaisanter. Son temps était compté ; sa pauvre mère était demeurée seule dans l'appartement et cela ne lui plaisait guère.

Néanmoins, il resta. Il inspecta brièvement les lieux et cet examen dut le satisfaire. Ordre et propreté, un bon point pour elle. Soigner les détails, toujours. Et soigner les malades. Monsieur le professeur donna ses instructions et directives, précises, du même ton qu'il employait pour dicter ses cours. Elle comprit et enregistra. Hélas, comme on l'a dit, le matériel faisait défaut. Par exemple il dut se contenter ce soir-là d'une bouteille de Schweppes et elle sentit bien qu'il en fut contrarié, que ce n'était pas tout à fait ça. Elle déploya beaucoup d'efforts et d'attentions en manière de compensation. Avant qu'il reparte, elle lui renoua elle-même la cravate autour du cou. Impeccablement. C'est peut-être seulement cela qui le décida à lui accorder une seconde chance.

La fois suivante, elle était parée. Ravitaillement effectué. Un pack de six posé par terre à côté du frigo. Perrier, 33 cl. Sachant l'usage auquel les bouteilles étaient destinées, elle ne put en boire le contenu. Elle en vida trois dans l'évier. De quoi voir venir. Elle avait également fait les frais d'une blouse blanche et d'une trousse médicale au complet. Enfin, et sans même que le professeur le lui eût suggéré, elle avait appris par cœur un sonnet du sieur Étienne Jodelle (1532-1573), supputant que, placés à bon escient, ces quelques vers ne pourraient qu'ajouter de la saveur au fruit.

La maligne.

Monsieur le professeur revint ainsi qu'il l'avait annoncé le vendredi suivant à 21 heures. Ponctuel. La secrétaire le fit entrer et l'installa dans la salle d'attente. Il patienta sagement, feuilletant un magazine, tandis qu'elle se changeait dans la pièce d'à-côté. Quand elle rouvrit la porte, elle était revêtue de la blouse blanche et n'avait pas du tout l'air de rigoler. « Monsieur, c'est à vous », dit-elle. Au regard qu'il lui jeta par-dessus ses bésicles, elle sut que c'était gagné. Il posa le magazine, se dressa, se racla la gorge. « Bonjour, Docteur », dit-il en s'avançant vers elle, main tendue.

Rien que d'assez classique, dans le genre. Mais Dieu qu'il est parfois long et tortueux le chemin qui conduit à l'extase.

La suite fut à l'avenant. Elle l'introduisit et referma la porte. « Alors, qu'est-ce qui vous arrive, cher monsieur ? » Il décrivit ses maux, ses symptômes. Elle l'écouta en hochant la tête. Après quoi elle dit : « Bien, bien. » Puis elle dit : « Déshabillez-vous, nous allons voir ça. » Il s'exécuta, ne conservant sur lui qu'un slip kangourou et une paire de chaussettes en fil d'Écosse. Deux bas bien roides et sans plis sur des jarrets de coq. Parmi ses ustensiles elle piocha pour commencer un abaisse-langue et une minuscule torche. Elle s'approcha de lui qui se tenait debout les bras ballants au milieu de la pièce.

Il était de taille légèrement inférieure à la sienne. «Ouvrez», dit-elle. Elle lui fourra la hanche de bois jusqu'aux amygdales. Elle examina l'affaire de près et il lui apparut soudain, l'espace d'un vertigineux éclair, qu'elle pouvait basculer, se laisser happer, glisser tout entière dans cette cavité sombre et moite comme au fond d'une oubliette d'un château hanté et alors elle aurait beau hurler, hurler, hurler, nul jamais ne viendrait la rechercher en ce lieu. «Fermez», dit-elle. C'était passé. Elle lui releva les paupières et braqua le faisceau de la lampe sur la pupille, insecte noir affolé. Une paupière puis l'autre. Elle s'arma ensuite d'un stéthoscope dont elle promena l'embout sur la chair grise, sur le corps maigre, rabougri, avec juste le renflement d'une bedaine naissante (Ah! les fameuses tartes aux pignons de chez Fourques!) À l'emplacement du cœur elle entendit des battements précipités. Elle perçut, ailleurs, d'autres sons dont elle ne sut déterminer l'origine. «Toussez», dit-elle. Et il toussa. Monsieur le professeur était un patient docile. Durant tout le temps de l'auscultation elle prit soin de garder l'œil clinique et froide la main. Regard et gestes de praticien. Distanciés. Ce n'était pas le plus difficile. À trop s'approcher on était saisi aux narines par l'odeur de vieillesse que l'homme portait sur lui. L'odeur de maman. Ténue mais pas imperceptible, sorte de relents de vase, effluves de fleurs fanées dans l'eau croupissante. S'imagine-t-on qu'on puisse un jour soi-même exprimer pareille essence? Sa propre peau si fraîche aujourd'hui, si convoitée. *Mignonne, allons voir si la rose...*

L'examen se poursuivit, qu'elle ponctuait de « Bien, bien, bien » murmurés sur un ton qui laissait présager plutôt du contraire. Monsieur le professeur se laissait manipuler. Tandis qu'elle s'affairait dans son dos, il sentit l'effleurement d'un souffle sur sa nuque et ne put réprimer un frisson. Doucement sa tension augmentait.

Enfin, elle reposa ses instruments. Elle soupira. Lèvres pincées, sourcils froncés. Au bout d'un moment il n'y tint plus et demanda : « Docteur, est-ce que c'est grave ? » Et sa voix avait un tel accent de sincérité, son regard était si anxieux qu'elle n'eut même pas envie d'en sourire. Non, pensa-t-elle. Bien sûr que non, ce n'est pas grave. Il n'y a rien de grave lorsqu'on y songe. Surtout pour le petit Elmer. Chacun sait que le petit Elmer ne meurt pas. Chacun sait que le petit Elmer revient à chaque épisode. Éternel dindon de la farce.

Ce n'est pas ce qu'elle répondit. Elle poussa un nouveau soupir et dans la foulée lâcha : « On va prendre votre température, monsieur Cyrillus. Allongez-vous sur le ventre. »

Le ton est parfait. Les choses sérieuses commencent. Monsieur le professeur se paye un coup de rouge au front. Ses yeux fuient. Sa bite enfle. Oh ! c'est loin d'être monumental mais c'est là, et cela n'a pas échappé à l'experte praticienne. Une légère protubérance sur la poche de devant. Elle ne relève pas, si l'on peut se permettre. Figure impassible. Elle désigne d'un geste le matelas par terre. «Je vous en prie», dit-elle. Certes c'est un peu bas comme table d'auscultation, mais il y a certaines concessions qui ne sont pas des sacrifices. D'ailleurs, à partir de cet instant la pantomime purement médicale se délite. Le rituel se désagrège. Ou s'émancipe, selon. Le patient se couche sur le ventre au risque d'aplatir sa modeste érection. Elle se place à côté, sur le bord du matelas. Elle lui descend son slip, découvrant deux pauvres fesses pâlichonnes et fuyantes, quasi imberbes. «Écartez», dit-elle. Et il écarte. Autant que l'élasticité du slip le lui permet.

C'est ici qu'intervient la fameuse bouteille d'eau pétillante. Requise pour les besoins de la cause. L'opération est délicate, mais elle réussit. Monsieur le professeur étouffe un grognement dans l'oreiller. De douleur? De plaisir? La température, c'est sûr, monte. C'est toute une technique. Tout un art. Il faut d'une main maintenir le goulot et de l'autre, à plat, donner de petites tapes sur le cul de la bouteille. «Et un Perrier rondelle, un!» ne peut-elle s'empêcher de penser. C'est ignoble. Même pas digne d'un vulgaire médicastre de pacotille. Elle se sermonne. Se reconcentre. Elle tape, elle tape. Monsieur le professeur commence à gémir. De douleur? De plaisir? Voilà où l'on en est lorsqu'elle décide de pousser sa botte. L'air de rien. Sa voix s'élève:

Enfin leur a monstré ce que peut la fureur
De son bras rougissant de foudre et de colere,
Saccageant, meurtrissant d'une entreprise fiere
Ce monstre qui tenoit tout le monde en erreur…

Sait-elle parler aux malades, cette exquise docto-resse. Sait-elle choisir les mots et la manière. Dans le texte original, s'il vous plaît ! L'effet est presque immédiat. Passé un très léger temps de surprise, la strophe fait mouche et monsieur le professeur pousse un long ululement. C'est le terme. En connaisseur il apprécie. Il cambre les reins. Il se tend. Il s'ouvre. Cette fois il n'y a plus matière à s'interroger : que ce soit douleur ou plaisir, qu'im-porte, l'essentiel est qu'il en veuille encore. Et d'avantage. Monsieur le professeur réclame. Elle obtempère.

Ennemis de repos, de Dieu et de nos Princes,
Ennemis conjurés du peuple et des provinces,
Immortels ennemis de l'honneur des tombeaux...

Ils furent et l'un et l'autre des enfants. Il n'y a pas si longtemps elle jouait encore dans un jardin avec un chien aussi grand qu'elle. Une bonne grosse pâte de toutou. Une peluche vivante. Elle s'accrochait à son cou. À la saison chaude elle ne portait sur elle qu'une culotte de coton blanc. Elle était Mowgli dans la jungle, il était Bagheera et Baloo réunis. Elle aurait voulu dormir avec lui. Et puis le chien est mort. Pourquoi ? À cette heure, on ne lui a toujours pas donné de réponse.

Elle tape, elle tape sur le cul de la bouteille. Monsieur le professeur hennit, à présent. C'est le terme. Il y a un peu plus longtemps – mais quoi, au regard de l'éternité ? – il serrait la main de sa maman et marchait à ses côtés dans une rue pavée au bout de laquelle il savait trouver un salon de thé de grand renom. C'était le dimanche après-midi. Ses leçons étaient faites du matin. En ce temps-là sa maman ne sentait pas le sur. Elle portait des habits noirs. Le salon était situé à l'étage. Ils prenaient place tous deux à une table du fond. Il était l'unique enfant dans l'établissement. Assis bien raide sur un fauteuil Louis XV. Il avait droit à un chocolat chaud et deux pâtisseries. Ils goûtaient en silence. Les lustres brillaient même en plein jour. Un milliard d'ampoules. Par les carreaux d'une haute fenêtre il voyait s'agiter les branches d'un platane. C'était l'hiver. C'était toujours l'hiver et le vent.

J'imagine.

Elle tape, elle tape, un peu plus fort, un peu plus vite. Elle enfonce le clou. Contrairement à ce que l'on peut croire, il ne faut pas s'enfuir dans ces moments-là. Il ne faut pas chercher à s'évader. Il faut rester bien présent et conscient. En plein dedans. Patauger. Prendre et stocker. Il faut nourrir, il faut façonner la boule à l'intérieur. Il faut bourrer l'arme jusqu'à la gueule.

Au-dessus des gémissements, des ululements, des hennissements, sa voix s'élève :

Et sans tombeaux aussi, vos charognes puantes
Roulent dessus les eaux, et ne servent errantes
Que d'amorse aux poissons et de gorge aux cor-
beaux.

Monsieur le professeur crie. Il est secoué d'un curieux spasme, une ruade de la jambe qu'elle évite de justesse. Puis monsieur le professeur s'écrase sur le matelas, la bouche ouverte, la bave aux lèvres, avec une expression de frayeur hagarde. En retirant la bouteille elle annonce : « La fièvre est tombée. Vous pouvez vous rhabiller. »

Elle n'aura pas besoin de lui renouer sa cravate. Pas cette fois, ni celles d'après. Il est pris. Le nœud est déjà fait.

Du haut de sa fenêtre elle le regarda s'enfoncer dans la nuit. Silhouette chétive, furtive, rasant les murs. Ombre sur ombre.

Toi qui prétends m'aimer, songea-t-elle, toi qui prétends m'aimer, exauce mes vœux. »

Ces quelques extraits que je vous livre, vous l'aurez compris, sont tirés des cahiers de Flo. D'autres proviennent des carnets d'Ariel. J'essaime. Si j'ai sélectionné ces passages en particulier – fidèlement retranscrits, je vous prie de le croire ; mot pour mot – c'est parce qu'ils me semblaient propres à jeter quelque lumière sur les recoins les plus sombres. Aussi parce que certains protagonistes qui y figurent ne vous sont pas inconnus.

Je voulais vous dire, monsieur Astrid, que vous étiez passé très près de la vérité. Si tant est qu'il y en ait une. Et une seule.

À propos des notes de Florence, vous remarquerez certainement cette curieuse façon qu'elle a de parler d'elle à la troisième personne. Tout comme s'il s'agissait d'une autre fille, d'une autre femme. Séparation du corps et de l'esprit ? Suprême détachement de soi ? Cela est-il nécessaire, voire indispensable ? J'en suis effectivement venu à me demander si tous autant que nous sommes, et suivant les circonstances, n'en étions pas réduits à cet ultime stratagème afin que notre propre existence nous demeure supportable. Nos actes semblent parfois si éloignés de nos âmes. Si à l'opposé. Le sont-ils vraiment ou bien n'est-ce qu'un leurre ? Dans ce dernier cas, cela voudrait dire que la face cachée est proprement hideuse, et qu'à la tombée des masques nul espoir ne sera plus permis. Chacun se reconnaîtra ; les miroirs voleront en milliers d'éclats, de terreur et de honte.

Je comprends qu'on puisse parler à la deuxième ou troisième personne. Je comprends qu'on soit tenté de faire endosser à l'autre et la faute et le fardeau. Et soi-même se contenter de porter le deuil.

Ces choses-là sont compliquées.

J'ai été témoin, il y a quelques mois de cela, d'une scène saisissante. C'était tôt matin, du côté de la gare. Je sortais du parking, à pied, quand j'ai aperçu devant moi sur le trottoir deux oiseaux : un goéland et une tourterelle. La tourterelle était morte. Couchée sur l'asphalte, éventrée, les entrailles à l'air. Le goéland la bouffait. Plus que ça : il s'acharnait sur elle, il la déchiquetait. À voir ce semblant de danse qu'il effectuait autour du cadavre, cette façon de piétiner sur place, d'écarter brusquement les ailes en poussant un cri furieux, à voir la folie qui étincelait dans son œil rond et la violence de ses coups de bec, je n'avais pas l'impression d'assister simplement au providentiel repas d'un charognard. Cela faisait plutôt penser à l'assouvissement d'une vengeance longtemps ruminée. Comme si la tourterelle était l'ennemi ancestral, l'ennemi juré qu'il venait enfin de vaincre.

L'instinct primaire resurgissait. Après des siècles de contrainte, la haine, la cruauté se donnaient libre cours et triomphaient. Et ce, entre individus de même espèce.

Je lui ai donné le nom de tourterelle mais ce n'était plus qu'une pauvre chiffe indéfinissable. Le bec du goéland était rouge de sang, et constellées également les plumes blanches de son col.

Pour compléter ce tableau, il y avait juste en face, sur le trottoir opposé, trois clochards vautrés sous leurs emballages de carton. Chacun dans une alcôve de béton, le long de la façade d'un bâtiment annexe de la gare. Je ne distinguais pas leur visage. Hommes ou femmes, jeunes ou vieux, vivants ou morts. Des individus de mon espèce, en tout cas. Et, semblait-il, indifférents au sort des volatiles.

J'ai vu tout ça dans son ensemble. Y avait-il quelque enseignement à en retirer ? Sur le coup, je me suis seulement dit : ça existe, ce n'est pas que dans ma tête. J'ai pensé : ceci est une vision possible, une représentation possible du monde.

Mais je m'éloigne sans doute un peu trop de l'histoire. De notre histoire. Revenons-y. Le choix des études supérieures n'a pas été pour moi un dilemme : je suivrais Ariel. Où qu'il aille, j'irais ; quelle que soit la branche, quel que soit le lieu.

Je ne pense pas qu'il ait jamais eu en perspective l'exercice d'une quelconque profession – surtout pas celle de chef d'entreprise ou patron de je ne sais quelle boîte d'informatique. Le travail n'était pas pour lui une fin en soi, non plus qu'un moyen de s'épanouir ; et gagner sa vie ne lui était pas une nécessité. La seule fortune familiale lui aurait permis de contempler la mer sur une chaise longue jusqu'à la fin de ses jours. De plus, il n'y avait rien dans son caractère qui ressemblât de près ou de loin à de la cupidité. Tout ce qu'il a pu faire, il l'a fait, non pas gratuitement, mais en aucun cas dans un but lucratif. Que ceci soit bien clair.

L'université la plus proche se situait à quatre-vingts kilomètres. Il n'était pas question de faire chaque jour l'aller-retour. Ariel m'avait proposé de partager un appartement sur place : une offre que, bien entendu, je m'étais empressé d'accepter. À mes yeux n'importe quel placard à balais aurait fait l'affaire, pourvu qu'il nous fût commun.

Fin septembre de cette année-là, j'ai donc quitté pour la première fois mes parents et la petite ville de Saintes-sur-Mer où j'avais toujours vécu. Il restait une dizaine de jours avant le début des cours. Nous les avons passés, Ariel et moi, à explorer notre nouveau territoire. Ces journées, tout auréolées de grâce, demeurent intactes dans ma mémoire.

Je me souviens qu'il faisait un temps superbe. L'été indien n'en finissait pas. Nous roulions des heures entières au volant de la Saab (Ariel avait l'âge de la conduire à présent), nous laissant emporter au gré des artères comme par un courant nonchalant. Les seuls noms des rues, que je lisais au vol sur les plaques, étaient pour moi gages d'exotisme et promesses d'aventure. Tout me paraissait beau, exaltant, merveilleux. Je me serais cru dans un pays imaginaire. Peut-être n'était-ce que mon regard qui nimbait chaque chose, chaque être que nous croisions. Peut-être retrouvaient-ils sitôt après notre passage la terne apparence de l'ordinaire. Je ne me retournais pas. Je souriais béatement. La main d'un dieu posée sur mon épaule…

Et force est de constater une fois encore mon fâcheux penchant à décrire les jours heureux. Je crains que cela ne fausse mon récit. Je fais étalage de joie, d'émerveillement, de douce béatitude, je parle de ciel bleu et de nobles sentiments, mais est-ce que je ne savais pas déjà ce qui couvait là-dessous ? Étais-je à ce point ingénu, innocent, que je n'avais aucun pressentiment de ce qui se tramait : l'horreur sous la tranquille euphorie ?

Comme je l'ai déjà dit, je ne crois pas au pur hasard. Non plus d'ailleurs qu'à un destin fixé de façon irrévocable, sous forme de fatalité. La vie serait plutôt un subtil mélange des deux. Les carrefours sont nombreux, libre à nous de nous engager sur telle ou telle voie. Certes, la plupart du temps sans en voir le bout. La finalité de notre choix nous échappe sur l'instant (et parfois à jamais), mais ce choix existe. Je veux le croire. Car si le hasard seul gouvernait, ou la seule inexorable destinée, nulle justice ne serait applicable. Il n'y aurait ni responsable, ni coupable. Ni mérite à ne pas l'être. Il n'y aurait que des victimes dans cette affaire.

Trop facile. Je ne veux pas me cacher, je ne veux pas fuir toujours. Se livrer, nu, dans toute sa laideur : cela, oui, est difficile. L'honnêteté se paie.

Alors, avec le recul, je puis affirmer que j'avais flairé l'odeur du sang avant qu'il soit versé. Et je me dis que c'est pour cette raison précisément, délibérément, que j'ai suivi cette piste. Celle-ci et pas une autre.

Je n'ai pas d'excuses.

Ainsi, pour ne citer que l'exemple de ce professeur, monsieur Cyrillus, il ne m'a pas fallu bien longtemps pour entrevoir le dénouement de l'histoire. Comme vous le savez, on a découvert son corps un matin, au milieu des buissons, dans ce jardin de la ville qu'il connaissait si bien. Son corps nu et mutilé. Un crime barbare qui a mis toute la cité en émoi, et plus particulièrement la faculté où il enseignait. Qui aurait pu s'attendre à une telle abomination, même si depuis longtemps la rumeur faisait état des mœurs hors normes de monsieur le professeur, de ses relations pas toujours très recommandables.

Pauvre petit bonhomme Elmer. On n'entendrait plus sa voix nasillarde à travers les amphis. Sur les bancs, chacun y allait de son commentaire, de son opinion. J'en captais çà et là quelques bribes, qui auraient pu me prêter à sourire si j'en avais eu le cœur. Moi, je me taisais. Je n'avais rien à déclarer. Il n'y avait qu'une seule question que j'aurais pu éventuellement me poser, à l'époque : était-il ou non en mon pouvoir de faire dévier le cours de l'histoire ?

Mais j'anticipe. Tout ceci n'aurait lieu que lors de notre deuxième année de fac. Avant ça, il y a d'abord eu un autre événement, majeur, primordial en ce qui nous concerne. Avant ça, il y a eu la rencontre.

Ariel et Florence se sont tout de suite reconnus. Florence n'était pas' une fille à côté de qui l'on pouvait passer sans en éprouver aucun trouble. C'est toujours le cas aujourd'hui, même si à de nombreux égards elle a beaucoup changé. Il y a certains êtres dont la seule présence suffit à vous ébranler et les sens et l'âme. J'ignore pourquoi. J'ignore la nature de l'indicible substance qu'ils irradient, la muette formule du sort qu'ils vous jettent. Je sais juste que cela agit. C'est ainsi. Florence fait partie de ces êtres. Tout comme Ariel. C'est pourquoi je parle de «reconnaissance» entre eux, et non de coup de foudre ou autre fulgurance. Ils auraient aussi bien pu, d'emblée, se repousser mutuellement, comme deux pôles d'aimants identiques. Ils auraient pu, après s'être toisés, se défier, se haïr, se combattre, avec les mêmes armes et pour le même empire.

Au premier regard, ils se sont unis.

Ce jour-là le ciel était bas, la lumière grise. Les cours avaient débuté depuis trois semaines. À la pause de midi, Ariel et moi avions pris l'habitude de grignoter un morceau au petit snack de la fac. Il y avait quelques tables installées dehors, dans la cour intérieure. Par ce temps incertain, l'endroit était quasi désert, quelques papiers voletaient, mêlés aux feuilles mortes. C'était l'automne. Et elle était là.

Florence. Comme la ville.

Mais je ne savais pas encore son nom.

Seule à une table, elle ne buvait ni ne mangeait. Elle fumait. Si ça ne me faisait pas si mal, je pourrais dire qu'elle l'attendait. Je revois Ariel s'immobiliser tout à coup au milieu de l'escalier qui menait à cette cour. J'ai suivi son regard. J'ai compris. Ses yeux à elle étaient cachés derrière des lunettes noires mais je sais qu'elle le dévisageait aussi. Ça a duré une fraction d'éternité. Moi, je regardais l'un et je regardais l'autre. Le chien qui bouge la tête. J'ai su dès cet instant que je n'allais pas tarder à souffrir. J'ai su que l'espace qui les séparait se réduirait bientôt à une portion infime, à un étroit interstice dans lequel il faudrait que je m'immisce tout entier. J'ai su que je devrais me faire petit, petit, mais indispensable, j'ai su que je devrais m'accrocher pour survivre. N'importe qui aurait su ça.

Ils n'ont pas eu besoin d'échanger un signe. La fille n'a pas bougé. J'ai touché l'épaule d'Ariel. «Tu viens?» j'ai dit. Il m'a regardé comme s'il ne comprenait pas. J'ai répété : «Viens.» Il s'est ébranlé. Il m'a suivi d'un pas lent, d'un pas de somnambule. Nous sommes rentrés dans le snack. J'ai commandé et réglé nos deux sandwichs. Ariel ne semblait pas capable de prononcer un mot. Il restait prostré devant le comptoir, l'œil fixe et qui trahissait la violence du choc qu'il venait de recevoir. Qu'on ne se méprenne pas : son attitude ne relevait pas de quelque éblouissement amoureux, de l'allégresse, de la joyeuse et surprenante explosion du cœur. Non. Rien de cela. Son expression était toute d'incrédulité, d'incompréhension, et même on y sentait poindre une certaine épouvante – l'effet que pourrait causer la brusque réapparition d'un être cher qu'on croyait perdu à jamais. Je ne l'avais pas encore connu dans un tel état. J'ai dû l'entraîner par le bras pour repartir.

Et maintenant je jure que ce qui va suivre est la stricte vérité. Sans travestissement ni affabulation. Je le jure sur ce que j'ai de plus cher au monde : sur la tête de mes enfants.

Lorsque nous sommes ressortis du snack, la fille n'était plus là. À sa place, perché sur le dossier de la chaise qu'elle avait occupée, se tenait un oiseau. Un rouge-gorge. Pourquoi un rouge-gorge ? Pourquoi pas une mésange ? Pourquoi pas une alouette ou un étourneau ? Je ne sais pas. La vision, cette fois, nous a cueillis simultanément, stoppant net nos pas. Je suis resté quelques instants à contempler l'oiseau, puis je me suis tourné vers Ariel. Je suis certain qu'il pensait la même chose que moi. J'ai vu peu à peu s'estomper la lueur d'anxiété qui brûlait dans son regard, j'ai vu se dissiper son tourment. Je l'ai senti soulagé. Bientôt, un sourire a affleuré à la surface de ses lèvres ; sourire de connivence, de ceux que seuls les initiés peuvent saisir. Il ne m'était pas destiné. Ariel ne quittait pas l'oiseau des yeux. Tache vermillon sur le blanc du plastique, sur le gris du béton. Personne autour, parmi les deux ou trois groupes d'étudiants qui traînaient là, ne semblait pourtant l'avoir remarquée. Personne n'avait l'air d'y accorder de l'importance.

Et puis j'ai vu Ariel se détacher de moi et s'avancer droit vers l'oiseau. Celui-ci est resté perché sur sa chaise, sans montrer le moindre signe de frayeur, sans même un frémissement d'ailes. Ils se sont retrouvés l'un en face de l'autre, à deux pas de distance, s'entretenant peut-être dans un langage dont eux seuls connaissaient le secret. J'hésitais à les rejoindre. Je craignais que mon intrusion ne les effarouchât tous deux et ne rompît le charme. Je me sentais impuissant et largué, abandonné. En même temps j'étais conscient que c'était un moment crucial, où mon propre sort se jouait. Soit je demeurais planté sur le quai à les regarder s'éloigner à travers mes larmes, soit je forçais ma chance et tentais d'embarquer, coûte que coûte, afin de faire moi aussi la traversée. Clandestin à fond de cale.

Je me suis décidé. Tout doucement je me suis rapproché d'eux. Tout doucement. J'ai pénétré dans leur sphère. À mon immense soulagement, l'oiseau ne s'est pas envolé. Je me suis tenu là, à côté d'Ariel, en léger retrait, sage, figé, silencieux, respectueux de l'imperceptible dialogue qui, j'en étais maintenant convaincu, s'était noué entre eux. J'avais toujours les sandwichs à la main. Au bout d'un long moment Ariel en a saisi un, sans se retourner. Il a broyé un morceau de pain au creux de sa paume, puis laissé s'écouler les miettes sur la table. L'oiseau n'a fait qu'un bond pour changer de perchoir. Offrande acceptée. Il s'est mis à picorer.

Comment pourrais-je oublier cela, et surtout comment pourrais-je ne pas en tenir compte ?

J'assume le risque de passer pour fleur bleue, pour romantique, mystique, voire carrément pour niais ou tout ce qu'on voudra, mais j'assure n'avoir jamais assisté à communion plus parfaite entre deux êtres. C'était une chose merveilleuse et ô combien émouvante. C'était un véritable don de soi. Car, en écrasant ce pain entre ses mains, il était évident que c'était son cœur même qu'Ariel émiettait, et ce afin de le mettre à la portée de l'oiseau, afin de le réduire à la juste mesure de ses délicates becquées. Que celui-ci puisse s'en nourrir à volonté. Qu'il y puise sa substance pour cet hiver et tous ceux à venir.

Oh ! oui, c'était une grande et belle et noble chose.

Quand le rouge-gorge a été rassasié, il a effectué sous nos yeux un curieux petit tour sur lui-même, en sautillant. Puis il a pris son envol. Puis il a disparu dans le ciel.

Restaient quelques miettes de sandwich sur la table. Et tout le poids que je pèse. Mes jambes ont flanché. Je me suis assis, je me suis affalé sur une chaise. Je me suis vidé de mon souffle. Trop belle, trop noble chose pour moi. Les yeux me piquaient. J'ai rassemblé mes dernières forces et j'ai dit : « C'était elle, pas vrai ? »

Je ne savais pas encore son nom.

Ariel n'a pas répondu. Sur ses lèvres flottait toujours cet étrange sourire, doux sourire, sourire de sereine extase. Ce putain de sourire qui m'a achevé.

Quand j'ai rouvert les yeux, le silence flottait dans l'appartement comme une traînée de brume. J'étais en nage et j'avais bavé sur l'accoudoir. J'ai enlevé mon blouson, puis je suis resté un moment assis, les coudes sur les cuisses, la tête en étau entre mes mains. Je savais que j'avais rêvé. De ces rêves-flashs qui s'embrasent et s'enchaînent à vitesse grand V. Au réveil, on n'en connaît plus la teneur, ne subsiste que cette impression d'éblouissement, de brûlure sur la rétine. Ça met plus longtemps à se dissiper. J'étais content d'être chez Marie et pas chez moi.

J'ai fait un tour à la salle de bains, puis je me suis dirigé vers la chambre. La porte était entrebâillée. J'ai frappé un petit coup avant de pousser le battant. La pièce était vide. Une lampe à abat-jour bleu éclairée dans un coin; dans un autre coin le violoncelle dans sa housse posé sur un fauteuil en rotin. Le lit n'était pas défait. La couette blanche, immaculée, conservait la vague empreinte d'un corps. Je ne suis pas rentré.

Marie était dans la cuisine. Debout près de la

fenêtre, les bras croisés et enserrant ses épaules comme si le froid la transperçait. Elle était tournée vers la nuit au-dehors et n'a pas bronché à mon approche. Un minuscule guéridon trônait au milieu de la pièce. Une table pour des repas en solo. La pile de feuillets était posée dessus, surmontée d'une paire de lunettes. Elle avait lu.

J'ai attendu un peu, puis j'ai demandé :

— Quelle heure est-il ?

Ma voix a déraillé. Je me suis raclé la gorge.

— Je ne sais pas, a dit Marie. Onze heures, minuit…

J'ai perçu tout l'effort qu'il lui en coûtait pour répondre sur un ton à peu près neutre. On aurait pu creuser un tunnel dans le silence qui a suivi. Elle ne s'était pas retournée.

Le voyant orange de la cafetière était toujours éclairé.

— Je vais me servir un café, j'ai dit. Tu en veux un ? Elle a secoué la tête.

— Non, merci.

J'ai fait un peu de bruit en cherchant une tasse. J'étais sur le point de me servir quand Marie a pivoté pour me faire face. Elle me fixait. Le bord de ses paupières était rouge et enflé. À cet instant, la ressemblance était si flagrante que je m'y suis laissé prendre. Léna ! j'ai pensé. Je me suis mis à frissonner. Ça a duré jusqu'à ce que Marie lâche, dans un souffle :

— Je suis désolée…

J'ai refait surface, bouche bée.

— Quoi ?

— Je suis désolée, Alex.

Son regard débordait de compassion. Sainte Marie mère de tous les orphelins sur cette putain de terre !

— Non, j'ai fait. C'est moi. C'est moi, Marie, qui suis désolé. Tu ne peux pas savoir comme je m'en veux de t'infliger ça.

Même là, j'ai trouvé que mes paroles sonnaient faux. Elle a eu une esquisse de sourire – un des plus tristes que j'aie jamais vus.

— Tu m'avais prévenue, elle a dit.

J'aurais aimé la serrer à nouveau dans mes bras. Je n'ai pas osé. Elle a pris une large inspiration. Encore une plage de silence, pendant laquelle ses yeux sont retournés se fixer dans le vide, sans doute en quête de quelque chose qui était hors de portée de son entendement. Quelque chose d'inconcevable. Puis ses paupières ont cligné par deux fois.

— Finalement, je veux bien un café, elle a dit avant de quitter la pièce.

À compter de ce jour je l'ai cherchée, je l'ai cherchée partout. Je passais mon temps à sillonner les couloirs de la fac. J'arpentais les allées extérieures. Je guettais les entrées et sorties des amphis, quand encore je ne m'y incrustais pas, en plein cours, pour passer en revue les étudiants présents. À deux ou trois reprises j'ai cru l'apercevoir ici ou là parmi la foule. Je me précipitais. Hélas, le visage que j'avais cru sien n'était en fait qu'une vague et pâle copie, un ersatz. Ce n'était pas elle. Ce n'était jamais elle.

Chaque midi je retournais sur les lieux d'où elle s'était envolée. On n'imagine pas à quel rythme mon pouls battait chaque fois que je poussais la porte qui donnait sur cette cour, combien mon espoir était grand, et immense la déception qui s'ensuivait.

Et me croira-t-on si j'avoue que j'ai été jusqu'à fouiller les buissons alentour dans lesquels un rouge-gorge aurait pu nicher ?

Dans mes rêves je voyais sa flèche vermeille trouer la nuée grise.

Durant près d'un mois, je n'ai fait pour ainsi dire que ça.

Ma quête demeurait vaine. Je me faisais l'effet d'être un émissaire dépêché aux quatre coins du royaume afin de retrouver cette paysanne entraperçue le temps d'une valse sous ses traits véritables de princesse. Je rentrais bredouille et tête basse au palais. « J'ai failli, mon Seigneur… »

Mais non. Non ! La réalité c'est qu'il n'y avait ni mission, ni commanditaire. Ni prince, ni roi. Ni Ariel. Je me persuadais que c'était pour lui que j'agissais de la sorte, comme si l'occasion m'était enfin donnée de lui faire à mon tour une offrande digne de ce nom – l'âme sœur sur un plateau d'argent. Mais je savais au fond que je n'œuvrais que pour mon propre compte et à ma propre demande. Je n'étais l'émissaire que de moi-même.

Ariel ne m'avait rien demandé. Ariel ne cherchait même pas de son côté. Depuis le jour de l'apparition il n'avait plus parlé de la fille, ni de l'oiseau. Le miracle avait eu lieu et cela semblait lui suffire. Il en était encore tout rempli, comblé, il pouvait tenir longtemps.

Ariel savait. Pas moi.

Ariel attendait au Temps Perdu.

Il avait jeté son dévolu sur ce café situé dans la vieille ville, près du palais de justice. Le Temps Perdu. J'imagine que le nom même de l'établissement n'était pas pour lui déplaire, tout comme le caractère hétéroclite de la clientèle. Selon les heures du jour et de la nuit, on pouvait y côtoyer des employés de la voirie, des maraîchers, des retraités du cru, des avocats, des banquiers en cravate, des chômeurs, quelques touristes et, surtout après la tombée du soir, un bon paquet d'étudiants braillards. Un lieu branché mais qui avait conservé une certaine authenticité. Nous en avions fait notre point de ralliement.

Vingt-huit jours, pour être précis, venaient de s'écouler. Un cycle.

C'était un mercredi après-midi, sur le coup de cinq heures. J'avais fait quelques courses en ville. Je tenais à la main deux sachets plastique contenant essentiellement des paquets de biscuits et des briques de lait. J'ai poussé la porte du Temps Perdu et me suis dirigé vers notre coin de salle habituel. Ariel était bien là, mais il n'était pas seul. Elle était là aussi. Celle que je m'évertuais à retrouver. Celle qui m'arrachait au sommeil. L'inconnue. L'oiseau rare. La princesse évanouie. Elle était assise à la table d'Ariel et tous deux conversaient comme des intimes de longue date. Je suis resté planté au milieu de la travée. Au milieu du grouillement et du brouhaha. Les sacs ballant au bout de mon bras. J'étais l'homme immobile sur la Terre qui tourne. Je pouvais demeurer sur place jusqu'à ce qu'on vienne balayer la sciure de mes os. Je pouvais faire demi-tour et trouver glacial le vent du dehors. Je pouvais retenir mes larmes.

Ariel ne m'a pas fait signe, il a simplement levé les yeux sur moi. La fille s'est retournée. Elle m'a souri. L'espace d'un éclair j'ai revu le rouge-gorge picorer les miettes. J'avais là tout ce dont nous avions besoin : des biscuits et du lait. Je me suis remis en marche. Ariel a fait les présentations : «Florence, Matthieu. Matthieu, Florence.» Juste ça. Nos deux prénoms accolés, bout à bout. Brève consécration. Tout ce que j'ai pu faire c'est un léger mouvement de tête de haut en bas. Oui. Oui, je veux. Oui, j'accepte.

Il restait une chaise libre à leur table, je m'y suis posé.

Désormais nous étions trois et nous étions au complet. Nous n'attendions plus personne.

J'exprime là l'essentiel, me semble-t-il.

Florence avait deux ans de plus que nous. Elle était inscrite aux examens en tant que candidate libre. Libre si l'on veut. Elle assistait à quelques cours. Avec parcimonie. Elle avait d'autres chats à fouetter. Les étudiants étaient à ses yeux des merdeux insouciants et adorables, pour la plupart. (Ariel acquiesçait). Elle louait un minuscule appartement dans un vieux quartier du centre. Elle devait payer son loyer et le reste. Elle connaissait très bien la ville. Elle connaissait très bien les hommes. À mon sens, elle avait déjà vécu plusieurs vies. Elle pouvait à l'occasion se parer d'ailes et prendre son envol, mais ça nous le savions. Elle était forte. Nul autre qu'Ariel n'aurait pu la capturer. C'est grâce à lui si je n'ai pas dû passer le restant de mes jours à la chercher.

Florence et Ariel. Ariel et Florence. Autour de ces deux phares, autour de ces deux astres jumeaux, c'était le désert et l'obscurité.

Je ne peux toujours pas trouver d'explication

rationnelle au fait qu'ils m'aient permis de demeurer dans leur lumière. Mieux que ça : ils n'ont pas seulement accepté, toléré ma présence, ils m'ont soustrait au néant pour me compter parmi eux. Ils m'ont élevé. Ils m'ont nourri et abreuvé de leur substance, ils m'ont chauffé de leur feu, ils m'ont fait croître et pousser.

Ils n'avaient pas besoin de moi, c'était une évidence que jamais ils ne m'ont fait ressentir. Pour un peu je me serais cru leur égal. J'aurais pu fermer les yeux et me voir rayonner avec la même intensité. S'il n'y avait toujours en moi cette part qui se refuse à mentir. La fameuse deuxième, troisième personne.

Lorsque Florence écrit : « Toi qui prétends m'aimer, exauce mes vœux », à qui s'adresse-t-elle ? Tâchez de répondre à cette question et le reste en découlera. En ce qui me concerne, hélas, j'ai souvent le plus grand mal à faire la distinction.

Oui, désormais nous étions trois et ils m'avaient compté dans ce chiffre. Ariel et Florence, Florence et moi, moi et Ariel. Ou les trois à la fois. Autant de configurations possibles. Nous ne nous quittions plus. Nous avions pour base Le Temps Perdu. Quelques autres lieux de prédilection, telle cette minuscule plage de galets (« la plage des lutins », disait Flo), sur laquelle on se tordait facilement les chevilles. Tel encore ce centre équestre perdu dans un désert de garrigue, à quinze kilomètres de la ville. L'Hacienda. Florence aimait les chevaux. Elle montait une ou deux fois par semaine. C'était un endroit où j'adorais l'accompagner. J'adorais la regarder tourner dans le manège, franchir les obstacles, dresser sa monture. J'adorais la rejoindre près du box où elle dessellait l'animal et brossait et lustrait son poil, et cette voix suave qu'elle avait pour lui dire tout le bien qu'elle pensait de lui. Le cheval me voyait venir d'un mauvais œil. Je sursautais chaque fois qu'il s'ébrouait ou remuait un sabot, ça faisait rire Flo et je ne pouvais rien espérer de plus beau. Dès ma première visite à l'Hacienda je m'étais promis de lui faire don un jour du plus magnifique des pur-sang et des prairies qui vont avec. Je ne désespère pas de pouvoir tenir ma promesse.

Lorsque Ariel était là, c'est vrai, j'avais tendance à m'effacer. Volontairement ou non.

Avant même la fin du premier trimestre, j'avais compris que cette année était fichue quant aux études. J'allais sporadiquement à quelques cours, histoire de me donner le change. Je ne notais rien, je ne comprenais rien à ce dont on me parlait, je ne connaissais pas tous ces jeunes gens qui m'entouraient, je finissais là mes nuits quand Florence, l'image de Florence, les avait par trop écourtées. Il y a certains profs dont je n'ai jamais entendu le son de la voix.

Mon intérêt était ailleurs. Mon attention, mes pensées, mon cœur, ma vie étaient ailleurs. Mon horizon ne se bornait pas aux prochains partiels. Mon bonheur ne tenait qu'à un fil reliant deux astres incandescents.

Quand nous retournions à la maison, le week-end,

il arrivait quelquefois que Florence nous accompagne. Ariel lui cédait le volant de la Saab; il prenait le siège à côté d'elle; ma place à moi était à l'arrière. Tout un symbole, n'est-ce pas?

Tandis que je retrouvais ma chambre, chez mes parents, Florence passait la nuit dans une des chambres d'amis de la grande villa. Cela m'ôtait toute velléité de fermer l'œil. J'étais à quelques centaines de mètres à peine à vol de rouge-gorge. Je pensais à elle. À eux. Je les rejoignais aussi tôt que possible. Les repas du dimanche midi, en compagnie de mon père et de ma mère, étaient un calvaire. Un interminable calvaire. Après avoir englouti le dessert, je me précipitais jusqu'à la villa. Je courais presque. J'étais rempli de pressentiments et d'abominables visions qui défilaient en accéléré, au rythme de ma foulée. J'avais toujours peur d'arriver trop tard.

Je les trouvais bien sagement assis sur la balancelle, dans le jardin. Notre balancelle. J'avais l'air malin, tout rougeaud et soufflant comme un bœuf. Il y avait dans l'œil d'Ariel une lueur narquoise. Je faisais mine d'aller admirer la vue du haut de la falaise, pour reprendre ma respiration et maudire ma bêtise. Nous passions l'après-midi ensemble. Parfois je surprenais la figure de monsieur Weiss derrière les carreaux d'une fenêtre.

Je me rappelle très bien la première rencontre entre Florence et le père d'Ariel. C'était un soir, nous venions juste d'arriver et nous étions tous les trois dans le grand salon, en bas. Monsieur Weiss est apparu au détour de l'escalier. Pieds nus, chemise blanche. Il a descendu quatre marches. Quand ses yeux se sont posés sur Florence, il a eu à peu près la même expression que celle d'Ariel, le premier jour, au snack de la fac. Peut-être plus prononcée encore. Il y avait de l'incompréhension et une grande frayeur dans son regard. Il s'est tourné vers son fils, sa bouche s'est ouverte, ses lèvres ont tremblé ; j'ai cru qu'il allait se mettre à hurler, mais non, il a juste bafouillé : «Tu…», ou «Tue…», comment savoir ? Puis ses yeux se sont remplis de larmes qui n'ont pas coulé.

Ariel, lui, regardait son père comme un chasseur regarde sa proie se diriger vers le piège qu'il lui a tendu.

Ai-je dit qu'ils se ressemblaient physiquement ? Florence et Ariel. C'était frappant. C'était indéniable. Et cela est à prendre en compte. Ce soir-là j'ai vu un homme vieillir devant moi. En moins d'une minute, Walter Weiss a fait un bond de dix ans dans le temps. Il a regardé à nouveau Florence ; j'ai maintenant une idée un peu plus juste de ce qu'il voyait réellement. Et puis monsieur Weiss a fini par battre en retraite. Il a remonté les marches, lentement, à reculons, sans la quitter des yeux. Il a disparu au détour de l'escalier.

Depuis, j'ai aperçu à plusieurs reprises son visage marqué, vieilli, derrière la fenêtre. Quand Florence était là, il se terrait.

J'ignore si au cours de ces brefs séjours Ariel a fait visiter sa chambre à Flo. S'il lui a parlé du mouvement perpétuel et du coffret à cigares. Je ne l'ai pas interrogé à ce sujet. Je préfère ne pas savoir.

Le dimanche soir, nous reprenions tous les trois la route. La nuit. Un long ruban d'asphalte dans la lueur des phares. Nous parlions peu. Nous aurions pu aller n'importe où, nulle part, je m'en foutais. J'étais là. J'étais avec eux. Florence conduisait. Ariel à ses côtés. Et puis à l'arrière le chien qui bouge la tête.

Marie est restée enfermée dans la salle de bains pendant un bon quart d'heure. J'ai rempli deux tasses que j'ai portées sur la table basse du salon. J'ai débarrassé le plateau et repris ma place sur le canapé. J'ai attendu en écoutant l'eau couler à travers la cloison.

Elle a reparu emmitouflée dans un grand peignoir en éponge. Pieds nus, les cheveux humides et coiffés en arrière. Elle s'est installée en travers du fauteuil, jambes repliées sous elle. Elle a soufflé sur sa tasse avant d'en avaler une gorgée. Elle n'a pas semblé s'apercevoir que le café était tiède. Je me doutais que son esprit était encore en train de chercher des réponses, une issue possible au milieu du chaos. Une moue aux lèvres, elle a fini par lâcher :

— Je ne comprends pas…

— Je ne suis pas certain de pouvoir tout expliquer. Pas encore.

— La première chose qu'on se dit, c'est que le type qui a écrit ça est cinglé.

— Il l'est, Marie. Réellement. C'est un cas clinique. Mythomane, schizophrène, psychopathe, tout ce que tu voudras.

— Dans un sens, c'est rassurant.

J'ai pensé que pour ceux qui avaient eu affaire à lui, le résultat était le même. Après ça, comme il fallait s'y attendre, la série des questions a débuté.

— Qui est-ce ? elle a demandé. Qui est ce Matthieu ? Quel rapport avec toi ?

J'ai dit :

— C'est encore plus complexe que ça en a l'air, Marie.

— Les histoires trop simples n'ont que peu d'intérêt, Alex.

Un temps de réflexion. Je me rongeais l'intérieur des lèvres en cherchant par quel bout commencer. Marie a pris ça pour de la réticence. Elle a insisté :

— Alex, j'ose espérer que tu n'es pas venu me mettre ça sous le nez pour te défiler juste après ?

Ses grands yeux clairs étaient rivés aux miens.

— Non, j'ai dit. Je ne te lâcherai pas. Pas cette fois.

J'ai bu mon café d'un trait, après quoi j'ai laissé tomber :

— Matthieu n'existe pas.

Je lui ai laissé à peine trois secondes pour encaisser, puis j'ai répété :

— Matthieu n'existe pas. Et le dénommé Ariel non plus. Du moins, pas comme on l'entend. Ils n'ont aucune existence concrète, matérielle. Ce sont deux créations, deux espèces de tentatives d'incarnation d'un seul et même fantasme, d'une seule entité, elle-même étant tout droit issue de l'unique

155

cerveau d'un putain de malade mental! Tu comprends? C'est exactement comme si cet enfoiré nous sortait deux jokers de sa manche: «Vous voyez, c'est pas moi, c'est eux!» Des excuses, rien que des excuses!

Mon poing s'est abattu sur la table basse. Ma tasse a tremblé. J'ai réalisé à ce moment-là que ma voix était montée en flèche. Je sentais de nouveau la sueur sur mon front. À voir l'expression de Marie, c'était moi le dément que je décrivais.

J'ai fermé les yeux et me suis affalé contre le dossier.

— Pardon... j'ai murmuré.

La tension est retombée lentement. Marie a eu la délicatesse de patienter sans faire de commentaire. J'ai fini par reprendre:

— Ça paraît insensé, mais c'est ainsi. Non seulement Matthieu et Ariel ne font qu'un, comme les deux faces d'une même carte, mais ils n'ont pas de réalité tangible. Ce sont de pures constructions de l'esprit.

Je me rendais compte à quel point ces explications pouvaient sembler vaseuses. Marie gambergeait, tâchant d'assimiler au mieux ces nouvelles données.

— Des personnages, c'est ça? Comme dans un roman?

— En quelque sorte.

— Ça voudrait dire que toute cette histoire n'est que... n'est qu'une fiction?

— Non. Malheureusement, non. Tout est mélangé, le vrai et le faux. Un savant dosage, si on peut dire. Ces personnages-là sont inventés, mais une bonne partie de leurs actes a vraiment eu lieu. Les meurtres ont eu lieu. Les victimes décrites ont existé, elles faisaient partie du monde réel. D'ailleurs, leurs noms n'ont pas été modifiés. Il y a certains éléments, comme ça, que je suis en mesure de certifier. On dirait que ce salopard a pris soin d'accrocher quelques lambeaux de vérité par-ci par-là, juste pour qu'on y croie, juste pour qu'on continue à suivre la piste qu'il nous a tracée au milieu de cette foutue jungle ! Pour le reste, mis à part ces indices, c'est démerdez-vous ! Débroussaillez vous-mêmes, et vous verrez !

— Quoi ?

— Quoi, quoi ?

— Qu'est-ce qu'on est censé voir ? Où cette piste doit-elle nous mener ?

Geste vague de ma part. Une main qui retombe à plat sur ma cuisse.

— À lui, je suppose… Ou plutôt : en lui. À l'intérieur même de son cerveau détraqué. Au plus profond de ses propres ténèbres !… C'est la réponse qui me paraît la plus plausible. On part de lui, et on y revient. Ça collerait assez bien à sa personnalité.

— Lui ? a fait Marie. Qui, lui ? Tu n'as toujours pas répondu à ma première question, Alex : si ce Matthieu n'existe pas, alors qui est le… « putain de malade mental » qui a écrit ça ?

J'ai dû me faire violence pour citer son nom devant elle. Comme si le moment était véritablement venu de lui prendre la main pour faire le grand saut ensemble.

— Il s'appelle Édouard Dayms, j'ai dit. Il s'appelait.

— S'appelait ?

— Il est mort. Suicide. J'ai retrouvé son corps
pas plus tard qu'hier.

Marie a détourné le regard, resserré un peu plus
ses jambes sous elle.

— Eh bien, elle a soufflé, on ne peut pas dire
que tu reviennes les mains vides !

— Je suis…

— Non, elle a fait en secouant la tête. Arrête de
t'excuser à tout bout de champ. Ça me touche. Ça
me touche que tu sois venu vers moi.

Je l'ai fixée. J'ai dit :

— Je n'ai personne d'autre, Marie.

De nouveau, elle s'est détournée. Profil ciselé.
Long cou de cygne, gracile et blanc. Port royal.
Toute cette imagerie de contes lui allait à merveille.
À côté, je me sentais lourd et sale, indigne. Un
pavé dans la mare.

— Tu imagines bien que j'ai encore une foule
de questions qui se bousculent sous mon crâne, a
repris Marie. Le mieux, ce serait que tu me racontes.
En détail. Tu crois que tu peux faire ça ?

Les volets étaient restés ouverts. Un quart de
lune apparaissait dans l'angle supérieur de la
fenêtre, voilé par des nuages gris et filandreux. À
moins que ce ne fût le reflet d'une ampoule sur la
vitre. Marie attendait. J'ai baissé les yeux vers le
sac plastique déchiqueté qui traînait à côté de moi.

— Je vais essayer, j'ai dit.

Les faits dataient d'un autre siècle. Ils s'étaient déroulés une quinzaine d'années en arrière. J'étais déjà un vieux flic, à l'époque. Trente-six ans selon l'état civil, mais près de la moitié passée dans la boîte. Certains passages du temps comptent double, voire triple. Certains s'enchaînent en boucle et ne s'arrêtent jamais. Aucun répit.

Je suis bien obligé, d'abord, d'évoquer un peu ma vie.

Dans l'ensemble, mon parcours n'a rien de très original. À l'âge de dix-huit ans, j'étais passé sans transition du conservatoire de musique à l'école de police. Des touches d'ivoire aux crosses de métal. Inutile de revenir sur mes motivations.

À partir de là, j'ai suivi la pente. D'abord ascendante. C'est sur le terrain que j'ai fait mes preuves, que j'ai gagné mes galons. J'étais un bon flic. J'étais doué. Et surtout, j'y croyais. Jamais hésité à mettre les pieds et les mains dedans tout simplement parce que j'étais convaincu de la justesse de la cause. La foi : ça me paraît la moindre des choses à avoir quand on doit pointer son feu sur un petit camé de quatorze ans en pleine descente, une machette à la main, ou sur le requin en costard blanc qui lui fournit sa dose. Je l'aurais fait. J'aurais pressé la détente si nécessaire, persuadé de protéger la veuve et l'orphelin et la bonne marche du monde. Soldat de la paix.

Plus tard, je l'aurais fait aussi. Mais sans autre souci que celui de sauver ma peau et préserver mes propres acquis.

Entre-temps, je ne saurais pas dire exactement ce qui s'était passé. Ni s'il y avait un moment précis où tout avait basculé. Je ne crois pas. On dérive lentement et dans un certain confort. Il faut laisser à la conscience le temps de s'adapter aux actes, en douceur.

Au bout de dix ou douze ans de métier, je connaissais par cœur les égouts de la société. Car c'était vers là que conduisait, presque naturellement, l'autre versant de la pente. C'était là que tout se jouait. En tout cas, dans ma partie. À force de l'avoir écumée de long en large, j'étais capable de dessiner cette saloperie de réseau les yeux fermés. Toutes ramifications comprises. J'en avais suffisamment vu et entendu pour piger comment ça fonctionnait. J'y avais laissé mon innocence, ma naïveté, mon intégrité, et pour finir ma foi. Tout ça se détachant peu à peu de moi comme de vieilles peaux mortes et s'écoulant dans le flot des eaux usées. Je m'étais accoutumé à l'obscurité des boyaux et à leur puanteur. Je pouvais citer le nom et serrer la patte de chacun des rats qui surnageaient là-dedans. Pourquoi ? Parce que dorénavant j'étais des leurs, même si je ne le concevais pas d'une façon aussi crue et évidente. Une décennie durant j'avais baigné dans la fange, et j'y avais pris goût. Mon trou était fait, là-dessous dans les bas-fonds. Ma niche.

Bien sûr, je continuais à faire mon boulot, à traquer les méchants – plutôt efficacement d'ailleurs, quand je m'en donnais la peine. Mais l'expérience m'avait appris au moins deux choses fondamentales : la sélection et la négociation. Les méchants sont partout ; on finit par se rendre compte combien il est vain et prétentieux d'imaginer qu'on en viendra à bout. Alors, il faut choisir. Et là, n'importe quel type doté d'un minimum de jugeote serait capable de désigner la bonne carte : parmi cette horde d'infâmes rongeurs, il y a ceux qui peuvent nous être utiles, et puis il y a les autres. Avec la première catégorie, on négocie ; avec la seconde, on élimine.

En tant que porteur de l'étoile de shérif, on a l'avantage de pouvoir sélectionner. Mais c'est le seul choix à notre disposition, le seul, faut pas se leurrer.

J'entends d'ici les objections qui s'élèvent, les cris de protestation, j'entends résonner les grands mots : «corruption», «ripoux» et tout le toutim. Ce n'est pas aussi simple. Qui reprocherait à un médecin d'avoir été contaminé en traitant ses patients ? Qui oserait prétendre que c'est la preuve de sa malhonnêteté ou de son incapacité ? Le flic évolue dans un univers avec lequel il se doit d'être en phase. Il plonge. Il s'enfonce. Immersion totale. Si bien que la ligne de surface s'éloigne de plus en plus, devient de plus en plus floue et opaque. Et on finit par oublier qu'elle existe. Qu'il y a là-haut un autre univers. On finit par ne plus savoir la couleur du ciel.

Nul, ou presque, n'échappe à la règle.

J'en ai croqué aussi. Ni meilleur ni pire. Tiré quelque profit de ma position, sans même en abuser – je n'ai jamais eu la folie des grandeurs. Mon petit train-train à ma petite échelle. Ça me suffisait. Une poignée de débiteurs pour m'arroser, gîte et couvert, table réservée à toute heure dans quelques hauts lieux où je croisais la crème de la crème de notre bonne vieille cité. Pour ma pomme la tenue correcte n'était pas exigée. Souvent mes nuits s'achevaient autour d'un tapis de feutre, dans une arrière-boutique enfumée ou dans le salon cossu d'un élu du peuple. J'y misais mon supplément de salaire, ma petite dîme prélevée la journée même en montrant les dents. Ça faisait partie du jeu.

C'est aussi au cours de ces années-là que je me suis mis à picoler. Gentiment. Juste de quoi maintenir la tête au fond, de quoi noyer les lointains échos de ma pauvre conscience qui hurlait au traître. L'alcool comme une espèce d'euphorisant qui transforme le glauque en rose. Là encore, rien d'original.

C'était minable, mais c'était ma vie. Et j'étais bien. Heureux comme un étron dans l'eau. Ça aurait pu durer comme ça indéfiniment – c'est ce qui se passe la plupart du temps : une fois parvenu à ce stade, on se stabilise et ça file tout seul jusqu'à la dernière sortie. Mais en ce qui me concerne, je peux dater avec précision le jour où ça s'est terminé. Ce matin d'octobre, à l'aube. Le jour où je suis mort.

Parce qu'il faut bien que je parle aussi de Léna. Et des anges.

Les abrutis dans mon genre ne comprennent que les coups. La douleur. C'est quand ils ont les yeux crevés qu'ils commencent à y voir. Trop tard, évidemment. Il n'y a plus rien ni personne à voir. Si ce n'est sa propre misérable gueule.

Hélène n'avait pas quinze ans lorsqu'elle a fait irruption dans ma vie. Elle venait de faire l'amour avec Rachmaninov devant une assemblée d'une trentaine de personnes absolument sidérées. Sans pudeur, sans retenue, avec une fougue, une ardeur qui relevaient autant de la passion que de la lutte à mort. Encore une chose que je n'ai comprise que beaucoup plus tard. Moi-même je n'avais pas dix-sept ans et j'ignorais tout de l'acte d'amour. Du don de soi.

Cela se passait dans un amphithéâtre du conservatoire régional. Quand Hélène a lâché la pédale, un grand silence a suivi. Il n'y a même pas eu d'applaudissements. J'ai vu tomber la mâchoire d'un vieux prof aguerri. Lui non plus ne s'en remettrait pas. Je suis à peu près certain que c'est ce jour-là que j'ai pris la décision d'arrêter le piano.

Hélène avait deux classes d'avance. Nous étions censés étudier la musique ensemble. Prétexte idéal pour venir passer les après-midi d'hiver chez elle, dans cet appartement dont l'atmosphère m'enchantait. J'adorais être là. La mère, madame Doukas, m'accueillait comme un prince ruiné en exil. Après mon coup de sonnette, elle ouvrait la porte et lançait par-dessus son épaule : «C'est Alexandre, mes chéries ! » J'adorais l'entendre prononcer mon nom avec son délicieux accent de l'Est. Ancienne danseuse de ballet, elle en avait conservé la silhouette et une curieuse façon de se déplacer, comme sur la pointe de chaussons. Elle venait de Budapest. Son mari aussi. Ce dernier était astrophysicien – spécialiste des étoiles, tiens donc. Il était mort dans un accident de train deux ans après leur arrivée en France, et deux mois avant la naissance d'Hélène. Madame Doukas me vouvoyait et insistait pour que je l'appelle Anna. Je pouvais bien me forcer un peu à avaler cette espèce de thé noir et amer qu'elle préparait en abondance, ce n'était pas cher payé pour avoir ma place parmi les siens. Je crois qu'elle m'aimait bien.

Anna Doukas s'était reconvertie en astrologue du dimanche. Elle possédait une vraie boule de cristal, derrière laquelle, parfois, elle tenait à me faire asseoir. Le destin qu'elle me prédisait n'était que chance et succès. La route du bonheur se déroulait devant moi à l'infini. Heureux présages. Si elle avait réellement pu lire l'avenir, jamais plus elle ne m'aurait ouvert sa porte. Jamais elle ne m'aurait permis d'approcher ses filles à moins d'une galaxie de distance.

C'est dans sa bouche à elle qu'Hélène devenait «Léna», et Marie, «Maria». Et cela valait tous les mots d'amour.

Soit les voisins de l'immeuble étaient sourds, soit ils étaient mélomanes. Personne ne s'est jamais plaint. Hélène jouait, et dès l'instant où ses doigts se posaient sur le clavier, le monde n'était plus tout à fait le même. N'importe quel exercice, n'importe quelle gamme prenait avec elle une tournure mélodique capable de vous faire décoller. Telle difficulté technique sur laquelle je passais deux laborieuses semaines d'affilée, Hélène l'exécutait en deux heures à peine. Et avec quelle aisance ! Quel brio ! Il n'était pas question que de virtuosité. Hélène avait ce don de s'approprier la musique pour la recréer ensuite. C'est là toute la différence entre l'artisan, le meilleur soit-il, et l'artiste. Quelle que soit l'œuvre qu'Hélène interprétait, elle était devenue « son » œuvre.

Je n'avais plus qu'à m'asseoir et laisser couler. Ouvrir grand les oreilles, les yeux, le cœur. Tout ce qu'on m'offrait n'était qu'harmonie et beauté. Dehors, c'était l'hiver. Le vent ou la pluie. Le froid. Je restais ici des après-midi entières.

Où se situe Marie dans tout ça ? Elle est là et je ne l'oublie pas. La douce, la discrète Maria. Elle se tient en arrière, un peu à l'écart, un peu dans l'ombre. C'est sa nature. Léna solaire, Maria lunaire. Les deux sœurs pour qui je brûle. À ce moment-là, il semble que rien ne soit encore décidé.

Marie était l'aînée. Elle avait mon âge. Lorsque j'y songe, je suis forcé d'admettre qu'il y avait finalement plus de points communs, plus d'affinités entre nous deux qu'entre Hélène et moi. Hélène m'éblouissait, mais c'était dans le regard clair de

Marie que j'allais chercher la paix. Autre lumière, autre éclat. J'adorais tout autant m'y noyer.

Quand les deux sœurs se mettaient à jouer ensemble, j'étais le plus heureux des princes exilés.

Moi oui, je peux parler de «bon vieux temps».

Nous étions trois. Non pas dans un immense jardin, devant la mer, à bavarder sur une balancelle, mais dans le salon d'un vieil appartement bourgeois, entre un piano et un violoncelle.

On ne devrait jamais séparer les éléments.

Cette chère Anna Doukas a rejoint son mari là-haut parmi les astres avant d'avoir pu réaliser combien ses prédictions étaient fausses. Elle est la seule qui ne m'ait pas laissé le temps de la décevoir.

Quand venaient les beaux jours, nous faisions comme tous les garçons et filles de notre âge : nous allions à la plage. Quartiers d'été. Notre lieu de prédilection était une minuscule crique coincée entre les rochers. Des galets roses et beiges. Juste ce qu'il fallait de place pour nous trois. On arrivait à croire qu'elle nous appartenait.

La «plage des lutins» existe bel et bien. C'est Léna qui l'avait baptisée ainsi.

Espèce d'enfoiré.

Si nous n'étions pas au bord de l'eau, c'est que nous lézardions à l'une des terrasses du port. J'ai encore au fond du palais le goût du Gambetta limonade. Je sens encore la chaleur sur ma peau. Je m'asseyais entre elles, les deux sœurs. J'aurais voulu étendre une main de chaque côté. Passer mes bras autour de leurs épaules. Je sais que certains pensaient qu'elles étaient l'une et l'autre à moi. Je ne démentais pas. C'était sans doute mon plus cher désir. Même dans mes rêves, leurs visages se confondaient – et Dieu sait combien de rêves j'ai pu faire. Je me sentais la poitrine assez large pour qu'elles viennent toutes deux s'y poser. Mais la réalité, c'est que je n'en possédais encore aucune.

La vie a tranché pour nous. Une méchante mais banale angine avait cloué Marie au lit durant quelques jours. Prise à la gorge. En plein mois d'août. Comme quoi il aura suffi d'un rien pour que les choses basculent. L'équilibre rompu. Hélène et moi en tête à tête. La curiosité. L'envoûtement, La chair.

C'est comme ça que ça s'est fait.

Je me suis souvent demandé si Marie s'était réellement remise de cette angine. Toujours est-il qu'elle s'est montrée exemplaire. À aucun moment elle n'a fait peser sur nous le poids de la culpabilité, de la trahison. Elle ne s'est pas battue. Elle s'est sacrifiée, tête haute, sourire mélancolique aux lèvres. Elle nous aimait. On aurait presque pu croire que rien n'avait changé. Presque.

Ce que je sais, c'est que trente années plus tard son cœur était toujours solitaire, et c'était toujours dans son regard clair que je venais chercher la paix.

J'ai épousé Hélène. Nous étions jeunes. Nous avons brûlé. J'avais commencé à travailler et mon maigre salaire nous permettait de louer un studio de trente mètres carrés sous les combles. Dans la pièce unique il n'y avait qu'un lit à deux places et un demi-queue laqué noir. Souvent la nuit, après l'amour, elle se relevait pour jouer. Je m'endormais sur une valse de Chopin, sur une sonate de Bach, avec gravée sur la rétine cette image d'elle, assise sur le tabouret, de dos, nue, sublime.

Nous avons été heureux.

C'était un temps où je la voyais encore sous les feux de la rampe. Concertiste adulée. Des milliers d'aficionados et des roses qui pleuvaient à ses pieds sur toutes les plus grandes scènes de la planète. Je reste persuadé qu'elle en avait les moyens. Mais elle-même n'y songeait pas vraiment. Ni la gloire ni l'argent ne l'attiraient. Elle disait qu'elle n'aimait que la musique et moi. Elle disait que j'étais le seul public qui comptait, le seul pour qui elle était prête à jouer, jouer, jouer encore et tout donner. Et tout ça, elle ne le disait pas avec des mots, elle le disait avec ses doigts, avec les touches de son piano. Comment aurait-elle pu mentir?

Elle voulait des enfants de moi.

Léna me proposait ce qu'il y a de plus beau. Les sommets, les cimes. Elle était capable de me hisser jusque-là par son amour, par sa musique, par tout ce qu'elle possédait et m'offrait en partage. Il fallait juste que je sois d'accord pour l'accompagner. Que j'aie le même désir, le même espoir, le même but. Le même regard tourné vers le haut. Je l'ai eu, pendant un temps. Et puis j'ai décroché.

Elle a dû patienter six ans avant d'être mère. Si je racle le fond de mes pensées, je peux dire que je lui ai donné ce bébé, le premier, en compensation. Comme une façon de me dédouaner.

J'avais déjà entamé ma descente. Ma vie de flic m'accaparait. J'étais de moins en moins présent, de moins en moins disponible, de corps et d'esprit.

Je faisais traîner les soirées, les nuits. Quand je rentrais, elle feignait de dormir de son côté du lit et je feignais d'y croire. Le piano restait muet des semaines entières. Pas de reproches. Pas de larmes. Simplement, Hélène se retournait et s'apercevait que sa main à présent était vide.

À ma place, j'y ai glissé tout le poids d'un enfant.

C'était un garçon. Nous l'avons baptisé Étienne, patronyme issu d'une longue et ancienne dynastie de rois hongrois. Sorte d'hommage aux origines, en même temps qu'un cadeau posthume à madame Anna Doukas qui venait de s'éteindre.

Mattéo, le second, est né dix-huit mois plus tard.

Étienne et Mattéo. Deux fils. Mes deux anges… Facile à dire tant d'années après. De quel droit aurais-je pu les appeler ainsi ? Léna les a élevés seule. Si elle a cru un moment que leur naissance m'ouvrirait les yeux et me ferait remonter, elle se trompait. J'ai continué à chuter.

Hélène a tout reporté sur eux : sa fougue, ses espoirs, sa ferveur. Un soir, je suis rentré et le piano avait disparu. Elle s'en était débarrassée sans même m'en parler. Acte symbolique. La musique était derrière elle, dans une autre vie, une autre sphère, sur les étagères du cagibi où s'en vont moisir illusions et rêves passés. Moi compris.

J'étais devenu un courant d'air. Hélène faisait grandir nos enfants tandis que je dilapidais mon temps entre voyous, délinquants, truands de haut vol et magouilles de bas étage. Mon foyer, c'était la ville et ses alentours. Et qui était ma véritable famille ? Je connaissais mieux tous les petits marchands de sable de la rue que mes propres mômes.

Cette pseudo-liberté, je me l'achetais à coups de cadeaux. Bijoux, jouets, pacotille. C'était facile d'arriver les bras chargés et de faire la distribution. Le Père Noël débarque – toujours à contretemps. Prenez, mes amours, prenez, servez-vous, il vous faudra tenir avec ça jusqu'à ma prochaine visite !

Le confort matériel. La poudre aux yeux. C'était tout ce que j'étais capable de leur offrir. Les petits s'y laissaient prendre, mais pas Hélène. Robes, fourrures, paires de chaussures s'entassaient dans les placards, telles quelles ; un petit coffret en ébène se remplissait de bagues et de colliers jamais portés.

Je me souviens d'un soir de Noël où ils n'étaient que tous les trois – tous les quatre, avec Marie – dans la maison que j'avais fini par acheter. Les paquets débordaient au pied du sapin, par dizaines. Ainsi croyais-je avoir payé le droit de me trouver à la même heure à quelques kilomètres de là, sous les néons d'un entrepôt en train de sabler le champagne avec une équipe de cinq ou six trafiquants belges et autant de filles.

L'entrepôt renfermait cent vingt-six tonnes de télévisions, magnétoscopes et matériel hi-fi détournés. Deux mois plus tard, les Belges étaient sous les verrous. Grâce à moi. Peut-être que mes gamins attendaient toujours que le Père Noël rentre à la maison pour ouvrir leurs paquets.

Ceci n'est qu'un exemple parmi d'autres.

La photo, la fameuse photo, est un leurre. Détail

arraché à l'ensemble du tableau. Hors contexte. On n'y voit qu'un minuscule îlot de soleil et de verdure, en gros plan ; le champ dévasté qui l'entoure n'apparaît pas. C'est sûrement pour ça que je l'ai gardée.

Elle a été prise un 25 décembre au matin. Encore un Noël. Un autre. Le dernier. Ils sont tous les trois dans le salon. Étienne et Mattéo ont mis leurs panoplies de shérif. Chapeau, ceinturon, revolver, une étoile d'argent au revers du pyjama. Mattéo vise un bandit imaginaire avec son colt. C'est pour rire. Léna est à genoux derrière eux. Exceptionnellement, elle porte les bijoux que je lui ai offerts. Une paire de pendants en verre, très simples mais d'un bleu très particulier. Elle les a trouvés au pied du sapin. Sans doute les seuls bijoux qu'elle possède n'ayant aucune valeur marchande. Je ne lui ai jamais dit qu'ils provenaient d'une perquisition au domicile d'une putain – la maîtresse d'un soi-disant marchand de biens. Je fais dans la récup. Je me suis servi en pensant à elle. Ma femme. À la couleur de ses yeux. Les pendants lui allaient à merveille.

C'est Marie qui prend la photo. Hélène a une main posée sur l'épaule d'Étienne. Elle ne regarde pas l'objectif. Ses yeux sont légèrement tournés sur le côté. Dans ma direction. C'est moi qu'elle regarde. J'étais là, assis sur le canapé, et je la regarde aussi. Je me rappelle parfaitement cet instant. Je me rappelle ma brusque envie de pleurer quand soudain je comprends. À quel point nous sommes loin. À quel point je me suis perdu. À quel point c'est irrémédiable. Il y avait toutes ces choses sublimes à portée de ma main, que je n'ai pas voulu ou pas su saisir.

Je suis là mais je ne mérite pas de figurer sur la photo.

Léna sourit. Elle ne laisse rien paraître. Il faut la connaître comme je la connais pour savoir lire dans son regard le mal que j'ai fait. C'est aussi pour ça que j'ai gardé ce cliché : pour ne jamais oublier ma faute.

Les yeux d'Hélène ne mentaient pas. D'une certaine façon, ils étaient un implacable miroir qui me renvoyait cette image que je refusais de voir : celle d'un minable, un raté, celle d'un pauvre type qui n'est pas à la hauteur. C'est peut-être à partir de là que j'ai commencé à lui en vouloir. Le mépris, le dégoût, la haine que m'inspirait ma propre existence, je les ai transférés sur elle. Et elle en a bavé.

Au lieu d'essayer de me racheter, je n'ai fait que m'enfoncer davantage. J'ai bu jusqu'à plus soif. J'ai joué jusqu'à plus d'heure. Je rentrais au bercail un soir sur trois avec la gueule de bois, juste pour balancer mes fringues sales sur le tapis et lui cracher un peu de mon venin. Fini les cadeaux. Terminé la hotte magique. Rien que du fiel à distribuer. Elle encaissait sans broncher. Étrangère. Indifférente. Elle se protégeait à sa manière, et protégeait ses petits.

Durant ce dernier hiver, il y a eu une scène terrible. J'ai débarqué une nuit de je ne sais où. Je n'avais pas dessoûlé. Hélène dormait ou faisait semblant. Je me suis jeté sur elle comme un putain de gorille en rut. Elle ne s'est même pas débattue. Je croyais avoir touché le fond.

Trois mois plus tard, Marie a réussi à me coincer entre deux portes, juste le temps de m'apprendre que Léna était enceinte. Marie redoublait d'efforts pour afficher un minimum d'enthousiasme en m'annonçant la nouvelle. Elle était au courant de la situation. Elle souffrait pour sa sœur, pour les enfants, pour moi. Elle souffrait pour elle aussi, certainement. Hélène ne m'avait rien dit au sujet de sa grossesse, et bien sûr je n'avais rien remarqué. Je ne voulais même pas croire que le futur bébé était de moi. Je ne sais pas pourquoi elle avait décidé de le garder.

Depuis que les deux grands étaient scolarisés, Hélène s'était trouvé un nouveau passe-temps : l'équitation. Je suppose que c'était quelque chose qui comblait un tant soit peu le vide que je laissais. On dit que les animaux ne peuvent pas nous décevoir. N'importe quel cheval, n'importe quel bourrin valait mieux que moi. Elle montait quasiment chaque jour de la semaine. Dans un club nommé « L'Hacienda », à la sortie de la ville. Je ne suis jamais allé la voir.

Une fois enceinte, elle a préféré se freiner. Pas moi. Elle a cessé de monter à cheval, j'ai continué mes frasques. J'ai vu son ventre s'arrondir. J'ai appris, toujours par l'intermédiaire de Marie, que l'enfant à venir était un troisième garçon et que Léna avait déjà choisi son prénom : Nathan. Elle ne m'avait pas consulté sur la question. Elle n'avait aucune raison de le faire.

174

Et puis, un jour d'automne de cette année-là, Hélène a voulu faire plaisir aux deux grands. Ils insistaient depuis longtemps pour aller faire un tour au club. Elle a cédé. Ils sont partis tous les trois, Léna et les petits shérifs – la tenue de rigueur pour l'Hacienda. Léna en était à son septième mois de grossesse. Ils ont passé l'après-midi là-bas, au pays du Far West, avec les chevaux. J'imagine qu'ils ont dû se régaler.

Ils ne sont jamais rentrés.

Le soir, sur le retour, il s'est mis à pleuvoir. Une CX blanche les a percutés de plein fouet. Cela s'est passé dans une ligne droite, sur la nationale. On m'a dit que le type au volant roulait à cent quarante à l'heure minimum. On m'a dit qu'il était défoncé jusqu'à la moelle. Aucune trace de freinage. Il est mort sur le coup, lui aussi.

Il se trouve que je connaissais ce type. C'était une des innombrables petites frappes qui nous servaient d'indics. On l'avait serré quelques mois auparavant pour je ne sais plus quel lamentable turbin. Et relâché presque aussitôt contre la promesse de juteux tuyaux.

Est-ce seulement le fruit du hasard ?

Au même moment, au moment exact où le fer et l'acier fusionnaient sur la nationale, au moment où la Terre s'ouvrait en crachant des flammes, j'entamais une partie de poker dans la suite d'un hôtel quatre étoiles avec deux Libanais et un Corse. Des spécialistes de l'import-export. Je distribuais les cartes. Je n'ai reçu aucun signe. Aucun pressentiment d'aucune sorte. Je n'ai ressenti aucune secousse. J'ai continué à jouer. Des heures durant. J'ai continué à miser, à prier, à trembler, à serrer les fesses pour quelques billets. Jusqu'au coup de fil de Marie, qui avait enfin réussi à me localiser. Une paire de huit en main.

À l'aube, j'avais tout perdu.

Au cours des mois qui ont suivi, Marie a veillé sur moi comme une mère. Toujours présente à sa manière. Discrète. Efficace. Reléguant sa propre souffrance dans le fond de son cœur afin de mieux panser mes blessures. Un modèle d'abnégation et de générosité.

Maria, je ne méritais pas ça.

Elle était sans doute la seule à avoir compris que je bluffais. Nombreux sont ceux qui ne m'ont pas reconnu après le drame. J'avais entamé ma carrière de mort-vivant. J'ai cessé de faire le bouffon. Je ne sortais plus. Je ne fréquentais plus les abreuvoirs sélects ni les arrière-cours. Je n'ai plus jamais tenu une carte en main. On m'a conseillé du repos, des congés, j'ai refusé. J'ai continué à faire mon boulot. À donner le change. Un flic à peu près conforme, en apparence. Vous voyez : je tiens encore debout, je respire, je marche, je mange, je travaille encore.

Je fais semblant.

Quand je rentrais le soir à la maison, j'ôtais mon uniforme et je tombais en poussière.

Rien de plus vide qu'une pièce que les enfants ont désertée. Rien de plus silencieux que les anges. J'avais beau les appeler, j'avais beau hurler leurs noms dans ma tête, ils ne me répondaient pas. Où que j'aille il y avait toujours un mur devant moi. Je me traînais d'une pièce à l'autre avec ma fiole de poison à la main. Accroché au goulot. Jusqu'à ce que je m'écroule sur place, terrassé, jusqu'à ce que les ténèbres veuillent bien me recouvrir de leurs draps noirs. Je sais que je ne suis pas le seul ni le premier ni le dernier, mais ça change quoi de le savoir ?

Le matin je trouvais la dévouée Marie à mon chevet. Infirmière au regard clair. Elle passait par-là avant de se rendre au collège. Elle essuyait les larmes et le vomi. Elle me soutenait jusqu'à la salle de bains. Elle préparait du café fort pendant que je reprenais une apparence humaine. En partant, elle laissait un sac de provisions sur la table de la cuisine.

Et je repartais à mon tour. Jour après jour. Vaille que vaille j'allais retrouver ma place dans le grand cirque. Pour y refaire mon numéro de trapéziste sans filet. En priant à chaque fois pour que ce soit la dernière.

Cependant, il y a au moins une faveur qu'à cette époque Florence m'a accordée et qu'Ariel n'aura pas eu l'heur de connaître. Je dis faveur car c'est ainsi que je le conçois, et je veux relater ici cet épisode dont je n'ai rien oublié.

C'était au mois de mai de cette première année de fac, quelques jours avant les examens. Je venais de passer deux merveilleuses heures à regarder Florence monter une jument baie nommée Dinah. Puis nous avons quitté l'Hacienda. Florence possédait un vieux break Volvo dans lequel flottait une vague odeur d'écurie. Elle était au volant. Elle avait encore ses bottes d'équitation aux pieds et elle me faisait songer à une moderne et somptueuse *cow-girl* qui laissait son ranch pour aller faire quelques courses en ville.

Onze heures et des poussières. Belle matinée de printemps. Au premier carrefour, au lieu de prendre la route habituelle, la route du retour, elle s'est engagée dans la direction opposée. Mon cœur a eu un léger soubresaut. Je lui ai demandé si elle ne s'était pas trompée et elle a répondu non. Je l'ai regardée du coin de l'œil. J'ai dégluti.

— Où est-ce qu'on va ?

— Surprise…

Elle a dit cela d'un ton qui n'était ni gai ni jovial, qui ne laissait pas forcément augurer quelque chose de bon. Je n'ai plus ouvert la bouche et Flo pas davantage. Nous avons roulé sur des petites routes, nous enfonçant toujours plus dans l'arrière-pays. Florence avait l'air de bien connaître. C'est peu dire que ça travaillait là-dedans, à l'intérieur de mon crâne. J'étais tourné vers la vitre et faisais mine de regarder le paysage. La campagne. Des arbres. Des rayons de soleil entre les arbres. Quelques maisons isolées. Tout ça ne constituait qu'un tableau mouvant, fuyant, sur lequel je ne parvenais pas à fixer mon attention.

Intime chaos dans mon esprit. Florence s'en doutait-elle ? Je pense que oui. Ajouté à cela un sentiment de culpabilité envers Ariel, dont je n'arrivais pas à me débarrasser. Ariel n'était pas au courant. De fait, on pouvait considérer que cette escapade s'effectuait en fraude, dans son dos. Pour autant, lui aurais-je volontiers cédé ma place ?… Non. Bon Dieu, non ! Ni à lui, ni à personne.

Nous avons traversé un village, puis un autre. Nous roulions depuis près d'une heure. La troi-sième localité était un peu plus importante. Flo-rence l'a traversée aussi ; à la sortie elle a quitté la route principale pour une voie qui menait à un lotissement. Il y avait là quelques villas, toutes bâties sur le même modèle. Cela sentait le crédit à long terme, le dur et honnête labeur, la sueur au front. Chacune de ces constructions avait son petit carré de jardin, plus ou moins entretenu, plus ou moins fleuri, chacune sa palissade et sa boîte aux lettres sur le devant. Florence s'est garée. Nous étions arrivés.

Nous sommes restés quelques instants dans la voiture, moteur éteint. J'attendais un semblant d'explication qui ne venait toujours pas. Florence observait la maison à travers la vitre. Peut-être hésitait-elle encore. Je respectais son silence. Puis elle s'est tournée vers moi. C'est la première fois que j'ai décelé une faille dans son regard. Au bout de ce long moment, elle a dit : « Viens. »

Elle a poussé le portail et s'est dirigée d'un pas rapide vers l'entrée de la villa. Je la suivais. Le jardin était recouvert d'une mauvaise pelouse, jaune et clairsemée. Il y avait deux citronniers rabougris et dans un coin j'ai repéré la niche d'un chien ; sur les planches de bois délabrées, les restes d'une inscription peinte à la main : « Lord ».

— Il est mort, a lâché Florence sans se retourner. Il y a longtemps.

La porte de la maison s'est ouverte avant même qu'elle ait eut le temps de frapper. Dans l'encadrement se tenait une petite bonne femme qui pouvait avoir une soixantaine d'années. Une silhouette rondouillarde mais les traits fins, des cheveux grisonnants tirés en arrière.

— Florence ! a fait la femme.

Elle s'est quasiment jetée sur elle, bras écartés.

J'ai vu ses doigts blanchir en serrant les épaules de Flo. Celle-ci la dépassait d'une tête.

— Bonjour, Coralie.

La voix de Florence était douce mais sans chaleur. La femme s'est reculée pour mieux la contempler. Elle était visiblement émue. Elle semblait contenir à la fois rire et larmes. Elle tenait toujours Florence par les épaules. Je pense qu'elle aurait pu demeurer des heures ainsi, perdue dans sa contemplation, mais Florence a fait un mouvement de tête dans ma direction.

— Voici Matthieu.

La femme s'est détournée et j'ai eu l'impression d'apparaître à ses yeux. Elle a dit : « Oh, pardon ! », puis elle a lâché Florence et s'est avancée vers moi, main tendue.

— Bonjour, monsieur, elle a dit.

J'ai saisi sa main.

— Bonjour, madame.

— Ma tante, Coralie, a dit Florence.

La femme nous a regardés encore une fois, Florence puis moi, puis soudain elle a fait un petit pas de côté et s'est exclamée :

— Mais, entrez, entrez, je vous en prie !

À l'intérieur ça sentait la cire et la sauce blanche. J'ai tout de suite remarqué la table dressée au centre de la salle à manger. Quatre couverts. Sans doute le plus beau service, celui réservé aux grandes occasions. Ainsi donc notre visite était prévue, nous étions attendus. Qu'est-ce que cela signifiait ? J'ai trouvé que ça ressemblait à des présentations officielles entre les parents et le fiancé, et cela n'a fait qu'accentuer mon trouble. J'ai quêté un semblant de réponse sur le visage de Flo ; elle ne me regardait pas.

— Venez, asseyez-vous, a dit la femme.

J'aurais voulu avoir quelque chose à lui tendre, un bouquet, une bouteille, un gâteau, n'importe quoi, mais j'arrivais les mains vides. J'ai pris place dans le fauteuil qu'elle me désignait. Florence est restée debout près de la fenêtre.

— Ton oncle ne va pas tarder, a dit la femme. Il est allé acheter le pain. Je vous sers un apéritif, en attendant ?

— Non merci, j'ai dit.

— Vraiment ?

— Vraiment. Je vous remercie.

— Et toi, Florence ?

Florence a fait non de la tête. La femme s'est de nouveau tournée vers moi.

— J'ai préparé une blanquette de veau. J'espère que vous aimez ça. Florence n'a pas su me dire.

— Euh… ça ira très bien, j'ai dit. C'est parfait.

Elle a eu l'air soulagé. Puis elle a eu l'air de chercher autre chose à dire, à proposer. Elle a croisé et décroisé les mains en souriant. Il n'y avait qu'elle qui remuait dans la pièce, comme pour combler tous les vides. Florence ne faisait aucun effort en ce sens. J'ai commencé à porter mon attention sur le décor, aussitôt la femme a saisi cette occasion.

— Tous les meubles que vous voyez ici, a-t-elle expliqué, c'est mon mari qui les a fabriqués. Tous les meubles de la maison. Peut-être que Florence vous l'a déjà dit ? Il est ébéniste. Il était. Il a pris sa retraite, maintenant. Remarquez, ça ne l'empêche pas de continuer. Pour son plaisir. D'ailleurs, si vous avez besoin de quoi que ce soit, une table, une armoire, n'hésitez pas. Je suis sûre qu'il serait ravi !… Vraiment, vous ne voulez pas prendre un petit quelque chose ? Un pastis ? Un Martini ?

J'ai regardé cette femme en pensant qu'il y avait cinq minutes encore j'ignorais jusqu'à son existence. Non, Florence ne m'avait rien dit. Florence n'avait jamais fait mention d'une quelconque famille, ni une tatie Coralie, ni un tonton ébéniste. Florence était un rouge-gorge issu d'une brèche dans un ciel d'automne. Quel rapport avec ces gens ? J'ai fini par accepter un verre de Martini que la femme s'est empressée de me servir. Je n'y avais jamais goûté avant ce jour. Je n'ai pas aimé ça.

L'oncle est arrivé quelques minutes plus tard.

— Ah ! le voilà, a fait la femme. Voilà l'artiste !

L'homme avait ouvert la porte mais se tenait toujours sur le seuil, frottant ses semelles au paillasson. Il n'était guère plus grand que la femme, guère moins rond. Son crâne était dégarni. Il tenait un sac à pain d'où dépassaient deux baguettes, ainsi qu'un carton à pâtisserie. Ses doigts étaient courts et dodus ; ce n'était pas comme ça que je me représentais des doigts d'artiste.

La femme s'est précipitée pour le débarrasser de ses paquets. L'oncle s'est approché de sa nièce. Ils se sont embrassés sans un mot. Puis l'homme est venu vers moi. J'en ai profité pour me lever et ne plus me rasseoir. C'est la femme qui s'est chargée des présentations.

— C'est Armand, mon mari, elle a dit. Et voici Matthieu, l'ami de Florence.

Elle nous a regardés échanger une poignée de mains avec un large sourire de satisfaction, comme si c'était la paix sur Terre que nous scellions de cette façon et qu'elle-même en avait été l'instigatrice. L'homme n'avait toujours pas ouvert la bouche. J'ai pensé que «l'ami de Florence» était une expression ambiguë et je me suis demandé comment au juste leur nièce leur avait présenté les choses.

Nous sommes passés rapidement à table. Malgré les années écoulées je ne peux pas me remémorer ce repas sans en ressentir un réel malaise. Nous étions assis tous les quatre et nous étions censés faire connaissance, créer entre nous des liens dont le nœud central était Florence : tel était d'abord à mon sens le but de cette rencontre. Et cela aurait dû se passer de manière courtoise et détendue, voire chaleureuse. Or, il n'en a rien été. Assez vite j'ai senti que quelque chose n'allait pas. Quelque chose planait, une menace dont j'ignorais la nature et l'origine, mais dont je commençais à percevoir les ondes néfastes. Au fil des minutes, l'atmosphère, au lieu de se relâcher, est devenue de plus en plus lourde, oppressante. Nous en étions tous conscients, mais seule la tante luttait. Pendant toute la durée du repas elle s'est battue, énergique et obstinée, elle s'est démenée comme elle a pu, avec l'unique arme qu'elle possédait : sa langue.

La tante parlait. La tante faisait la conversation. Elle racontait. Elle posait des questions. Elle ne s'adressait qu'à moi. Aujourd'hui je la compare à un pauvre épouvantail doué de parole et défiant le ciel. Ou l'implorant. Elle espérait sans doute. Elle n'avait aucune chance.

Je ne pouvais pas grand-chose pour lui venir en aide. Oui, sa blanquette était excellente. Oui, les études étaient intéressantes. Oui, la première année était certainement la plus difficile mais il fallait s'accrocher. Oui, le travail était rare de nos jours. Oui, c'est vrai, c'est vrai... Entre deux oui je portais mon regard vers la fenêtre et tentais d'imaginer une petite fille en train de jouer dans ce bout de jardin que j'apercevais. Une petite fille et un chien.

Le chien était mort. Où était la fillette ? Qui était-elle ?

Florence gardait le silence. Elle n'avait quasiment pas touché à son assiette. Sa peau était plus blanche que la sauce. Son visage s'était fermé mais dans ses yeux, dans ses yeux c'était là que l'ombre s'étalait, dans le lac de ses yeux le reflet du lent et inexorable rassemblement des nuages. Je pouvais vraiment voir ça.

L'oncle Armand mangeait. Il découpait sa viande, son pain, il mâchait consciencieusement ses bouchées, se préoccupant de ça et de rien d'autre. Sa façon à lui de se préparer à affronter les éléments. Vieux briscard. Il était peut-être celui qui savait le mieux ce qui allait se produire. L'ébéniste se taillait un cœur dans le bois le plus dur, qu'il travaillait à durcir encore, à rendre imperméable. Ce que l'expérience lui avait enseigné. Son regard n'accrochait rien ni personne. Il ne comptait que sur lui-même.

Bien sûr je me suis demandé pourquoi l'oncle et la tante, pourquoi pas le père et la mère. Et pourquoi Florence m'avait-elle amené ici ? Pourquoi moi et pas Ariel ? Et tant d'autres questions.

La tante faisait des allées et venues entre la cuisine et la salle à manger. Nous avons eu pour dessert un framboisier – je crois que c'est ainsi que ça s'appelle. Je me souviens d'une grosse tache ronde au centre de la table, avec le blanc de la crème et le rouge sombre des fruits, ça me fait inévitablement penser à une bille de clown triste. Puis nous avons eu droit au café dans des tasses en porcelaine. Florence s'est allumé une cigarette, l'oncle et la tante lui ont jeté le même coup d'œil au même instant. Ils ne fumaient pas. Elle ne leur avait pas demandé leur avis. Ils n'ont fait aucune remarque. La tante s'est éclipsée une nouvelle fois, elle est revenue avec une soucoupe qu'elle a posée devant Florence en guise de cendrier. Le silence est tombé pour de bon. L'oncle touillait son café. Nous étions dans les ultimes secondes. Quand Florence a tourné ses yeux vers moi, j'ai vu que le ciel était chargé à bloc. Il était impossible que cela n'éclate pas.

En même temps qu'une bouffée de fumée grise, elle a fini par souffler :

— C'est ma famille. Ma seule famille…

Elle a laissé passer quelques secondes pour bien

que je m'imprègne de ces paroles, après quoi elle a dit :

— Alors ? Comment tu les trouves ?

Comme si nous étions déjà repartis ; comme si nous étions hors de leur présence. La petite cuillère de l'oncle s'était immobilisée dans sa tasse. Il a commencé à hocher imperceptiblement la tête. Je ne voyais pas où Florence voulait en venir. Je me suis arraché un sourire.

— Ils sont très sympathiques, j'ai dit. Très gentils.

J'ai risqué un regard vers la tante, qui ne me l'a pas rendu. Ses traits s'étaient figés, son visage était comme pris dans la glace.

— C'est vrai, a dit Florence. Ils sont très gentils. Adorables. Tonton Armand... Tata Coralie...

Elle les a regardés aussi, tour à tour, puis soudain ses sourcils se sont froncés. La ligne ténue de ses sourcils. Brisée. Elle était à cet instant d'une beauté qui dérange, qui fait mal. Un peu de cendre est tombée sur la table sans qu'elle s'en aperçoive. Elle a poursuivi :

— Mais, au fait... il me semble qu'il manque quelqu'un. La famille n'est pas au complet, on dirait. Non ? Est-ce que je me trompe, tata ?

La femme n'a pas répondu. Elle n'en était plus capable. Elle fixait sa nièce avec l'air de quelqu'un qui assiste à l'effroyable spectacle de l'horizon qui se soulève et se retourne, telle une vague gigantesque, pour l'engloutir.

— Ça alors ! a fait Florence. J'ai failli l'oublier !... Où est-il ? Vous ne l'avez pas encore enterré, j'espère ? Il faut absolument que Matthieu fasse sa connaissance. Je suis sûre qu'il n'a jamais vu ça !... Où est-ce que vous l'avez caché ? Dans un placard ? Dans le garage, peut-être ?

Cette voix je ne la connaissais pas. Cette voix qui commençait à enfler et qui raclait, crissait comme la lame d'une vieille scie s'attaquant au métal. Sur mes bras, sur mon dos, et jusque sur le dessus de mon crâne ma peau s'est hérissée. À côté, l'oncle s'était mis à vraiment secouer la tête, de gauche à droite, homme accablé, fataliste, ou homme en colère, je ne sais pas. Je n'y comprenais toujours rien, tout ce que je voulais c'était ne plus entendre cette voix.

— Florence… j'ai murmuré.

— Je t'assure, elle a dit, c'est quelque chose de tout à fait incroyable ! Tu ne peux même pas imaginer. Il faut que tu voies ça !

Et brusquement elle s'est détournée et a lancé à travers la pièce :

— Quasimodo !... Quasimodo !...

Ainsi relaté cela peut paraître grotesque, simplement grotesque, cependant j'aurais pu défier quiconque de n'avoir pas l'âme écorchée en entendant ces appels. J'ai frissonné à nouveau. La tante à ce moment-là a lâché : « Oh, mon Dieu ! » en se couvrant la bouche des deux mains. Les larmes ont d'un seul coup envahi ses yeux et débordé sur ses joues. L'oncle continuait de secouer la tête.

— Florence… j'ai répété.

Pauvre murmure dans la tempête. À vrai dire, j'étais complètement perdu. Je sentais Florence

188

partir, je la sentais dériver, s'éloigner, je ne voulais pas qu'elle me laisse seul et sa voix, le fil de sa voix me lacérait mais c'était tout ce qui me restait pour ne pas la perdre.

Et puis Florence a cessé ses appels. Elle a pointé l'index vers le plafond. Regard fiévreux. Elle a dit : « Je sais ! », puis elle s'est dressée, toute droite au bout de la table, elle a écrasé sa cigarette dans sa part de framboisier intouchée, elle a dit : « Matthieu, viens ! », puis elle s'est dirigée vers l'escalier qui menait à l'étage.

Je n'ai pas su quoi faire. L'oncle Armand avait enfin mis un terme à sa dénégation muette et vaine. Son crâne ne bougeait plus, son regard restait rivé sur le mégot planté dans le gâteau. J'ai vu une de ses mains saisir la serviette posée sur ses genoux et la froisser, la serrer très fort.

Florence avait déjà un pied sur la première marche. Une botte de cheval. Elle s'est retournée. Comme tout à l'heure dans la voiture, elle a répété : « Viens. » L'impression de fièvre était retombée, elle n'était plus que froideur et détermination. J'ai repoussé ma chaise lentement et me suis levé à mon tour. J'aurais voulu prononcer une parole d'excuse ou de repentir mais je n'ai pas pu. La tante a gémi derrière le bâillon de ses mains. J'ai rejoint Florence. Et tandis que je montais à sa suite l'escalier de bois, j'ai eu cette pensée idiote que c'était l'oncle lui-même qui avait dû le construire.

Qui décide ?…

Pas plus tard que la semaine dernière je regardais Florence jouer avec Nathan et je n'ai pas pu m'empêcher de me poser encore une fois la question.

Nathan a presque quatre ans, maintenant. Il bâtissait une pyramide avec des cubes. Il y mettait beaucoup d'application. Florence l'aidait. Ils étaient tous deux installés par terre dans la chambre. Je les trouvais merveilleusement beaux.

Qui décide et en vertu de quoi ? Quel juge suprême se permet de porter certains êtres vers la chaleur et la lumière et de renvoyer les autres aux ténèbres ?

Bien sûr on peut aussi se dire – et je ne sais si c'est plus terrible ou plus apaisant – que le poing qui frappe est aveugle.

À un moment donné Florence a levé les yeux vers moi et je suis à peu près certain que nos pensées suivaient des chemins parallèles. C'est à cause des cubes, probablement. Il ne m'est plus permis de voir ces jouets en toute innocence. Je ne peux pas oublier. Florence encore moins. Nous n'en parlons jamais mais je sais que tout n'est pas parti en même temps dans les flammes et la fumée. Ce serait presque trop facile.

Là-haut, à l'étage, dans la maison de l'oncle et de la tante, il y avait trois portes closes. Trois chambres. L'une d'elles avait abrité l'enfance de Florence, toutes ses jeunes années. Elle y avait passé des journées de pluie, elle y avait passé ses nuits, à dormir, à rêver, à trembler peut-être en tentant de repousser les créatures nées de l'obscurité. Ces pensées m'ont traversé mais aucune image n'est venue s'y associer. Comme un peu plus tôt dans le jardin, le visage de la fillette refusait de m'apparaître.

Florence est allée jusqu'à la porte du fond. Elle a posé une main sur la poignée et l'autre à plat sur le panneau. Elle est demeurée ainsi pendant quelques secondes. Je me tenais dans son dos, je ne pouvais pas voir si ses yeux étaient ouverts ou clos et j'avais peur. Je me sentais de plus en plus oppressé. J'avais envie de lui dire qu'elle n'était pas obligée, que, quels que soient ses desseins, il était encore temps d'y renoncer. Que je n'avais pas besoin de preuves.

Florence a poussé la porte et s'est effacée pour que j'entre. L'odeur m'a saisi à la gorge. Une forte odeur de désinfectant qui ne parvenait pas à noyer complètement de plus âcres remugles. Vomir m'aurait soulagé. Me répandre, et m'évaporer ensuite. Florence a refermé la porte sans bruit.

C'était une chambre d'enfant. De petit enfant. Sur la tapisserie la même otarie jonglant avec un ballon se répétait à l'infini. Les couleurs avaient passé. Le blanc aussi. Le sol était recouvert de plaques de linoléum. La pièce était en ordre, aucun jouet ne traînait sinon un tigre en peluche qui avait dû tomber du fauteuil sur lequel le garçon était assis. Un fauteuil de dentiste. Il faisait face à l'unique fenêtre, dont les carreaux étaient voilés par de jolis rideaux brodés. Nous nous tenions derrière, à quelques pas de distance, et je ne distinguais pas grand-chose : à contre-jour le sommet d'un crâne dépassant à peine du dossier, une touffe de cheveux bruns. C'est tout. J'entendais un léger bruit que je n'arrivais pas encore à identifier. J'attendais que Florence bouge ou parle. Je respirais le moins possible. Tout semblait immobile, en suspens. Une chambre d'enfant par un doux après-midi de printemps.

Et puis soudain j'ai perçu un mouvement. Le haut du crâne a disparu durant une fraction de seconde, puis il est réapparu et au même instant il y a eu le «cri». À défaut d'autres mots pour le nommer. C'était un son que peut-être produisaient les premiers hommes sur cette terre, les hommes d'avant l'humanité. Quelque chose qui commençait par une sorte de feulement et se terminait en brame. Quelque chose extirpé d'insondables profondeurs et qui monte, qui vous traverse, et bouleverse vos certitudes et vous ébranle jusque dans vos plus intimes convictions. Plus rien n'est sûr, plus rien n'est acquis après l'avoir entendu. Seul le doute demeure, quant à notre véritable nature.

J'ai eu l'impression que tout mon être se recroquevillait, les os, la chair, les nerfs, les boyaux, la plus infime partie de moi cherchant à se soustraire à ce cri.

Était-ce le signal que Florence attendait ? Tandis que j'étais figé sur place, tétanisé, je l'ai vue traverser la pièce d'un pas lent et le visage grave, comme l'on se doit de remonter l'allée d'une église. Elle a dépassé le fauteuil. Elle a pivoté et baissé les yeux sur celui qui l'occupait. Au bout d'un long moment, elle a dit :

— Bonjour, Nicolas.

Jamais plus je n'ai entendu autant de tendresse dans sa voix, quand bien même elle s'adresse aux enfants qu'elle aime, à nos enfants. Jamais.

Elle a posé la main sur le crâne et caressé les cheveux bruns.

— C'est mon frère, elle a dit. C'est mon petit frère. Il s'appelle Nicolas.

Il m'a fallu une bonne minute encore avant de pouvoir bouger. Franchir le pas. Il y a l'idée de la mort et il y a la mort elle-même, et qu'y a-t-il entre les deux ? Au prix d'un immense effort j'ai comblé la distance et contourné le fauteuil à mon tour, par l'autre bord. J'ai baissé les yeux.

Je suis resté longtemps à le regarder. Je ne sais pas ce qui transparaissait dans mon regard, le dégoût, la pitié, la colère, le ressentiment, je ne peux pas en être certain. Florence caressait ses cheveux. Il a eu à nouveau ce cri terrible, qui est le seul son que je l'ai entendu émettre et qui lui échappait à intervalles à peu près réguliers, tout au long du jour. Dans ces moments-là, sa tête tombait soudain vers l'avant pour être aussitôt rejetée en arrière, violemment, tel un cheval renâclant ou le coup de corne d'un taureau dans le vide. Il ne semblait pas en être conscient.

La main de Florence était restée en suspens dans l'air, le temps que ça passe. Elle a repris ses caresses. Elle a dit :

— Il a eu vingt ans hier. Vingt ans, tout rond. Qu'est-ce qu'on pourrait lui offrir ?

Ce n'était pas une véritable question et je n'ai rien répondu. Je savais que je tremblais en dedans mais que ça ne se voyait pas. Je regardais cet être qu'on appelait Nicolas et j'essayais d'appréhender cette réalité – le lien entre ce prénom, commun, banal, dont on l'avait affublé, et la créature que je voyais devant moi.

Un petit garçon de vingt ans dans un fauteuil de dentiste.

Tout chez lui était tordu. Difforme. Chacun de ses membres, chacun de ses doigts, et son torse, sa mâchoire, ses dents, tout était fait de lignes brisées et d'angles improbables.

Il portait des chaussettes rouges, un vieux pantalon de survêtement qui lui arrivait aux mollets, une robe de chambre ouverte sur un tee-shirt Gaston Lagaffe. Une barbe de quelques jours couvrait le bas de ses joues, de-ci de-là un long poil noir oublié. Une petite coupure au menton, due certainement à son brusque mouvement de tête pendant qu'on le rasait. Sa lèvre supérieure était retroussée d'un côté, comme accrochée par un invisible hameçon, et laissait entrevoir une plage de gencive rose et

194

rouge sang. On avait calé un oreiller dans son dos.

J'aurais préféré, je crois, saisir son regard. Le croiser ne serait-ce qu'une seule fois. Cela ne s'est pas fait. Il ne regardait ni Florence ni moi. Ses yeux étaient marron, beaux, sans fond. J'ignore s'il avait la moindre conscience de notre présence. J'ignore s'il nous entendait ou pas. J'ignore quelles sortes de pensées ou d'images pouvaient naître et se projeter dans son cerveau.

Il jouait aux cubes.

C'était ça, le bruit que je n'étais pas parvenu à identifier. Le fauteuil était agrémenté sur le devant d'une tablette amovible. Une douzaine de cubes étaient éparpillés dessus, des cubes en bois de couleurs vives, sur les faces desquels on avait peint des lettres et des chiffres. Le garçon passait son temps à essayer de les empiler. Il n'y arrivait pas. Ses gestes n'étaient pas maîtrisés. Il peinait déjà à saisir l'objet entre ses doigts, le poser sur un autre était une tâche insurmontable. Le cube glissait, tombait, lui échappait. Il le reprenait. Il recommençait. Sans cesse.

Parfois, pourtant, l'amorce d'un miracle se produisait – et l'on en ressentait la même émotion que lorsqu'un enfant se lâche pour faire ses premiers pas. Les cubes tenaient l'un sur l'autre durant quelques secondes, dans un équilibre précaire… que rompait inexorablement le geste suivant. Et le monde entier était à refaire.

Qu'aurait-on pu lui offrir ?

Nous sommes restés peut-être une heure ou plus

dans cette chambre. Au fur et à mesure les nœuds qui m'étreignaient se sont un peu relâchés. J'ai pu respirer presque normalement. J'ai pu me concentrer sur les paroles de Florence.

Elle m'a expliqué qu'il avait toujours été comme ça. « Comme ça », elle a dit. Depuis trois ou quatre ans on l'avait installé dans ce fauteuil dont le dossier pouvait s'incliner. Position assise, position couchée. Il y passait ses jours et ses nuits. L'oncle et la tante n'avaient plus la force de le porter dans son lit. Il n'avait plus de lit.

Lorsqu'elle était toute petite, elle ne comprenait pas la différence. Elle ne comprenait pas pourquoi son frère refusait de jouer avec elle, pourquoi il refusait de la regarder, de lui parler, de lui répondre. Elle se disait qu'elle avait dû faire quelque chose de mal, sans le vouloir, et qu'il était fâché. Elle pensait qu'il ne l'aimait pas. Elle avait espoir que ça passerait. Mais ça n'était pas passé.

Aujourd'hui elle savait que ça ne passerait jamais. Elle ne comprenait toujours pas.

Elle m'a dit qu'elle croyait avoir fait tout ce qui était en son pouvoir. Sans se forcer. Parce qu'elle aimait son frère. Elle avait passé plus de temps avec lui qu'avec n'importe qui. Elle délaissait sa propre chambre pour venir s'amuser ici. Elle y apportait sa poupée. Elle faisait la maîtresse, la marchande. Elle y faisait ses devoirs. Elle y faisait ses lectures à voix haute pour qu'il entende. Elle récitait ses tables et l'alphabet. Elle lui racontait ses journées, elle lui racontait ses rêves. Ses rêves n'avaient pas de secret pour lui.

L'odeur, elle ne la sentait pas. Elle s'était habituée à l'intolérable puanteur. Elle s'était habituée au silence et aux cris. À tout. Sauf à l'absence de regard.

Si elle avait pu donner un bras, une jambe, si elle avait pu donner sa vie en échange d'un seul vrai regard, elle l'aurait fait. «Je jure que je l'aurais fait», elle a dit.

Elle ne pouvait pas faire plus.

À dix-sept ans, elle était partie. Ses visites se faisaient de plus en plus rares. C'est uniquement pour lui qu'elle revenait. Elle n'était pas en mesure de savoir s'il la reconnaissait ou non.

Elle parlait d'un ton calme, égal, sans cesser de caresser la tête du garçon. Un peu comme on relirait d'anciennes lettres écrites il y a longtemps à l'encre de larmes et de sang mais à présent séchée. Interrompue de temps en temps par le cri. Elle remettait une mèche en place sur le front du garçon.

Qui décide? À qui la faute? Pourquoi? On ne peut s'empêcher de s'interroger bien qu'on sache que ces questions demeureront sans réponse, qu'elles n'ont aucun sens. La porte reste ouverte et le vent glacé balaie la pièce. Personne ne détient la clé.

Ainsi, en adoptant le même ton qu'elle, je me suis permis de lui dire que son comportement envers l'oncle et la tante n'était sans doute pas justifié. Qu'avait-on à leur reprocher? J'ai dit que pour eux aussi l'épreuve était terrible et qu'ils faisaient de leur mieux. Elle ne devait pas faire peser sur leurs épaules tout le poids de sa peine et de sa souffrance.

Florence n'a rien objecté à cela. Elle n'a pas acquiescé non plus.

Une seule fois elle s'est montrée brusque dans ses réactions. Lorsque je lui ai demandé s'ils avaient jamais songé à placer son frère dans une institution spécialisée. Elle s'est tournée vers moi :

— Spécialisée en quoi ? elle a craché. En extra-terrestre ?

J'ai souffert du pli de ses lèvres, du regard plein d'indignation que j'avais provoqué.

C'est ce jour-là, dans cette chambre, que je me suis décidé à reconnaître que je l'aimais. Je me le suis enfin avoué : j'aimais Florence depuis le tout premier instant. Cela n'avait rien de réconfortant.

Avant de partir, elle a ramassé la peluche par terre. Tigre jaune aux rayures noires. Elle l'a déposée sur les genoux du garçon. Elle a déposé un baiser sur sa tempe. J'ai murmuré : « Au revoir, Nicolas. » Il ne m'a pas répondu. Nous l'avons laissé seul avec ses cubes.

En bas, la table n'était pas débarrassée. La tante n'avait pas bougé de sa chaise. Elle a relevé la tête. Ses yeux étaient rouges. Elle a suivi Florence du regard tandis que celle-ci traversait la pièce en silence. La visite était terminée. J'ai vu les lèvres de la vieille dame remuer, former un mot qu'elle n'a pas prononcé, puis rester ainsi, entrouvertes. Je me suis arrêté près d'elle. Je lui ai adressé un pâle sourire et j'ai dit : « Au revoir, madame. Et merci pour le repas. » Un bref instant, j'ai eu le sentiment qu'elle allait se jeter à mes pieds, me supplier de lui accorder une faveur ou un pardon. Puis ses lèvres se sont refermées, les larmes ont de nouveau envahi ses yeux et elle a enfoui son visage entre ses mains.

L'oncle avait disparu. Je ne l'ai pas revu dans la maison ni dans le jardin. Je ne devais jamais le revoir.

Florence m'attendait dans la voiture. En prenant place à ses côtés, je me suis demandé : qu'est-ce que je pourrais lui offrir, à elle ?

J'ai fait grâce à Marie de la première partie du récit. L'acte I. Elle ne le connaissait que trop bien. Ici commence véritablement la suite de l'histoire, celle qu'elle ignorait encore. Et ça commence, bien sûr, par un macchabée.

Environ dix-huit mois après l'accident, au cours du printemps, deux employés municipaux préposés aux Espaces Verts ont découvert une plante assez rare, poussée durant la nuit au milieu des buissons du jardin de la ville. C'était le cadavre d'un homme. Nu. On l'avait étranglé avec du fil de nylon. Dans la bouche on lui avait enfoncé son propre sexe, tranché au préalable. Le genre de spécimen qui fait baver les journaleux et met la cité sur les nerfs. D'autant que cet homme n'était pas n'importe qui : il s'appelait Jean-Baptiste Cyrillus et enseignait depuis plus de trente ans à l'université locale. Un éminent professeur de lettres.

Branle-bas de combat dans la caserne. Les trois quarts de l'effectif ont été lancés sur l'affaire.

Le prof avait des mœurs particulières et éclectiques, ce n'était pas un secret pour grand monde.

Le jour il arpentait les allées du jardin en poussant le fauteuil de sa vieille maman paraplégique, la nuit il y revenait à d'autres fins, moins charitables. Tous les petits tapins du coin connaissaient sa silhouette. Les filles comme les garçons, pas de discrimination. Juste une certaine préférence pour les moins de vingt-cinq ans. Le professeur aimait la jeunesse.

C'est par-là qu'on a attaqué. Un grand coup de pied dans cette fourmilière. Il y avait des chances pour que le meurtre soit lié à une sordide histoire de fric et de fesses. On a interrogé les habitués des lieux, clients et travailleurs, mais personne n'avait rien vu, rien entendu. La plupart des prostitués nous ont rétorqué qu'ils n'avaient aucun intérêt à tuer la poule aux œufs d'or. Toute cette affaire portait un grave préjudice à leur commerce ; ça faisait fuir la clientèle. Les gens avaient la trouille – et eux aussi d'ailleurs. C'étaient des arguments recevables.

On s'est rabattu sur les étudiants. Pendant des semaines on a épluché des centaines de dossiers ; tous les élèves inscrits au cours de Cyrillus durant les cinq dernières années. Et puis leurs amis, et puis les amis de leurs amis. Ratisser large en espérant accrocher ne serait-ce qu'un semblant de début de piste. On a recueilli des tonnes de témoignages ; on en a entendu de toutes les couleurs sur celui qu'ils surnommaient «Elmer» sur les bancs de la fac. Ragots, cancans, petits potins des amphis. Mais rien qui ressemble, même d'assez loin, à un mobile valable pour un crime aussi grave.

Les charognards de la presse étaient de plus en

plus nombreux à insinuer qu'un tueur sadique se baladait en liberté dans les rues de la ville. Un de ces serial killers comme ils en raffolent. C'était une hypothèse envisageable, et nous l'avions envisagée. Mais c'était la pire des possibilités, et on se raccrochait encore à l'idée que le meurtre était un acte isolé, unique. Jusqu'à preuve du contraire.

Je faisais partie de l'équipe qui planchait sur l'affaire. Dans le fond, je me foutais de Jean-Baptiste Cyrillus comme de tout le reste. Je bossais par réflexe. Pour occuper les heures entre deux engloutissements. Parce que le boulot était sûrement le dernier lien qui me rattachait au monde des vivants. Même si, en l'occurrence, c'était une histoire de mort. Je crois que j'aurais aussi bien pu vendre des légumes sur le marché ou distribuer des prospectus. Pas impliqué pour deux sous. Seule la machine tournait. La mécanique. J'ai déjà dit que si j'avais un jour possédé quelque chose comme une âme, elle était elle aussi partie en fumée sur la nationale. J'étais persuadé que le peu qui restait de moi suivrait très vite.

Le travail de fourmi effectué auprès des étudiants n'a pas été tout à fait inutile. C'est là que, de fil en aiguille, j'ai eu vent pour la première fois de l'existence d'une certaine Florence Mazeau.

Flo, pour les intimes.

Tu parles d'un rouge-gorge ! Tu parles d'un astre incandescent ! Florence Mazeau n'était rien d'autre qu'une petite pute avec une bonne combine. Son nom apparaissait sur les listes d'inscription de l'université depuis quatre ans. Candidate libre.

Elle passait les examens, elle échouait, elle se réinscrivait l'année suivante. Une fille courageuse. Obstinée. Et pour cause : c'était son gagne-pain qu'elle défendait ! La majorité de ses clients, elle les recrutait dans les couloirs de la fac, une réserve quasi inépuisable puisque sans cesse renouvelée. Méthode originale, parfaitement rôdée. La jeune et jolie demoiselle se laisse draguer par ses prétendus confrères, elle les attire, elle les ferre ; puis, une fois qu'ils ont bien mordu, elle annonce ses tarifs. Les petits mâles en rut ne peuvent pas lutter. Ils ont la bave aux lèvres. Ils allongent la monnaie. C'est une affaire qui tourne.

Tout ce manège, je ne l'ai découvert qu'au fur et à mesure. Par recoupements, par des bouts de confessions, des allusions lâchées au milieu du flot. À partir de là, j'ai pensé que si cette maligne chassait ses proies parmi les étudiants, pourquoi pas aussi parmi les professeurs ? Et pourquoi pas ce bon vieux Elmer tant qu'on y était ?

Ça, c'était un semblant de début de piste.

Que je le veuille ou non, quelque chose avait fait tilt dans mon cerveau de flic. J'aurais pu convoquer Florence Mazeau pour l'interroger, mais je ne l'ai pas fait. J'ai choisi l'option « sous-marin ». On s'y est mis à trois, deux gars plus ma pomme, pour une surveillance rapprochée. Pendant près d'un mois, on n'a pas lâché la fille ni d'une semelle ni des yeux.

Elle officiait à domicile, un petit appart au dernier étage d'un immeuble rénové, dans les vieux quartiers. On a pris des clichés de tous les types franchissant la porte de cet immeuble. De tous ceux aperçus en sa compagnie. Et ça en faisait un bon paquet. Des hommes. Florence Mazeau fréquentait beaucoup d'hommes.

Je ne savais même pas précisément ce que je cherchais, ce que j'espérais retirer de tout ça. Si j'avais su jusqu'où ça me mènerait, peut-être que j'aurais laissé tomber. Ou peut-être pas.

Après quatre semaines de surveillance, on a décroché. L'affaire Cyrillus commençait à se tasser. Pas d'autres meurtres à signaler, heureusement, pas d'autres macchabées dans les fourrés, mais par contre un tas d'autres chats à fouetter. Au commissariat, les dossiers s'accumulaient et c'était pas pour autant qu'on nous envoyait des gars en supplément. Bref, on m'a laissé à peu près tout seul sur le coup. Pourquoi pas ? Ça ou autre chose…

Et puis, en novembre de cette même année, il s'est produit un fait nouveau : la disparition d'un type appelé Thierry Carmona. Je le connaissais. Vaguement. Tout le monde le connaissait et lui connaissait tout le monde. Titi Carmona était ce qu'on pourrait appeler une «figure locale». Le verbe haut, l'accolade facile. Du genre à traîner partout en ville, dans tous les milieux, à rendre de menus services aux uns comme aux autres.

On n'a jamais retrouvé son corps. Juste une de ses palmes au milieu du port. Tout semblait indiquer qu'il s'était noyé. Accident de plongée. Un de ses potes a témoigné en ce sens : le matin de sa disparition, il avait vu Titi Carmona s'apprêtant à faire une virée sous l'eau avec ses bouteilles d'oxygène et tout l'attirail. Personne ne l'avait vu remonter.

Ça a donné lieu à une enquête de routine, vite expédiée. Faut dire que ça n'arrangeait pas grand monde qu'on aille fouiner sous la surface. Parce qu'en plus d'être un homme serviable, Carmona était aussi et avant tout un grand séducteur. Une sorte de don Juan de province. Outre sa propre épouse, il laissait derrière lui un wagon, un train entier de semi-veuves inconsolables. Ce type avait couché avec la moitié de la gent féminine de la ville. Ce qui faisait du même coup une flopée de maris cocus et jaloux. Et du même coup encore, pour nous les flics, une liste considérable de suspects – au cas où l'hypothèse de l'accident n'aurait pas été retenue.

Quelques mauvaises langues ne se sont pas privées de dire que le commissaire en place à l'époque faisait lui-même partie de la foule des époux bafoués. Possible. En tout cas, on a fini par accréditer officiellement la thèse de la noyade et laissé courir le reste. Affaire classée.

Sauf pour moi.

Quel rapport entre la disparition de Thierry Carmona et le meurtre de Jean-Baptiste Cyrillus ? Quel lien entre le coq de basse-cour et le spécialiste en littérature de la Renaissance ? Apparemment aucun. Si ce n'est leur goût commun pour Florence.

Pas la ville. La pute.

Je n'avais pas encore la preuve que le professeur avait fréquenté Florence Mazeau. Cela restait à vérifier. En revanche, j'avais en main quatre clichés, pris au cours de la surveillance de la fille, sur lesquels apparaissait Titi en personne. Durant le seul mois d'août, ce dernier s'était rendu chez elle à deux reprises. Les photos montraient ses entrées et sorties. Sur la première série de clichés, il est seul ; il pénètre dans l'immeuble en fin d'après-midi et en ressort au bout d'une heure. Sur la seconde série, réalisée deux semaines plus tard, il est accompagné de trois autres types. Ils débarquent à minuit et des poussières et repartent tous les quatre au petit matin – «... l'air d'avoir le foie à bloc et les couilles à sec », si on en croit le délicat commentaire de l'ami Roubion qui était en planque à ce moment-là.

Cyrillus, Carmona, Florence : les routes convergent. Les chemins se croisent. Ça commençait à devenir un petit peu plus, à mes yeux, qu'un semblant de début de piste.

Du coup, j'ai repassé en revue et à la loupe tous les négatifs concernant Florence et ses relations. La première fois, je n'avais fait que survoler, cette fois-ci je m'y attarde. J'étale, je scrute, je compare. Et je m'aperçois qu'il y a une tête qui émerge du lot, celle d'un jeune homme d'une vingtaine d'années. Toujours vêtu de noir, veste et pantalon. On le voit en compagnie de la fille à la cafétéria de la fac ; on le voit avec elle dans un café du centre ; on le voit entrer et sortir de son immeuble. En tout, il apparaît sur quatorze photos à ses côtés.

Je me dis que ce garçon est soit un client assidu, soit un amoureux transi, soit un ami intime.

Soit c'est autre chose.

« Les chromosomes. Jona et moi, on a les mêmes. Peut-être pas tous mais une bonne partie, une belle petite escadrille de chromosomes volants à l'intérieur de nous, c'est pour ça qu'on se ressemble. Quand elle rit, je ris. Quand elle a mal, j'ai mal. On ne peut pas faire autrement. Quand elle ne respire plus, quand les poissons lui mangent les cils, qu'est-ce que tu crois qu'il se passe pour moi ? C'est une histoire de chromosomes. De cellules.

Là-bas, dans la Maison aux Cygnes, l'hiver était glacial. Les cheminées étaient toutes éteintes. Maman était une dame triste, elle pleurait souvent. Au début, elle l'attendait. Lui. Son mari. Parfois il rentrait et parfois non. C'était le soir, la nuit. Ma Jona et moi, on était couchés dans le même lit, un petit lit, le sien ou le mien. La lumière des phares éclaboussait les volets, ça voulait dire qu'il arrivait. Je sais que Jona avait les yeux ouverts elle aussi. Il y avait des disputes et des cris, on entendait à travers les murs. Parfois, il repartait. Il y avait le bruit de la voiture et après le bruit du silence qui durait longtemps.

À la fin, elle n'attendait plus personne. Elle n'attendait plus rien. Elle avait usé toute sa colère et ses larmes. Il n'y avait plus les disputes et les cris, il n'y avait plus que le silence. Ses habits restaient pendus dans les armoires et elle restait toute la journée et toute la nuit enfermée dans sa chambre. Tu vois, c'est une histoire de cellules.

Madame Greenhill me disait : « Elle se repose. » Madame Greenhill était devenue très gentille avec moi. Maintenant, quand elle avait fini la classe, elle restait là quand même, à la maison, jusqu'à ce que je me couche. Elle me proposait des jeux, les dominos, la bataille navale, elle me préparait des repas, elle me regardait manger. « Laissons ta maman se reposer », elle disait. Je ne l'appelais plus madame Gorille. Je ne me moquais plus d'elle. Je n'avais plus tellement envie de rire, c'est pour ça.

Neuf heures sonnent dans le salon. J'aimerais bien rester encore un peu avec madame Greenhill mais il est l'heure. Avant d'aller au lit, je vais embrasser maman dans sa chambre. Elle est couchée. Je la trouve belle mais je n'aime pas son odeur, elle sent comme les fleurs fanées dans les vases. Je ne sais pas si elle me voit. Madame Greenhill reste sur le pas de la porte.

Après, je suis dans mon lit et j'attends que Jona me rejoigne.

Dix heures sonnent.

Onze heures sonnent.

Minuit.

J'ai grandi. Mes bras et mes jambes se sont allongés. Le lit rétrécit. Jona tarde à revenir.

Qu'est-ce que j'oublie de dire ?... Ah, oui ! Tout ça, c'est de ma faute. Jona a crié mais j'ai continué à courir. C'est de ma faute et c'est de la faute du diable aussi. Bien sûr que le diable existe. Je l'ai vu. Je l'ai déjà dit, je crois. C'était la seconde et dernière fois. On était dans notre maison des arbres, près de l'étang, et il nous a rendu visite. On a eu très peur. Jona était en haut à l'étage, c'est elle qui l'a vu en premier. Dès qu'elle a crié, je me suis mis à courir. Je n'ai pas réfléchi. J'ai couru. Jona a mis du temps à descendre. Je me suis retourné une fois, rien qu'une fois, j'ai vu ses pieds qui se balançaient et je l'ai vue sauter par terre. Elle était déjà loin derrière moi. J'ai continué quand même, le plus vite que je pouvais. Je courais au bord de l'étang. C'était l'hiver, il y avait du givre blanc sur la terre et des plaques de glace sur l'eau, le long de la rive. Ça craquait sous mes pieds. Jona, ma Jona criait encore. Elle criait mon nom, elle me criait de l'attendre. Elle avait des jambes plus petites, elle courait moins vite mais je ne l'ai pas attendue. J'ai couru comme l'éclair. À un moment j'ai glissé et je suis tombé et ma figure a cogné sur une pierre. Juste au-dessus du sourcil. Il y avait du sang mais je n'ai pas eu mal. Je me suis relevé et j'ai couru encore. Ma Jona criait mon nom, pour une fois ce n'était pas moi qui l'appelais, comme quand on jouait à se perdre et que je la cherchais partout, pour une fois c'était elle qui m'appelait. Mon nom claquait dans l'air froid, il ricochait sur l'eau gelée. Tu vois ce que ça fait, Jona, quand personne ne répond, ça fait peur. C'est un jeu cruel et imbécile. Dans ma tête je lui disais « Tais-toi ! Tais-toi ! Tais-toi ! Tais-toi ! » La vérité c'est que je ne voulais pas l'entendre. Je ne voulais plus entendre ses cris. La vérité c'est que j'ai pensé que si le diable l'attrapait, il me laisserait tranquille, il ne pourrait pas nous manger tous les deux d'un seul coup.

Et puis après j'ai entendu un drôle de bruit, une sorte de craquement et puis un plouf dans l'eau comme quand on lançait un gros caillou pour chasser les cygnes, et après je n'ai plus rien entendu sauf le bruit de mes pas et le bruit de ma respiration. Je ne me suis pas arrêté. J'avais mal aux poumons et à la gorge, ça me brûlait à force de courir. La vérité c'est que j'étais bien content parce que ma Jona ne criait plus.

Ma Jona ne crie plus.

C'est le silence qui dure.

Les heures sonnent. Je suis dans mon lit et j'attends qu'elle vienne me rejoindre. Elle tarde à venir. Ou alors elle joue encore à ce jeu que je déteste. Elle joue à se perdre, elle va surgir tout à coup devant moi, elle va me sauter dessus en riant comme une folle.

Fais-le. Cette fois, je t'attendrai. Promis. Je suis là, tu vois. Je t'attends. Je ne cours plus. Tu peux me demander tout ce que tu voudras, tu l'auras. Tu peux m'appeler. Tu peux crier, tu peux chuchoter mon nom en secret à l'oreille du diable si tu veux. Fais-le. Jona, ma Jona, appelle-moi. Je te répondrai. Je t'attendrai. Le diable ne me fait plus peur. Le diable, c'est moi qui l'ai mangé. »

Touchant, non ?

J'avoue qu'à la première lecture, ces pages m'ont fortement ébranlé. Cette grande maison à la campagne, aux pièces immenses et froides ; les absences du père, la mère abandonnée qui s'étiole sous le linceul de ses draps, ces deux pauvres petits qui se serrent dans l'obscurité. Je vois ça d'ici.

Je suis resté longtemps ignorant de l'existence de cette Jona. La petite sœur. Ariel ne m'en avait rien dit. Sans doute n'étais-je pas assez perspicace pour décrypter ses allusions, pour saisir le secret au-delà des confidences. Il m'a tout balancé en vrac le dernier jour. La dernière nuit. J'ai mieux compris certaines choses qui jusque-là me demeuraient pour le moins opaques. Hélas, c'était déjà trop tard.

Dans ces carnets, c'est l'enfant qui parle : pour qui a connu Ariel, ce ton sonne étrangement. Fallait-il qu'il aille puiser loin. Fallait-il que la plaie soit profonde, beaucoup plus profonde que cette cicatrice qu'il a conservée sur la ligne de ses sourcils. « Jona, ma Jona… » Même quand on sait ce que je sais, c'est une voix qui peut toujours faire vibrer la corde. Oui, il m'arrive encore de le plaindre.

En revanche, cette histoire de diable me laisse perplexe. Qui se cache sous cette appellation ? Qui ou quoi ? N'est-ce qu'un moyen de se décharger un tant soit peu du poids que ça pèse ?

Un tel sentiment de culpabilité. Je crois que l'on peut difficilement imaginer combien c'est lourd à porter. L'enfant qui de ses propres mains a détruit son monde – ou qui est persuadé de l'avoir fait, ce qui revient au même. Comment racheter pareille faute ? Comment le reconstruire, ce monde ?

On peut tenter l'impossible avec des cubes en bois.

On peut aussi, monsieur Astrid, ouvrir la cage de sa poitrine à un rouge-gorge afin de lui donner asile ; on peut lui ouvrir son cœur et l'en nourrir et se saigner pour combler le moindre de ses vœux.

Renseignements pris, le type en noir sur les photos est un étudiant, lui aussi. Il n'est pas dans la même branche que Florence et ne suit pas les cours du professeur Cyrillus. Il loge dans un meublé, pas très loin de la fac. Bien sûr, totalement inconnu de nos services. Je note quand même son nom dans un coin de ma tête : Édouard Dayms.

À voir.

Parallèlement à tout ça, je me suis mis à creuser un peu plus profond dans la vie de mademoiselle Mazeau. Histoire de mieux cerner le personnage. D'où sort cette fille ? Pourquoi et comment elle en est arrivée là ? En fouillant bien, je finis par dénicher quelques éléments intéressants.

La petite Florence est une gamine de la DDASS. Elle a deux ans lorsqu'elle atterrit dans une famille d'accueil, chez les Mazeau. Armand et Coralie Mazeau. Dans son malheur, la petite a au moins cette chance, car ce sont de braves gens. Ils vont l'élever, et probablement l'aimer comme leur fille naturelle. Quelques années plus tard, l'adoption est officielle. Florence porte désormais leur nom.

Entre-temps, les Mazeau ont eu un fils : Nicolas. Ils pensaient ne pas pouvoir avoir d'enfant, mais ce garçon est né. Le « frère » de Florence a trois ans de moins qu'elle. Il est atteint d'une grave maladie génétique ; une saloperie qui le réduit quasiment à l'état de légume. Armand et Coralie font face comme ils peuvent.

Florence restera chez ses parents adoptifs jusqu'à l'âge de dix-sept ans. Après quoi le rouge-gorge s'en va voler de ses propres ailes. C'est à partir de là, sans doute, que débute son commerce. Son indépendance, elle la paye de sa personne.

Dernière chose à propos des Mazeau : Armand, Coralie et leur fils Nicolas sont morts tous les trois dans un incendie. Leur maison a brûlé. En pleine nuit. Ils dormaient. Il semble que le feu se soit propagé à partir du garage, où le père entreposait des planches et divers produits pour le bois. Il était menuisier.

L'incendie a eu lieu quelques mois à peine avant le meurtre de Jean-Baptiste Cyrillus et la disparition de Thierry Carmona. Encore un regrettable accident ? Peut-être. Une coïncidence ? Peut-être. Mais à mon sens, ça faisait quand même beaucoup de morts en peu de temps parmi l'entourage de Florence Mazeau. Cinq en une année : on frisait l'hécatombe.

Et puis, qui me disait qu'il n'y en avait pas d'autres, des cadavres, cachés dans les placards ?

J'ai pensé que le moment était venu d'avoir une petite conversation avec la principale intéressée – cette pauvre jeune femme qui allait de deuil en deuil, et qui ressentirait peut-être le besoin de s'épancher. Alors, je…

— Attends ! a soufflé Marie.

J'ai eu un léger sursaut en entendant sa voix. J'ai relevé les yeux. Marie était toujours lovée dans le fauteuil. Une de ses mains en l'air, paume ouverte face à moi. Un geste qui voulait dire stop.

— Attends… elle a répété.

Puis elle a fermé les paupières en lâchant un long soupir.

Retour au présent. J'avais presque oublié où j'étais et avec qui. Ça devait faire un bon bout de temps que je parlais. La lune avait disparu du coin de la fenêtre. Le fond du ciel était mauve. J'ai cherché du regard une pendule ou une horloge mais je n'en ai vu nulle part. Marie ne m'avait pas interrompu une seule fois.

Sa main est retombée. Elle s'est massée un moment le dessus des sourcils. J'étais sur le point de m'excuser platement, une fois de plus, mais je me suis retenu.

— Il est tard, j'ai dit. Je vais te laisser dormir. On reprendra demain, ou un autre jour.

Marie a secoué vivement la tête.

— Non. Laisse-moi juste une minute ou deux pour… digérer un peu.

Elle s'est levée. Elle a fait quelques pas dans le salon. Le bruit ténu de ses pieds nus sur le parquet. Elle a fini par s'immobiliser devant la fenêtre, visage tourné vers la nuit et la ville qui dormait. Silence appréciable. Ma bouche était sèche et j'avais l'impression que mes propres oreilles bourdonnaient.

C'est vrai que ça faisait beaucoup de choses à emmagasiner d'un seul coup. Beaucoup de faits. Beaucoup de noms. Beaucoup de morts. Des lignes de destins qui se chevauchent ou s'entrecroisent. Pas évident à suivre. J'ai supposé que Marie profitait de cette pause pour remettre un peu d'ordre dans tout ce bazar. Son métier pouvait lui servir. Elle exerçait la profession de documentaliste depuis plus de vingt ans. Elle avait l'habitude de recueillir et trier les informations. De les analyser. De les classer.

Mais en réalité, à cet instant précis, elle avait tout autre chose en tête.

Elle s'était tournée à nouveau vers moi et me fixait d'un drôle d'air. Un regard tellement long et insistant que j'ai fini par dire :

— Quoi ?

Elle n'a pas répondu. Elle s'est dirigée vers la cuisine. Je l'ai entendue ouvrir et fermer des placards. Quand elle est réapparue, elle tenait à la main une bouteille et deux verres. Du whisky.

— Désolée, elle a fait, mais je crois que j'en ai besoin.

Elle restait plantée dans l'encadrement de la porte. Elle attendait ma réaction.

— Je t'en prie, j'ai dit. Te gêne pas pour moi.

— Je t'en sers aussi ?

— Non, merci. Juste de l'eau, s'il te plaît. Un grand verre d'eau.

Elle a hoché la tête. Puis elle a rempli mon verre au robinet de la cuisine avant de verser une bonne rasade de pur malt dans le sien. Sec.

Je n'avais pas souvenir de l'avoir jamais vue boire de l'alcool. J'ai réalisé que je ne savais finalement à peu près rien de ce qu'était devenu sa vie. Est-ce que c'était une habitude, ce petit remontant qu'elle s'offrait ? J'ai essayé de l'imaginer, toute seule, le soir, dans cet appartement. Une vieille fille en train de lire un bouquin. En train d'écouter un disque. Michel Jonasz : « Je voulais te dire que je t'attends… » Ou peut-être Montand. Montand et Prévert qui en rajoutent une couche : « Oh, je voudrais tant que tu te souviennes… » Mais se souvenir de quoi ? De qui ?

Marie…

Je me suis demandé si elle avait eu des hommes. Combien d'hommes. Quel que soit leur nombre, ils n'avaient dû faire qu'effleurer son corps sans laisser la moindre empreinte en profondeur. Pour quoi, pour qui aura-t-elle été toute sa vie si belle, si douce, si généreuse, si aimante ? Ses seins et son cœur vont flétrir sans que nul ne s'en émeuve. Dans l'indifférence. Même pas un jeune fiancé tombé au champ d'honneur à qui dédier ses pleurs.

Même pas un soldat inconnu. On n'ose pas croire qu'une banale angine l'a privé à jamais de son seul et unique amour.

Mais ne t'en fais pas, Maria : « Avec le temps, avec le temps, va, tout s'en va… » Si ça peut te consoler !

— Musique ? a soudain demandé Marie, comme si elle avait suivi le cours de mes pensées.

— Ça dépend quoi, j'ai dit.

Elle a fouillé parmi ses rangées de disques. Elle en a glissé un dans le lecteur. Exit Aznavour. Elle a repris son verre en main et m'a regardé droit dans les yeux tandis que les premières notes se détachaient du néant. On aurait dit de petites perles de pluie et de feu éclaboussant l'univers. Franz Schubert : *Impromptu en Si bémol.* J'ai frémi mais soutenu le regard de Marie.

— À tous ceux qui nous manquent, elle a soufflé.

Toast. À mon tour j'ai porté mon verre à mes lèvres. J'ai pris une grande inspiration et bu toute l'eau d'un trait.

On est restés un moment à écouter. J'avais des taches devant les yeux ; de minuscules bulles multicolores explosant avec grâce. Marie se tenait toujours debout, entre le fauteuil et la fenêtre. Elle serrait le col de son peignoir dans son poing. Nous pensions certainement à la même chose. Nous avions tous deux entendu Léna jouer ce morceau des dizaines de fois. C'était un de ses préférés. Je ne sais pas pourquoi celui-ci plutôt qu'un autre. Je ne l'avais pas réécouté depuis très longtemps. Et j'étais plutôt surpris de pouvoir le faire sans couler à pic. Ce que je ressentais était quelque chose comme une saine tristesse.

— Tu sais, j'ai dit en montrant la bouteille de whisky, ça fait bientôt dix-huit mois que j'ai décroché.

— C'est bien, a dit Marie.

— Je ne te dis pas ça pour que tu me félicites. C'est seulement pour que tu le saches.

— C'est très bien, a dit Marie.

Quelques secondes après, elle a ajouté, hésitante :

— Justement, à ce propos, je me demandais... Enfin, j'ai du mal à imaginer comment tu pouvais mener, à cette époque, une enquête aussi difficile et minutieuse, alors que... C'était pas longtemps après... après l'accident. Je me rappelle que ça n'allait pas très fort pour toi. Je t'ai même retrouvé quelquefois dans un état...

— ... désespéré ?

— Ou pour le moins « lamentable ».

J'ai soupiré.

— Faut croire que j'avais plus de ressources que prévu. Ou plus de réflexes. Tu sais, Marie, malgré tous mes défauts, j'étais un bon flic. Ce n'est pas de la prétention de ma part. J'étais réellement un bon flic. Bien meilleur flic que pianiste !

Cette remarque a déclenché son sourire. Je l'ai imité. Ça nous a fait du bien. Elle a bu une nouvelle gorgée et elle souriait toujours en rabaissant son verre.

— Tu n'étais pas si mauvais pianiste que ça, elle a dit.

— Je n'étais pas mauvais, j'étais médiocre. C'est pire… Toi, oui, tu avais du talent ! Tu joues toujours ?

Elle a eu une espèce de moue, mi-amusée, mi-désabusée.

— Ça fait bien plus de dix-huit mois que j'ai décroché.

J'ai hoché la tête, plusieurs fois. Ça ne signifiait pas que j'approuvais, simplement que je pouvais comprendre.

— J'adorais quand vous jouiez ensemble, j'ai dit. Léna et toi. Vous formiez un duo magnifique.

— Ça, c'est de l'ordre du fantasme ! a fait Marie. Typiquement masculin.

Je lui ai jeté un coup d'œil pour voir si elle était sérieuse. Difficile à dire. Il y a trente ans de ça, j'aurais rougi de sa réflexion.

— Moi aussi, elle a ajouté. Moi aussi j'adorais ça.

Les notes de Schubert continuaient à éclore et mourir dans la même seconde, après avoir libéré tout leur suc. Parfums et couleurs. Nos chers disparus dansaient sur la pointe des pieds au milieu de ce champ éphémère.

— Il y a encore une chose qu'il faut que tu saches, j'ai dit.

— Quoi ?

— Ce n'est pas parce que j'ai arrêté de boire que je me suis pardonné. Je ne pourrai jamais me pardonner.

La gueule d'Édouard Dayms m'a sauté aux yeux, une fraction de seconde. Puis c'est passé. Marie était en train de hocher la tête à son tour, sans doute pour les mêmes raisons que moi un peu plus tôt. Elle a vidé son verre d'une seule longue gorgée, paupières closes, légère grimace, puis elle a repris sa place dans le fauteuil.

— Allons-y, elle a fait.

— Tu es sûre ?

— Oui.

— Où est-ce que j'en étais ?

— À ta première visite à Florence.

Cette fois non plus, je ne l'avais pas convoquée au commissariat. C'est moi qui me suis rendu chez elle. J'avais envie de jeter un œil à sa piaule. J'y suis allé sans prévenir. Je savais qu'elle serait seule.

L'appartement se trouvait au dernier étage. Deux pièces, un coin cuisine. Bien tenu. Elle ne m'a pas paru étonnée quand j'ai déballé ma carte. Pas effrayée non plus. En fait, elle avait l'air de s'en foutre royalement. Une espèce de lassitude, ou de fatalisme. On était au milieu de la matinée ; visiblement je ne la tirais pas du lit, mais j'ai pensé qu'elle avait peut-être bossé toute la nuit et qu'elle était crevée. Puis après, j'ai compris.

Je ne l'avais encore jamais vue de près. L'autre salopard parle des ombres dans les yeux de Florence, de ses absences dans le regard. Encore du baratin. La réalité, c'est que cette fille était camée jusqu'à l'os !

J'avais croisé assez de toxicos pour être sûr de mon jugement. Il y a des signes qui ne trompent pas.

Cette découverte m'a un peu déstabilisé, sur le

coup. Je me suis demandé si ça pouvait avoir un rapport avec mon affaire. Un rapport direct. J'ai décidé de garder ça sous le coude pour le moment. Avant de venir, je m'étais fixé une stratégie, une certaine ligne de conduite ; j'ai essayé de m'y tenir.

La fille continuait à ne pas faire attention à moi. Elle trifouillait je sais pas quoi derrière le comptoir de sa cuisine. Elle ne m'avait pas proposé de m'asseoir. Ma première question a été :

— À quelle heure, votre prochain client ?

Ç'aura au moins eu le mérite de la réveiller. Elle a tourné la tête, vivement, m'a dévisagé en silence pendant une dizaine de secondes, puis elle a répondu :

— 17 heures 30.

Fin des préliminaires.

— Parfait. On a donc tout le temps, j'ai dit en m'installant sur son canapé.

— Je ne crois pas, non. Je ne reçois que sur rendez-vous.

— Ah ouais ?… Très bien. Alors, fixons une date. Vous préférez ici ou à mon bureau ?

Elle s'est rincé les mains, s'est essuyée avec un torchon.

— Qu'est-ce que vous voulez, monsieur Astrid ? elle a dit.

J'étais étonné qu'elle ait enregistré mon nom.

— Cyrillus, j'ai fait. Jean-Baptiste Cyrillus : ça vous dit quelque chose ?

— Bien sûr. Mais je croyais que c'était terminé, cette histoire.

— C'est terminé pour lui, pas pour nous. Alors ?

— Alors quoi ?

— Quelle était exactement la nature de vos relations avec ce monsieur ?

— C'était un de mes professeurs.

— Rien de plus ? Pas de… cours particuliers ?

J'ai cru voir une lueur de mépris dans son regard ; ça m'a foutu en rogne.

— Écoutez, j'ai dit, on va mettre les choses au clair, mademoiselle Mazeau. Je me fous complètement de vos activités. Que vous vendiez votre cul ou non est le dernier de mes soucis ! Tout ce qui m'intéresse, moi, c'est de savoir qui a tué Jean-Baptiste Cyrillus. Qui a balancé le cadavre de cet homme en pleine nature après lui avoir tranché le sexe et le lui avoir fourré dans la bouche ! Qui a fait ça et pourquoi ! C'est tout ce qui m'intéresse. Vous pigez ?

J'avais pas mal haussé le ton, mais je ne crois pas que ma tirade l'ait impressionnée. Au début, elle m'ignorait ; maintenant, elle ne me quittait plus des yeux.

— Vous pensez que ça pourrait être moi ?

— Je m'efforce de ne négliger aucune possibilité.

Elle a fait deux ou trois pas dans la pièce.

— À mon avis, il l'avait cherché, elle a dit.

— Quoi ?

— Sa punition.

Je n'ai pas relevé. Elle a poursuivi :

— Monsieur Cyrillus était un bon prof. C'était aussi un pervers, un maniaque sexuel. Vous voulez connaître ses goûts en la matière ? Vous voulez savoir ce qu'il me demandait de faire ?

Regard de défi. J'ai noté qu'elle prononçait « monsieur Cyrillus » exactement de la même façon que « monsieur Astrid ».

— Oui, j'ai lâché. Je veux tout savoir. Mais d'abord... vous allez m'offrir quelque chose à boire. S'il vous plaît.

Son regard ne s'est pas modifié, simplement le coin de ses lèvres s'est étiré en un sourire de chat.

— Du genre ?

— Qu'est-ce que vous avez ?

Elle s'est dirigée vers une malle en bois et en a soulevé le couvercle.

— Gin, Get, whisky, vodka, cognac, armagnac, rhum, Cointreau, tequila, curaçao, Malibu, Martini, Marie-Brizard...

Ce n'est pas une légende. Elle a vraiment balancé ça d'une traite. À l'intérieur du coffre, les bouteilles, des dizaines de bouteilles tendaient leurs cols vers le ciel. Elle a conclu par :

— J'ai tout ce dont vous avez toujours rêvé...

Encore une réplique qu'elle avait dû servir un bon millier de fois. Malgré ça, je me suis soudain senti comme un gamin recroquevillé dans son lit pendant l'orage.

Elle a rempli mon verre. Ma première dose du jour. Elle a été assez rusée pour laisser la bouteille à ma portée. Les rations suivantes, c'est moi tout seul qui me les suis versées.

J'ai écouté Florence me raconter ce qu'elle savait du professeur. Je l'ai crue. Ça ne m'a guère fait avancer. Quand elle en a eu terminé avec Cyrillus, j'en avais terminé avec ma troisième vodka.

— Bon, j'ai dit. Cyrillus, ça fait un. Passons maintenant à Carmona.

Je surveillais son visage. Elle a à peine accusé le coup. Répétant « Carmona… » dans un murmure, d'un ton presque rêveur.

— Thierry Carmona, j'ai précisé. Titi. Une autre de vos relations, non ?

— J'ai des tas de relations, vous savez.

— Je sais.

D'un mouvement souple et fluide elle s'est agenouillée sur la moquette, près de la table. Les fesses sur les talons.

— Thierry Carmona venait souvent me voir, c'est vrai.

— Pourquoi ?

— Pour me baiser.

— Ça, j'avais deviné. Mais pourquoi payer, alors qu'il pouvait faire ça gratuitement ? Ce type avait au moins autant de maîtresses que ce que vous avez de relations !

— Toutes les maîtresses n'acceptent pas forcément le même traitement qu'une putain, monsieur Astrid.

J'ai entamé mon quatrième verre en méditant sur cette maxime. Ma ligne de conduite entortillée autour de moi comme les anneaux d'un boa. Florence a repris au bout d'un moment.

— J'ai appris qu'il s'était noyé. Un accident de plongée.

— C'est ce qu'on dit.

— Il passait beaucoup de temps dans l'eau. C'était sa passion. Quelquefois, il me rapportait des oursins. Un panier d'oursins.

— C'était gentil de sa part, j'ai ricané.

— Non. Je ne crois pas que Thierry Carmona était quelqu'un de gentil.

— Est-ce que toutes ses maîtresses avaient droit à ce régime de faveur ?

Elle n'a pas répondu. J'ai enchaîné :

— Il ne vous rapportait pas que ça, d'ailleurs. Il vous ramenait aussi des copains à lui. Des clients supplémentaires, en somme.

— Même principe, a lâché Florence. Il s'agit de bizness.

— Pour qui ?

— Pour lui. Pour moi. Pour tout le monde. Il y avait des gens avec qui Thierry Carmona se devait d'être serviable. Il voulait leur faire plaisir. Je ne fais pas autre chose.

— Des intérêts communs, quoi.

— Exactement.

— Ce qui fait que sa disparition n'arrange pas votre « bizness ». Après celle de Cyrillus, c'est un manque à gagner pour vous.

— Je n'attendais pas après eux pour vivre.

— Après qui, alors ?

Encore son sourire de chat. Et pas de réponse.

— Ça ne vous surprend pas qu'un plongeur expérimenté comme Carmona puisse se noyer ? j'ai demandé.

— Pourquoi ? Il y a bien des alcooliques qui

meurent d'une cirrhose… Les passions tuent, monsieur Astrid.

Petite garce.

— Les *obsessions* tuent! j'ai rectifié, avant de m'enfiler une nouvelle rasade.

Je commençais à avoir chaud. De cette chaleur des nuits d'orage. La maison craquait partout autour de moi. J'ai déboutonné le haut de ma chemise.

— Carmona, ça fait deux, j'ai dit.

— Deux quoi? Qu'est-ce que vous comptabilisez au juste?

Elle le savait très bien. Je l'ai regardée et j'ai eu une brusque envie de lui arracher son sourire à coups de dents.

— Les mouches qui tombent dans mon verre : c'est ça que je compte. Comment va la famille, mademoiselle Mazeau?

Elle n'a pas bronché. J'ai appuyé.

— Les parents? Le petit frère?… «Nicolas», c'est ça?

Elle s'est relevée, sans un mot. Elle avait des marques roses sur les genoux. Je ne l'ai pas lâchée.

— Quelle sorte de passion a bien pu les tuer, ceux-là? Hein? Quelle obsession? Quelle punition? Vous pouvez me le dire?

Je sentais que j'étais en train de partir. Je sentais les gouttes qui se formaient sur mon front. Je sentais ma voix enfler. Les mots devenaient beaucoup trop volumineux pour ma bouche.

— C'est important, la famille! j'ai fait. La famille, c'est même ce qu'il y a de plus important! Tu verras, ma belle, si un jour t'as un homme qui t'aime. Si t'as la chance d'avoir des mômes qui jouent dans ton salon. Tu verras ce que je te dis. On n'est rien, on n'est rien du tout sans sa petite famille, n'oublie jamais ça !

J'ai dû hurler pour me faire entendre. Le tonnerre faisait trembler les murs, les éclairs éclaboussaient la chambre et les ombres qu'ils projetaient étaient tellement plus hautes, tellement plus grandes que moi.

Je me suis versé une cinquième ou sixième dose et je l'ai avalée cul sec dans la foulée. Puis je me suis enfoncé dans le canapé et j'ai attendu que ça se calme. Une minute. Une heure. Je ne sais pas.

Florence Mazeau se tenait debout au milieu de la pièce, totalement immobile. Ses yeux étaient posés sur moi mais j'ai l'intime conviction qu'elle aussi était partie ailleurs. Chacun sa terre d'asile. Chacun son enfer. Je n'éprouvais pas la moindre pitié, ni pour elle, ni pour moi.

J'ai levé la main, comme pour la rappeler. Puis j'ai dressé les doigts en les nommant un par un :

— Cyrillus, Carmona, Coralie, Armand, Nicolas… ça fait cinq. C'est ce qu'on appelle une série noire !

Elle a cligné des cils. Elle m'a vu. D'une voix de toute petite fille, elle a demandé :

— C'est fini ?

— Non, j'ai dit.

J'ai sorti une enveloppe de ma poche. À l'intérieur, il y avait six clichés représentant Florence et le jeune homme en noir. Je les ai étalés sur la table basse, à côté de la bouteille.

— Et lui, j'ai fait, qui est-ce ?

Elle s'est rapprochée, lentement. Elle a considéré les photos de toute sa hauteur. Au bout d'un moment, elle a dit :

— Vous m'avez espionnée ?

Ç'avait l'air de l'amuser plus qu'autre chose.

— Oui, j'ai fait. Alors ? C'est qui, ce type ?

— Lequel ?

— Le type en noir. Celui qui est toujours fourré à vos côtés. Parlez-moi un peu de lui.

Elle s'est retrouvée une nouvelle fois à genoux. Elle a pris une photo, puis une autre. Elle les a contemplées longuement. Puis ses yeux se sont mis à briller. Dit de cette façon, ça peut paraître ridicule, mais c'est exactement ce qui s'est passé : une lueur est apparue dans son regard. Une lueur de fièvre.

Elle a reposé les photos, puis elle a répété :

— Lequel ?

Chose étrange, je n'ai pas eu le sentiment qu'elle se moquait de moi. Une fois passé le gros de l'orage, j'étais redevenu à peu près opérationnel. Si cette fille m'avait fait marcher, j'aurais été encore capable de m'en rendre compte. Mais sa question était sincère. Au point qu'un méchant doute m'a soudain traversé. À mon tour, j'ai saisi les clichés et les ai examinés avec attention.

— Je ne vois qu'un seul gars en noir là-dessus, j'ai fait. Toujours le même. À moins que…

J'ai scruté de nouveau les photos. Au plus près.

— ... À moins que ce ne soient des jumeaux ? C'est ça que vous voulez dire ?

À ce moment-là, son rire a éclaté. D'un coup. Un rire clair, étincelant, coupant comme du verre. Un rire de pure folie. Je ne peux pas évoquer Florence Mazeau sans entendre ce rire, et j'en frissonne encore. Elle semblait partie pour ne jamais s'arrêter. Je me suis dit que cette fille était complètement allumée. Hors d'atteinte. J'ai eu une vision d'elle en train de cramer vive sur un bûcher ; son rire n'en finissait pas de tinter à travers les flammes et la fumée et les siècles.

Quand elle s'est enfin calmée, son visage rayonnait. Elle a soufflé :

— Des frères, peut-être... Des frères de sang. Pas des jumeaux. Ils sont si différents.

Je me suis penché vers elle. J'ai pris le ton le plus doux qu'il m'était possible ; le ton dégoulinant de commisération qu'on emploie pour les malades incurables. Après son rire de cristal, j'avais l'impression qu'elle était faite tout entière de cette matière et qu'elle pouvait tomber en morceaux sous mes yeux. Je me trompais. Elle était beaucoup plus forte que moi.

— Et comment s'appellent-ils, d'après vous ? j'ai demandé.

Cette fois-ci, elle n'a pas hésité :

— Il y a Matthieu, et il y a Ariel. C'est ainsi que nous les avons baptisés.

On aurait dit qu'elle me citait le nom de ses enfants prodiges.

— C'est réellement ce que vous croyez ?

— Je ne le crois pas. Je le sais.

J'ai soupiré.

— Il n'y a qu'un seul homme sur ses photos, mademoiselle Mazeau. Un seul. Je peux vous l'assurer. Et il se nomme Édouard Dayms.

Elle ne s'est pas brisée. Elle ne s'est même pas fendillée. Elle a dit :

— Il y a des choses que vous ne pourrez jamais comprendre, monsieur Astrid.

— Ce garçon vous a menti. Il vous a certainement manipulée. Est-ce qu'il est votre amant ?

Elle a secoué doucement la tête, avec condescendance. C'était elle qui avait pitié de moi.

— Vous voyez, elle a dit. Cela vous dépasse, alors vous essayez de tout réduire à votre propre échelle. Comme le professeur Cyrillus. Comme Thierry Carmona. Comme tous les autres. Il vous faut un monde à votre mesure. Miniature. Au ras du sol. Un monde étriqué et sale. Mais l'univers est beaucoup plus vaste que ça. Comme l'amour. L'amour est infini. Vous n'avez même pas idée de ce que cela signifie. L'amour ne connaît pas de limite. Aucune limite. Aucune, aucune, aucune. Sinon, nous ne parlons plus de l'amour. Nous parlons de ce que vous connaissez. Qu'est-ce que vous connaissez de l'amour, monsieur Astrid ?

Je l'ai fixée un moment sans répondre. La lueur avait envahi ses yeux et brûlait, brûlait. Un regard d'illuminée. J'ai pensé que cette fille avait besoin d'une bonne cure de désintoxication et que je n'en tirerais rien de plus pour cette fois. Mais le pire, je crois, c'est qu'en même temps je devais lutter pour me persuader qu'elle n'avait pas raison. Parce que ses mots m'avaient touché, malgré moi. Des petites gouttes d'acide distillées au bon endroit et qui vous rongent, inexorablement, qui percent, qui creusent, jusqu'au plus profond de vous.

La fameuse « méthode Édouard Dayms ».

Florence était une excellente disciple. Elle avait repéré le point sensible. Elle avait craché le venin. Quand plus tard le maître prendrait la relève, le poison aurait déjà bien fermenté.

Qu'est-ce que je savais de l'amour ?

Espèce d'enfoiré !

C'est ce jour-là que le combat a commencé. Mais je n'avais aucun moyen de le savoir.

Je me suis levé du canapé avec lourdeur. La pièce tanguait un peu. J'ai tenu l'équilibre et commencé à rassembler les photos.

— Est-ce que je peux garder celle-ci ? a demandé Florence.

Sur le cliché qu'elle me désignait, on les voyait, elle et lui, attablés côte à côte à la cafétéria de l'université. Il n'y avait personne autour d'eux. Le ciel était bleu, la table en plastique blanc étincelait au soleil. On distinguait quelques miettes sur le dessus du plateau. Leurs mains étaient posées tout près l'une de l'autre mais ne se touchaient pas. Ils se regardaient. Un couple en parfaite harmonie. C'était la seule photo où le jeune homme en noir souriait. J'aurais aimé savoir s'il était Ariel ou Matthieu.

— Non, j'ai répondu.

J'ai rempoché le cliché avec les autres.

Lorsque j'ai quitté l'appartement, Florence Mazeau était toujours à genoux par terre, devant l'autel où reposait la bouteille de vodka aux trois quarts vide.

Schubert est mort à trente et un ans. Mozart à trente-cinq. Moi j'approchais des trente-sept et il y avait deux questions qui me taraudaient :

Qu'est-ce que j'avais fait de ma vie ?

Qu'est-ce que je connaissais de l'amour ?

Questions aussi banales qu'essentielles. Les réponses auraient dû m'achever.

Suite à ma visite chez Florence, je n'ai pas dessoûlé pendant deux jours. Le troisième jour et la troisième nuit j'ai cuvé, vautré sur le carrelage dans la chambre des enfants. Les anges ne m'ont pas fait de signes. J'aurais aimé qu'une main secourable m'enfonce un pieu au milieu du bide et qu'on n'en parle plus. S'il vous plaît, s'il vous plaît, faites ça pour moi. Pas capable de me prendre en charge. Mes prières ne dépassent pas mes lèvres. C'est juste un peu de bave qui sera bientôt sèche. Je ferme les yeux et je sens le chaud. Le froid. Le bouillant. Le glacé. Le dos contre le sol, les bras en croix mais il ne faut pas s'y fier, le cuir est dur, la carcasse résiste, l'épave flotte et je respire, putain de Dieu, je respire encore, ici même, dans cette chambre où ils ne respirent plus !

Ma vie. Mon œuvre.

Je pèse ce que je vaux. Une fois pissé l'alcool et chialé les larmes qu'est-ce qu'il restera ? Couché par terre je repense aux paroles de la petite pute mystique et déglinguée. Je repense à l'homme en noir. Je repense à Léna et aux anges immaculés, encore et toujours. Tout se mélange. Comme souvent dans ces cas-là ça grouillait partout dans ma tête et dans mes veines et je laissais faire en espérant que les petites bêtes finiraient par me dévorer. Mais elles n'en veulent pas non plus. Viande périmée. Je suis tellement pourri de l'intérieur que ces saloperies de bestioles grimacent et recrachent et repartent. Je reste là. Je respire.

J'ai vu le quatrième jour se lever comme si de rien n'était. Il s'insinue à travers les volets et raye de soleil les lits où ils ne dorment plus. Pourquoi ? Pourquoi faire la lumière, alors ? Mais le jour se fout de ces détails.

Et puis… Et puis j'ai vu le visage apparaître et c'était toi, Maria. C'était toi. Ta main ne tenait pas de pieu. Elle m'a aidé à remonter. Elle m'a soulevé de terre. Elle m'a caressé les cheveux. Il a bien fallu se dire que ça continuait.

J'ai passé le cinquième jour à marcher sur le sable mouillé et à réfléchir. En flic. En bon flic que j'étais. Je me suis décidé à donner quelques coups de fil. Et quarante-huit heures se sont encore écoulées avant que j'aie mon premier face à face avec le diable.

Il avait reçu une convocation en bonne et due forme et il n'était pas en retard. Vêtu de noir, comme à son habitude. D'après les photos et le peu de renseignements que j'avais sur lui, je m'étais imaginé une sorte de petit gandin prétentieux. Dès qu'il a eu franchi la porte, dès qu'il a eu posé les yeux sur moi, j'ai compris que je m'étais planté sur toute la ligne.

Édouard Dayms n'avait pas vingt ans. Mais son regard en disait beaucoup plus. Son regard était celui d'un homme qui a traversé l'espace et le temps, qui a dû affronter plusieurs vies et qui en est venu à bout. Si, comme il m'arrive de le penser, l'histoire du monde, passé, présent et à venir, est inscrite en chacun de nous, alors Édouard Dayms faisait partie de ces rares élus capables de la déchiffrer. Un don qui n'est peut-être accordé qu'aux génies et aux fous. Et un poids peut-être trop lourd à porter.

Mozart, Schubert… Édouard Dayms, lui, s'est brûlé la cervelle à l'âge de trente-trois ans.

Oui, je pèse et soupèse mes mots. Je ne suis pas tombé dans une espèce d'ésotérisme facile. Je ne partage pas l'idolâtrie aveugle et maladive d'une Florence Mazeau. Je ne suis plus sous l'emprise de l'alcool. Les années se sont accumulées depuis ces événements et j'estime avoir aujourd'hui le recul suffisant pour les transcrire. Je sais ce que je dis.

Édouard Dayms était de loin le pire salaud que j'aie jamais rencontré mais ce n'est pas une raison pour lui retirer ses… ses «pouvoirs». Il est impossible de comprendre ce qui s'est passé et de croire à cette histoire si l'on refuse systématiquement d'admettre qu'il était un être à part. Ed le diable, Ed le sorcier, Ed le dément, Ed le tueur... Il pouvait endosser toutes ces appellations et bien d'autres encore. Certains aspects de sa personnalité nous demeureront à jamais obscurs, impénétrables. Et si je m'interdis de les qualifier de « surnaturels », certains talents qu'il possédait et qu'il avait développés étaient pour le moins hors du commun.

Ce n'est pas en dénigrant les forces du mal que l'on parviendra à le vaincre.

À l'époque, j'avais encore un bureau personnel. Avec mon nom sur la porte. Quelqu'un a introduit Édouard Dayms et nous nous sommes retrouvés seuls, tous les deux. Je l'ai prié de s'asseoir, puis j'ai feint d'oublier sa présence en me plongeant dans la lecture d'un dossier. Le laisser mijoter : c'est comme ça que je pensais jouer le coup pour commencer. Technique classique. Beaucoup trop grossière pour avoir un quelconque effet sur ce client-là. Je me forçais à faire semblant de lire, mais c'était moi que le malaise gagnait. J'ai tenu aussi longtemps que j'ai pu.

Quand j'ai refermé le dossier et relevé la tête, je me suis aperçu qu'Édouard Dayms ne m'accordait aucune attention. Il était en train d'observer un petit cadre posé dans l'angle de mon bureau. Le cadre avec la fameuse photo de Noël où l'on voit Hélène, boucles bleues aux oreilles, et les deux anges habillés en costume de shérif. Édouard Dayms fixait cette photo avec une incroyable intensité. Je suppose qu'il était déjà parti explorer l'envers du décor, au-delà des apparences, le hors-champ où fleurissent blessures et secrets. C'est là qu'il a tout pris.

Je ne me suis pas méfié. J'ai moi-même profité de cet instant pour étudier son visage. Édouard Dayms était d'une grande et froide beauté – quand je dis ça, je pense à un somptueux paysage de neige, vierge de toute trace d'humanité – si ce n'était cette fine entaille au-dessus du sourcil. J'ai eu également la certitude que, contrairement à Florence, lui ne faisait pas usage de stupéfiants. Et en effet, son « trip » était d'un autre ordre, autrement plus puissant.

Le silence avait assez duré. J'allais le rompre quand Édouard Dayms m'a devancé.

— Ils n'auront pas eu le temps d'attraper beaucoup de bandits, n'est-ce pas ?

Ce sont les premiers mots qu'il m'ait dits. Pas une question, en vérité. Juste le ton qu'il fallait. Il fixait toujours le cadre. Ma bouche est restée entrouverte. Je n'étais pas sûr d'avoir saisi.

— Les petits shérifs... il a précisé. Quel âge avaient-ils ?

Mes yeux sont allés sur la photo, puis sont revenus sur lui. Je me suis entendu dire :

— Six ans, et huit ans.

J'ai aussitôt regretté. Ma mâchoire s'est refermée, si fort que mes dents ont claqué. Mais c'était trop tard. Édouard Dayms a plongé son regard dans le mien. Vainqueur, sans gloire excessive. Il avait seulement voulu me donner un petit aperçu des forces en présence. Une mise en garde. Une sommation.

À partir de là, il n'y avait pas trente-six solutions possibles : soit on cherchait abri sous son aile et implorait sa clémence ; soit on lui fonçait dans le lard, façon kamikaze.

Bien sûr, j'ai voté pour la seconde option – l'occasion était trop belle.

J'ai pris le temps de coucher le cadre sur le bureau, face retournée, afin de le soustraire à sa vue. Puis j'ai lâché :

— À qui ai-je l'honneur ?... Vous êtes qui, aujourd'hui ? Matthieu ? Ariel ? Édouard ? Ou encore un autre, qui sait ? Un nouveau ?

Il a eu une esquisse de sourire, assez triste. Peut-être sincèrement peiné que je n'abdique pas. Il a dit :

— Florence m'a parlé de votre visite.

— Elle vous raconte toujours tout ?

— Tout ce qui lui tient à cœur. Je crois avoir une grande capacité d'écoute.

— Ça tombe bien, moi aussi. Comme ça, on devrait pouvoir s'entendre !

Même sourire affligé de sa part. Je m'en voulais de sortir ces vannes à deux balles. Flic d'opérette. J'avais intérêt à rehausser mon niveau.

— Alors, j'ai repris, c'est quoi ce délire des frères siamois ?

— Une sorte de petit jeu entre nous, a répondu Édouard Dayms. Je, tu, il... Quand l'un se retire, l'autre prend sa place. La roue tourne en fonction du sujet.

240

— C'est-à-dire ?

— Les multiples facettes de notre personnalité, si vous préférez. Vous savez bien, monsieur Astrid, que chacun d'entre nous est en réalité plusieurs à la fois. Dès lors, pourquoi ne pas essayer d'aller au fond des choses ? Essayer de donner corps à ce qui apparaît, en premier lieu, comme une simple vue de l'esprit. C'est une expérience assez troublante, je dois dire. Voire, parfois, vertigineuse.

— On peut aussi ajouter «dangereuse», j'imagine.

— Cela présente certains risques, en effet. C'est sans doute la raison pour laquelle la plupart des gens se refusent à franchir le pas.

— Ce qui n'est pas votre cas, apparemment.

Édouard Dayms a accentué son regard.

— Et vous, monsieur Astrid ? N'avez-vous jamais été tenté ? Un changement. Une conversion… Si on vous donnait le choix, par exemple, entre ce que vous êtes et ce que vous aimeriez être ?

— Parce qu'on peut choisir, en plus !

— Tout s'apprend.

— En ce qui me concerne, il me semble que j'ai déjà assez de mal à être moi-même…

— Voilà le genre d'idée commune et préconçue qui nous brise les ailes. «Être soi-même», qu'est-ce que ça veut dire ? Strictement rien. Qui est «je» ? C'est un leurre. C'est un parmi tant d'autres. Vous ne m'avez pas bien écouté, monsieur Astrid : nous sommes plusieurs. Nous sommes une multitude. Ouvrez la cage et vous verrez combien ils sont à s'envoler.

Temps mort.

Ed, le manipulateur... Il aurait pu me bouffer tout cru dès cette première fois. Je me rendais bien compte qu'il m'entraînait où il le voulait, comme il le voulait. Sur un terrain glissant qui était le sien et où je n'avais aucune chance. J'étais bien conscient que ce petit merdeux de dix-neuf ans me tenait dans le creux de sa main. Mais comment lutter ? Comment résister ?

Édouard Dayms forgeait ses propres créatures. S'il avait un seul adversaire à sa mesure, ça ne pouvait être que Dieu le Père. Tous mes pauvres mouvements de révolte, tous mes misérables sursauts d'orgueil ont dû le faire pisser de rire ou lui faire pitié.

Je n'aimais pas sa supériorité. Je n'aimais pas son charabia mystico-psychologique. Je n'aimais pas sa façon de dire « monsieur Astrid », qui me rappelait celle de Florence en beaucoup plus insidieuse et pénétrante. Je n'aimais pas son regard hypnotique. Je me suis juré de lui faire la peau. Encore une promesse non tenue.

Édouard Dayms était assis devant moi et je me voyais me débattre au fond de ses yeux.

— Votre truc, ça ressemble à tout sauf à un innocent petit jeu, j'ai repris. Florence Mazeau, en tout cas, y croit dur comme fer.

— C'est une jeune femme sensible. Et romantique.

— C'est une prostituée.

— Je ne parlais pas de travail.

— Eh bien parlons-en, justement ! Elle est quoi,

Florence, pour vous ? Vous avez l'air très liés, tous les deux. Quand est-ce que vous vous êtes rencontrés ?

— L'année dernière. À la faculté.

— Le coup de foudre ?

— Plutôt une… reconnaissance mutuelle.

— Tiens donc ! Et ses tarifs, vous les avez reconnus aussi ?

Il m'a jaugé en silence, un court instant – le temps d'ajuster la cible. J'ai appris à mes dépens que chaque flèche qu'on lui décochait nous était retournée à la puissance dix. Et empoisonnée.

— On peut toujours présager, monsieur Astrid, du prix que l'on aura à payer pour ses actes. Ceux qui vous diront le contraire sont des lâches.

Ça a tremblé là-dedans, à l'intérieur. Jusque dans les fondations. J'ai dû faire un terrible effort pour garder la tête droite. Pour ne pas jeter un regard vers le petit cadre retourné.

Et j'ai continué à foncer dans le mur.

— Ne me dites pas que vous n'avez jamais touché cette fille !

— Dans quel sens l'entendez-vous ?

— Quel sens ? Je vous demande si vous couchez avec elle. Si vous avez des rapports sexuels. À titre gracieux ou pas.

— Non. Nos rapports ne se situent pas sur ce plan-là.

— Ben voyons ! J'étais sûr que vous alliez me sortir quelque chose dans ce genre.

— C'est que vous êtes d'une redoutable perspicacité.

Cette enflure ne se donnait même plus la peine de sourire.

— C'est ça, j'ai fait. Alors, ces rapports ? Sur quel « plan » se situent-ils ?

— J'ai la prétention de croire que Florence a besoin de moi.

— Ah oui ? Pour quoi faire ? La protéger, peut-être ? La soutenir ?

— Vous avez l'intention de m'inculper pour proxénétisme, monsieur Astrid ?

— Pourquoi pas ? j'ai craché. En attendant mieux !

Il a regardé mon poing crispé sur le dessus du bureau. Les os saillants, les jointures blanches. Il a hoché la tête. Puis, de sa voix mortellement douce, de sa putain de voix qui caresse les pétales avant de les arracher, il a dit :

— Je comprends. Je sais ce que c'est. Quand la douleur se réveille. Quand elle se mue en rage. Il faut bien que le poing s'abatte quelque part. Tant pis pour celui qui passe à ce moment-là... (Il s'est redressé sur sa chaise. Il a pris une large inspiration. Il a continué sur le même ton)... Vous et moi ne sommes pas si étrangers, monsieur Astrid. Nous avons des points communs. Ce qu'il y a, c'est que nous n'avons pas voulu entendre les voix derrière nous. Les cris. Les appels au secours. Nous sommes restés sourds aux hurlements. Nous avons continué à courir, courir, courir. Nous avons trahi. Et le silence nous le rappelle sans cesse. Le silence qui règne à présent est pire que tout. Bien sûr que je comprends... Ah ! si seulement il y avait un moyen de se racheter ! Si nous pouvions faire exploser ce silence. Le pulvériser. Si nous pouvions enfin réentendre les prières. Et tâcher de les exaucer. Coûte que coûte.

« Voyez-vous, monsieur Astrid, j'aime Florence. Je l'aime… comme une sœur. »

Il s'est tu. J'avais bu ses paroles sans broncher. Passif. Anesthésié.

Quand je repense à ce premier entretien, je me dis qu'Édouard Dayms m'indiquait déjà certaines voies, des portails d'embarquement pour le monde qui était le sien. Sans doute souhaitait-il que j'y pénètre, au moins en tant que visiteur. Il me désignait des entrées, ici et là, ne me restait plus qu'à en trouver les codes d'accès. Mais je n'ai pas su le faire à temps.

Je me suis secoué. J'ai quitté mon siège et marché un peu autour du bureau, histoire de me redonner une contenance. J'étais mal. Les jambes en coton, la gorge sèche. Toutes les veines de mon corps commençaient à réclamer leur pitance.

Une fois de plus, j'ai tenté de ramener la discussion sur mon territoire. Dans ma circonscription. C'est-à-dire au fond de mes chers et familiers égouts.

— Puisqu'elle vous dit tout, je suppose que mademoiselle Mazeau vous parle également de ses clients. À moins que ce ne soit de l'ordre du secret professionnel ?

— Elle m'en parle quelquefois, oui.

— Du professeur Cyrillus, par exemple ?

— De lui. De Thierry Carmona aussi, si c'est ce que vous voulez savoir. Et de quelques autres.

— Beaucoup d'autres ?

— Un certain nombre. Le mal est contagieux.

— Vous devez détester ces hommes, non ? Moi, en tout cas, si j'avais une « sœur », il me semble que je verrais d'un sale œil tous ces types qui lui passent sur le corps. Qui la salissent. Comment peut-on supporter ça ? Il me semble que je les haïrais et que j'aurais envie de leur faire payer leur dégueulasserie au prix fort. Est-ce que ce n'est pas le rôle d'un grand frère ?

Quelques secondes se sont écoulées. Édouard Dayms est resté muet et j'ai pensé que j'avais marqué un point. Je n'étais pas mécontent de moi. Puis, d'un ton égal, il a dit :

— Moi, si j'avais une épouse adorable et deux adorables enfants, il me semble que je les emmènerais au bord de la mer. Marcher sur la plage avec eux. Il me semble que je leur tiendrais la main et que j'essaierais de les entraîner vers la lumière. Il me semble que j'aimerais voir naître chaque nouveau jour au fond de leurs pupilles. Et nulle part ailleurs.

J'aurais dû gifler cette ordure. J'aurais dû l'attraper par les cheveux et lui fracasser le crâne contre le bureau. Au lieu de ça, j'ai été pris d'une sorte de vertige, j'ai fermé les paupières et consacré toutes mes forces à tenir, ne pas tomber.

Quand j'ai rouvert les yeux, il était debout face à moi. Regard impassible. Un gamin de dix-neuf ans qui a vu défiler les siècles.

— À chacun sa façon d'expier, il a dit. Même si c'est en vain. Car nous savons vous et moi que nous ne pourrons jamais nous pardonner. Jamais.

Là-dessus il s'est dirigé vers la porte. Avant de prendre congé, il a encore murmuré :

— À bientôt, monsieur Astrid…

Puis il est sorti.

Ça n'avait pas duré plus de dix minutes.

Je n'ai pas dit un mot, je n'ai pas fait un geste pour le retenir. Je me suis traîné comme un vieillard jusqu'à mon fauteuil et m'y suis affalé. Je me suis aperçu que le cadre avait été remis d'aplomb, dans le coin du bureau. Deux petits shérifs au sourire indélébile me fixaient. L'un d'eux me tenait en joue avec un revolver en plastique.

Les morts, cher monsieur.

Titi qui rejoint le petit Elmer au pays imaginaire. Et toute la clique avec.

Des morts, il y en a eu d'autres. C'est une spirale, un tourbillon qui va forcément grandissant, qui se nourrit de son propre néant en expansion et se régénère ainsi. On ne peut pas se contenter de peu.

Cela a duré trois ans.

Les morts.

Les morts, qui d'abord nous soudent, nous fondent, nous confortent au sein même de notre propre société autarcique et secrète. Tous les trois comme un seul être. Les morts qui nous font unique et fort.

Et puis les morts qui finissent, à la longue, par nous séparer.

Parce qu'il y a leurs visages derrière chaque miroir. Parce que leurs bras tendus, leurs mains décharnées qui refont surface, leurs griffes qui s'accrochent aux parois. Parce que leurs os qui craquent sous chacun de nos pas et sous chacun de nos silences le grouillement de leurs voix, les chuchotis, les râles, pas une nuit, pas une seule seconde de répit. Parce que leurs âmes qui nous envahissent et partout nous accompagnent.

Les morts.

Si vous les oubliez, eux ne vous oublient pas.

Nous étions montés si haut. Nous nous croyions hors d'atteinte. Ils nous ont rattrapés. Nous sommes retombés dans la fosse. C'est un simple constat, et Dieu sait s'il m'en coûte de le faire, mais nous avons échoué.

Ce ne sont pas deux petites billes de métal qui vont arrêter le temps, n'est-ce pas ?

Ainsi les choses ont-elles évolué au cours de ces trois années. Ascension, vertige, chute. Encore cette chute ne s'est-elle déroulée qu'avec une extrême lenteur. De si subtils changements dans nos rapports qu'un étranger, un profane, n'y aurait vu que du feu. Moi-même, je n'en ai pris pleinement conscience qu'à travers les yeux de Flo. Encore et toujours. Il faut dire que ses yeux étaient mon unique point de mire. C'est là, dans son regard, que j'ai vu peu à peu le doute s'installer. Puis le désarroi, l'inquiétude, le remords, l'angoisse, toutes ces infimes nuances. Et pour finir, la peur. C'est là que j'ai appris à repérer ces fameuses ombres, ces ailes noires qui passent ou qui demeurent. Dans le regard de Florence, lorsqu'elle le posait sur Ariel.

Tu vois que le diable existe — d'ailleurs n'est-ce pas toi, ma belle, qui a fait appel à ses services ?

On a beau croire à la légende, on a beau apprécier

la beauté des masques, le sang qui coule est bien réel.

Je me souviens d'une fin d'après-midi d'hiver au Temps Perdu où nous étions elle et moi attablés. Nous attendions Ariel qui n'arrivait pas. La nuit était tombée. Il pleuvait au-dehors. La salle était pleine de gens et de bruit mais je ne distinguais que son silence à elle, son souffle, les battements de ses cils. Je me souviens de ces mots qu'elle a soudain lâchés dans un murmure :

— Ça ne finira jamais…

Je me souviens de sa détresse.

Dans un réflexe, j'ai posé ma main sur la sienne et j'ai dit :

— Si ! Je te jure que si ! Fais-moi confiance.

À ce moment-là je ne savais pas comment cela prendrait fin, je n'en avais aucune idée, mais je m'y engageais. Je crois qu'elle m'a cru. J'ai mis du temps à libérer sa main.

Je me souviens qu'Ariel n'est jamais venu.

Ariel n'était pas dupe. Il savait lire dans les yeux de Flo aussi bien que moi, sinon mieux.

Pause.

Marie a cligné des cils comme si elle revoyait le jour au sortir d'un long tunnel. Son verre était vide. Elle ne s'était pas resservie. Elle s'est penchée pour le poser sur la table basse, le pan de son peignoir s'est écarté et j'ai aperçu son sein. Très beau. Très blanc. Une bouffée de chaleur m'a envahi. Je me croyais définitivement à l'abri de ce genre d'émotions.

Les bulles de Schubert avaient explosé depuis longtemps. Marie gardait le silence. Je ne savais pas si elle réfléchissait à ce qu'elle venait d'entendre ou bien si c'était la fatigue qui commençait à l'engourdir.

— Curieux personnage, en effet... elle a fini par souffler. Tu l'as tout de suite soupçonné d'être l'assassin?

— Ce n'était pas un soupçon, j'ai dit. C'était une certitude. Une «intime conviction». Dès cette première rencontre, j'ai su que c'était lui. Et il savait que je savais. Mais je n'avais pas de preuve. Pas à ce moment-là, en tout cas.

— Et plus tard, il a avoué ?

— Non. Sauf si on considère ce manuscrit comme des aveux.

Marie a fait la moue.

— Si j'ai bien lu, il ne dit jamais clairement qu'il a tué. Il parle des morts, c'est tout… D'ailleurs, d'après ce qu'il laisse entendre, il y en aurait eu d'autres, en dehors du professeur et de ce Carmona.

— Et des Mazeau, n'oublie pas. La famille adoptive de Florence.

— L'incendie ? Tu es sûr que c'est lui ?

— De tous ses crimes, c'est même le seul que je puisse quasiment prouver.

— Combien de meurtres en tout, tu le sais ?

Je me suis levé. J'ai fait quelques pas.

— Difficile à dire. Pour avoir une idée plus précise du nombre de victimes, et de leurs identités, il aurait fallu que j'obtienne la liste complète de tous les clients de Florence. Les réguliers comme ceux de passage. En admettant encore qu'Édouard Dayms n'ait pioché que dans ce vivier. Ce qui n'était pas le cas pour la famille Mazeau, par exemple. Mais je pense qu'il s'agit d'une exception.

— «Toi qui prétends m'aimer, exauce mes vœux»…

— Exactement ! Sur ce point-là au moins, je ne m'étais pas trop planté : Édouard Dayms s'en prenait à ceux qui, d'une façon ou d'une autre, faisaient du mal à sa protégée. Sa «petite sœur», comme il dit.

— Ce qui nous donne déjà une liste assez longue.

— En parallèle, il aurait aussi fallu que je consulte les archives concernant les affaires non élucidées, du genre meurtres ou disparitions suspectes. Les accidents, également. Et pour finir, il aurait fallu que je compare ces deux listes en recherchant les noms qui coïncident. Avec un peu de chance... Dans le fond, ce n'était peut-être pas un boulot si gigantesque, mais...

— Mais tu ne l'as pas fait, a complété Marie d'une voix douce.

Trop douce.

J'ai plaqué les deux mains sur le dossier du canapé et je l'ai regardée droit dans les yeux.

— Je voulais vraiment coincer ce salopard, Marie ! Je n'ai aucune espèce d'indulgence pour les assassins, quels qu'ils soient. Et je sais de quoi je parle !

Elle a baissé les paupières un instant.

— Ce n'est pas ce que...

— Mais j'ai pensé qu'il serait toujours temps de décompter les morts plus tard. J'avais déjà de quoi m'occuper avec ces cinq-là. Alors j'ai choisi une autre méthode d'investigation. Celle qui me convient le mieux. J'ai fait avec Édouard Dayms la même chose qu'avec Florence Mazeau : j'ai creusé.

Mes doigts s'étaient plantés dans le cuir du canapé. Je les ai dépliés lentement.

— Je ne doutais pas de tes intentions, Alexandre.

J'ai marché jusqu'à la fenêtre et laissé errer mon regard un moment dans la nuit avant de répondre :

— Tu n'aurais pas tort d'en douter. Parce qu'en réalité mes intentions n'étaient pas si claires que ça… Je crois même que la seule et unique intention que j'avais, c'était simplement d'aller jusqu'au bout.

— Au bout de quoi ? a demandé prudemment Marie.

J'ai collé mon front à la vitre. Le verre était froid. Dans ma tête une voix a murmuré : « Mes petits anges… Mes petits cow-boys d'amour. »

— Au bout de quoi, Alex ?

Un feu orange clignotait sur un boulevard au loin. C'est tout. Pas un seul phare en vue. Je suis retourné m'asseoir.

— Quand Édouard Dayms a quitté mon bureau, ce jour-là, je me suis dit que c'était lui que j'attendais.

— Comment ça ?

— La main. La main armée d'un pieu. Cette main secourable qui me porterait le coup fatal, c'était la sienne. La main qui m'achèverait. Qui me délivrerait enfin !

Marie m'a toisé un moment. Puis elle s'est penchée à nouveau pour saisir la bouteille. À nouveau l'échancrure de son peignoir. À nouveau son sein rond et plein. Sa chair laiteuse de fille de l'Est. Jusqu'à ce soir et en près d'un demi-siècle je n'avais entraperçu qu'une seule fois sa poitrine. Pourtant cette vision avait nourri nombre de mes rêveries.

— Et alors ? elle a fait.

— Alors quoi ?

— As-tu obtenu de lui ce que tu attendais ?

Elle s'était versé une seconde dose de whisky. Une lame de fond. Elle l'a engloutie d'un trait. J'ai cru en ressentir la brûlure dans mon propre gosier.

— D'une certaine façon, oui, j'ai dit. Mais pas complètement.

— Pas de chance, a lâché Marie d'un ton amer.

Elle a renversé sa tête sur le dossier du fauteuil. J'imagine qu'elle devait ressasser à cet instant toutes les fois où elle m'avait relevé, soutenu, porté. Toutes les fois où elle m'avait offert le creux de son épaule et l'immensité de son cœur.

La race des hommes est la plus imbécile et la plus ingrate qui soit, je suis d'accord, Maria.

Elle tenait son verre vide à la main et je ne pouvais pas m'empêcher de guetter le moment où elle le reposerait sur la table.

— Pourquoi toi ? elle a soudain lancé.

Je l'ai regardée sans comprendre.

— Pourquoi ce type s'est-il acharné précisément sur toi ?

— D'abord, parce que c'était moi qui étais chargé de l'enquête. Ensuite, parce que je l'ai bien cherché, comme je viens de te le dire. Et puis, étant donné les circonstances, je suppose que j'étais une proie facile.

— Ce ne sont pas des raisons suffisantes. Bon Dieu ! mais il t'a carrément bouffé ! Il t'a dévoré vivant. Tu as lu son texte comme moi. Il a… il a pris tes enfants, Alex ! Étienne et Mattéo. Et Nathan. Il se les est appropriés. Virtuellement, peut-être, mais il les a fait siens ! Sans compter le reste. On dirait qu'il a absorbé toute une partie de ta vie. On dirait qu'il est entré dans ta peau !

— Encore plus profond que ça, Marie.

— Et d'abord, comment c'est possible ? Comment a-t-il pu savoir ? Ces choses intimes. Ces détails. Certains que moi-même j'ignorais. D'où est-ce qu'il les sort ? Malgré tous les «pouvoirs» que tu lui prêtes, je ne peux pas croire qu'il ait tout deviné à partir d'une simple photo !

L'alcool commençait à faire son effet. Et le sommeil manquant. Et les chocs successifs. Son visage virait doucement au rouge, les tendons saillaient le long de son cou.

— Ce qu'il n'a pas découvert seul, j'ai dit, c'est moi qui le lui ai appris.

— Toi ?

Sa bouche est restée béante une poignée de secondes.

— Mais…

Je me suis remis sur pied d'un bloc.

— Pas maintenant, j'ai fait. Je t'expliquerai tout, c'est promis. Mais pas ce soir. L'histoire est encore longue et tu as besoin de repos.

Elle a compris que je ne céderais pas, cette fois-ci. Elle a ravalé ses protestations et sa tête est retombée contre le dossier.

J'ai jeté un regard autour comme si je cherchais mes bagages. Il n'y avait rien d'autre qu'un sachet plastique déchiré. J'ai voulu débarrasser la table mais Marie a soufflé : «Laisse».

J'ai laissé.

Après quoi, elle a demandé :

256

— Qu'est-ce que tu attends de moi, au juste ?

J'ai pris une inspiration. Puis j'ai dit :

— On pourrait commencer par le début. Quelque chose de très concret : pourquoi ce titre ? par exemple. Cette phrase en anglais. D'où ça vient ? Qu'est-ce que ça veut dire ? Je suis sûr que ça doit avoir une signification bien particulière, et je comptais sur ta culture et ton ingéniosité pour me l'apprendre.

— C'est tout ?

— Pour la suite, on verra. Au fur et à mesure.

— Je peux garder le manuscrit, au moins jusqu'à la prochaine fois ?

— En otage ?

— En caution.

— Tu peux, oui.

— Je vais faire de mon mieux, Alex.

— Je sais.

Elle s'est relevée pendant que j'enfilais mon blouson. Elle m'a raccompagné à la porte.

— Quand est-ce qu'on se revoit ? elle a demandé.

— Demain, si tu veux. Enfin, tout à l'heure… Soit je passe te prendre au collège, soit on se retrouve quelque part.

— Un rendez-vous ?

— C'est ça. Un rendez-vous.

— Où ?

C'est venu au bout de cinq secondes. Nos deux voix ensemble, synchrones. Point et contrepoint.

— Au Temps Perdu !

Une évidence. Ses lèvres ont esquissé un frêle sourire.

— 18 heures, là-bas, j'ai fait. Ça te va ?

— Ça me va.

Debout contre le chambranle dans son peignoir bleu ciel, elle a ajouté :

— Tu viendras, Alex ?

J'ai répondu :

— Je viendrai, Maria.

Puis je me suis retrouvé dehors à cette heure qui m'était familière : l'heure mauve. Est-elle la première du jour ou la dernière de la nuit ?

L'air piquait. Je savais exactement où je voulais aller. J'ai repris la voiture et traversé la ville qui s'éveillait. J'ai roulé un moment sur la corniche, puis je me suis garé face à la mer. Assis sur mon siège, j'ai attendu que le soleil se lève derrière le cap Estié. Un soleil pâle et froid. Je crois l'avoir apprécié à sa juste valeur. J'ai remis le moteur en route et je suis retourné chez moi.

Et voilà que nous en arrivons à cette tragique mais inéluctable nuit d'hiver. Cette nuit de mars – Dieu de la guerre.

Enfin.

C'était un de ces week-ends où j'étais rentré chez mes parents. J'avais fait le trajet en voiture avec Ariel, comme d'habitude. Florence était restée chez elle.

Le samedi, à deux heures trente du matin, le téléphone a sonné. Je ne dormais pas. J'étais en état d'alerte. Je me suis précipité sur l'appareil. Il y a eu un silence au bout du fil, que je n'ai pas rompu, puis la voix d'Ariel. Sa voix effroyablement neutre et sans inflexion. Il m'a demandé si je pouvais le rejoindre, là, maintenant, tout de suite, et j'ai répondu oui. J'ai raccroché. J'ai croisé mon père, debout en pyjama sur le seuil de sa chambre, la figure chiffonnée de sommeil. « Qu'est-ce que c'était ? » il a fait. J'ai haussé les épaules. « Rien, j'ai dit. Une erreur. » Il n'a pas insisté. Je me suis habillé et j'ai quitté l'appartement comme un voleur.

Il m'a fallu vingt minutes pour gagner la villa. L'air était sec et piquant. Cette fois, je n'ai pas pris la peine de sonner, j'ai poussé le petit portail et me suis dirigé vers la terrasse. La maison était plongée dans l'obscurité, mis à part une petite lueur dans la pièce du bas que j'apercevais à travers la porte-fenêtre. J'allais monter la première marche du perron lorsqu'une voix derrière moi a lancé :

— Par ici !

Je me suis retourné. Au bout de quelques secondes, j'ai fini par apercevoir la silhouette d'Ariel qui se découpait sur l'épaisse tenture noire du ciel. Il se tenait debout à l'extrémité du jardin, au bord de la falaise. Je me suis approché. Je n'ai pas posé de question. Il m'a fixé un long moment et j'ai cherché dans son regard l'ancien éclat, le feu qui brûle au-delà de tout. En vain. J'ai compris que nous en étions rendus à un bout du chemin et que nous n'irions pas plus loin. Pas ensemble.

— Merci d'être venu, il a soufflé.

C'était la première fois que je l'entendais dire merci. Des volutes de buée s'échappaient de nos narines, derrière lesquelles nos visages s'effaçaient l'espace d'un instant. C'était la preuve qu'on respirait encore.

— Qu'est-ce qui se passe, Ariel ? j'ai fini par demander.

Il a secoué doucement la tête. Il a dit :

— Je ne sais pas, Matthieu. Je ne sais pas. C'est peut-être à toi de me l'apprendre.

J'ai trouvé que ses paroles sonnaient faux. J'ai baissé les yeux et c'est là que j'ai vu l'objet par terre. Un pâle reflet sur du verre. C'était une bouteille, vide, couchée, une bouteille de vodka. Durant un court laps de temps j'ai pensé que c'était l'alcool qui avait noyé la flamme de son regard. Je n'avais jamais vu Ariel boire. Et puis tout à coup l'évidence m'a saisi et j'ai senti le froid couler jusque dans la moelle de mes os. J'ai relevé les yeux. Ariel me dardait toujours de son regard mort.

— Tout est là, il a dit.

Un imperceptible mouvement de tête sur le côté. Pour me désigner quoi ? La mer ? Le large ? L'horizon ? La nuit ? Ou simplement le précipice qui nous en sépare.

Je n'ai pas bougé. Le bruit du ressac prend des proportions considérables. On s'aperçoit que les vagues frappant la roche tout là-bas en bas provoquent d'infimes secousses jusque sous nos pieds. La terre tremble sans cesse.

Ariel se demande peut-être ce que j'attends. Pourquoi je reste immobile, pourquoi je ne vais pas voir ce qu'il m'invite à voir. Puis, au bout d'un moment, il comprend. Il réalise enfin que c'est la peur qui me paralyse. La peur plus forte que tout. La peur de lui. À l'instant où il comprend cela, une ultime étincelle jaillit au centre de sa pupille, une lueur naît et grossit et se résorbe et meurt et disparaît. Et je me dis qu'il en sera probablement de même, à la dernière heure, pour l'univers entier : l'explosion finale, puis le néant qui l'avale.

Ariel murmure :

— Alors, même toi ?

Mon ami. Mon frère… Non. Dans ma tête je me dis c'est fini, c'est terminé tout ça. Nous sommes au bord de la falaise et la mer gronde. Ariel a reculé de quelques pas afin de me laisser le champ libre. Je me suis approché du bord. Je me suis penché au-dessus du vide.

En bas il y avait les énormes dents noires, gâtées, des rochers, toutes luisantes de salive, et il y avait également ce point clair, comme un minuscule grain de riz coincé au milieu. J'ai reconnu la chemise blanche immaculée de Walter Weiss. Le père.

— Ce n'est pas ce que tu crois, a dit Ariel.

J'ai tressailli en entendant sa voix. Je me suis redressé, j'ai fermé les paupières, serré les lèvres, très fort, pour ne pas hurler ni vomir. Après quelques secondes, Ariel a ajouté :

— Je vais partir, Matthieu. Je vais me retirer. Je sais que c'est mieux.

Ensuite il a dit :

— Est-ce que j'ai droit à un dernier vœu ?

J'ai rouvert les yeux à ce moment-là et rempli mes poumons avant de lui faire à nouveau face.

— Quoi ? j'ai soufflé.

— Suis-moi.

Il est retourné vers la maison. J'ai hésité un court instant, puis je lui ai emboîté le pas. Nous sommes rentrés à l'intérieur. Il m'a fait signe de l'attendre tandis qu'il montait l'escalier. Je suis resté debout dans le grand salon. Une petite lampe à abat-jour brûlait sur la table basse, près du canapé. La porte-fenêtre était restée entrebâillée et j'entendais la mer respirer. Je pouvais me croire seul à bord d'un cargo vide, en partance. Vers quelle destination ?

Ariel est redescendu. Il tenait à deux mains le coffret en bois. Le coffret à cigares. Il l'a posé sur la table basse et s'est assis sur le canapé. Il a levé les yeux vers moi. Pas de cérémonial. Il a soulevé le couvercle du coffret. J'ai dû me rapprocher un peu pour voir.

Je n'ai vu d'abord que les couvertures cartonnées des carnets à spirale. Ils étaient empilés et étalés sur toute la largeur du coffret. Ariel les a pris et les a déposés sur la table. Ce n'était pas le sujet, pas encore. Il y avait autre chose dessous.

Une fourrure. Des poils. J'ai pensé en premier lieu à un petit animal endormi, mort, blotti au fond de la boîte. Sans queue ni tête. Une précieuse étole pliée. Ou encore des panaches d'écureuils décimés. Le poil avait l'air doux et soyeux. Il était dans les tons châtain clair et luisait faiblement à la lueur de la lampe. Ariel a plongé sa main là-dedans, il en a retiré une poignée qu'il a laissée s'écouler lentement entre ses doigts. Il m'a fallu une bonne minute avant de comprendre qu'il s'agissait de cheveux. Un tas de cheveux.

— Le temps met du temps à passer... a murmuré Ariel.

Après ça, il a commencé à me raconter. Tout. Les blancs dans l'histoire. L'enfance. La Maison aux Cygnes. La maison dans les arbres. La petite sœur. Jona. Morte noyée entre les bras glacés de l'étang. Par sa faute à lui, disait-il. Parce qu'il ne l'avait pas attendue. Elle courait et elle criait son nom mais il ne l'avait pas attendue. Il courait plus vite qu'elle. Il ne s'était pas retourné. Il l'avait trahie.

Il m'a raconté ça et la suite. De sa voix sans timbre. Je suis resté près d'une heure à l'écouter parler sans l'interrompre. J'étais parfaitement conscient que c'était de sa part une façon d'essayer de nous rendre notre liberté, une ultime tentative pour délivrer mon esprit et le sien. J'espérais de tout mon cœur que cela réussirait.

Tout en parlant, il caressait machinalement les cheveux à l'intérieur du coffre. Il en prenait de petites pincées qu'il frottait entre ses doigts avant de les laisser retomber. Ces cheveux lui avaient été fournis par la bande de voyous avec qui il frayait à l'époque du lycée – les petites frappes du quartier. C'était ça l'objet du commerce entre eux. Ariel payait tout bonnement ces types pour qu'ils lui rapportent de ces mèches dont il leur avait décrit avec minutie la texture et la teinte. Les types avaient commencé par se marrer, puis ils avaient fermé leurs sales petites gueules lorsque Ariel avait sorti la première liasse de billets. Ils le prenaient certainement pour un dingue mais qu'importe. On ne leur demandait pas de comprendre. On leur demandait de fournir. Et c'était ce qu'ils avaient fait. Dieu sait comment ils se les procuraient, mais ils lui ramenaient des cheveux par touffes entières.

Des cheveux qui étaient presque ceux de Jona quand ils étaient tous deux blottis dans le même lit et qu'il enfouissait son visage au creux de sa nuque.

Des cheveux qui étaient presque de la même couleur que ceux de Florence.

Presque.

Les illusions bercent et c'est ainsi que parfois le sommeil peut venir.

Pour finir, Ariel a désigné les carnets sur la table.

— J'ai pris quelques notes, il a dit. Des souvenirs. Des rêves. C'est pour elle. J'aimerais que ce soit toi qui les lui transmettes.

Il a replacé les carnets dans le coffret, il a refermé le couvercle.

— Emporte tout, il a dit.

Puis il s'est laissé aller contre le dossier du canapé comme en proie à une extrême fatigue.

Je n'ai rien ajouté. Je me sentais triste et soulagé à la fois. Je me suis penché pour saisir le coffret. Il était plus lourd que ce que je pensais. Le legs d'Ariel. Son héritage. Son testament. Avant de quitter la pièce je me suis retourné une dernière fois mais il était déjà parti, son regard errait en des lieux où il m'était désormais impossible de l'atteindre.

J'avais à peine poussé le portail que le chat du voisin m'a sauté entre les pattes. Je l'ai laissé se frotter un moment. J'ai pensé que je ne connaissais pas son nom et n'avais jamais cherché à le connaître. Je me suis accroupi pour le caresser. C'était la première fois. Je n'ai eu que le temps d'effleurer son poil. Je ne sais pas ce qu'il a cru mais il a détalé comme une flèche.

Rien n'avait bougé dans la maison.

J'ai ouvert les volets du salon, j'ai fait chauffer une cafetière et bu plusieurs tasses à la file en écoutant Fauré. Le *Requiem*. Curieusement, c'était la musique qu'avait choisie Hélène pour accompagner notre entrée dans l'église, le jour du mariage. Elle portait une robe coquille d'œuf toute simple. Il n'y avait pas grand monde sur les bancs. Anna Doukas nous avait prédit un ciel sans nuage. Le sourire de Marie était plus mélancolique que jamais.

D'habitude, je calfeutrais autant que possible dès qu'il était question du passé. Ce matin-là, j'ai laissé ruisseler. Peut-être le fait d'avoir revu Marie.

L'amie. La sœur. Peut-être les chœurs de Fauré. Les souvenirs ne mouillaient pas plus que la rosée. Pas plus que de la buée sur une vitre. C'était une bonne chose que de pouvoir glisser ses doigts dessus et dessiner des contours.

Plus tard, une sonnerie a retenti. Il y avait tellement longtemps que ça n'était pas arrivé que j'ai failli ne pas faire le rapprochement avec mon téléphone. J'ai décroché et attendu sans dire un mot.

— Allô ?... a fait la voix. Alexandre ?

J'ai reconnu ce cher commissaire Georges Hasbro.

— Quelle heure est-il ? j'ai demandé.

— Huit heures et une minute. J'espère que je te réveille ?

— Non.

— Tant pis. Bon, on a retrouvé ton client, à l'endroit indiqué. C'était pas beau à voir.

— Je sais.

— Tu sais. Et tu dois savoir aussi qu'il y avait une demi-douzaine de douilles encore chaudes à côté du cadavre. Calibre 22 Long Rifle. Pistolet Beretta, probablement. Tu vois ce que je veux dire ?... T'aurais pu faire un peu de ménage, merde ! Tu me facilites pas la tâche.

— Pourtant j'ai l'impression de ne faire que ça, ces derniers temps.

— Faire quoi ?

— Du ménage.

Soupir du chef.

— J'attends toujours tes explications, Alex.

Dans ma ligne de mire, à travers la fenêtre, il y

avait la branche d'un mimosa. Quand nous avions emménagé ici, l'arbre avait la taille d'un gamin de douze ans.

— Tu auras mieux qu'un rapport, j'ai dit. Je vais bientôt rédiger mes mémoires. Tout y sera consigné, tu verras. Noir sur blanc. Ou blanc sur noir.

— Qu'est-ce que tu racontes encore ?

— J'arrête, Georges. Je me retire. Pour de bon. Vous allez pouvoir refaire les peintures du placard.

Je n'avais rien prémédité. Ce n'est qu'après avoir prononcé ces mots que j'ai pensé que c'était une excellente décision.

— Parfait, a grincé le commissaire. Et tu comptes faire quoi, à ton âge ? Te reconvertir en vigile de supermarché ou te foutre direct au RMI ?

— Je crois que je vais me remettre au piano. Voire à la composition, pourquoi pas ? Il m'arrive d'entendre des voix : ce serait bien que je parvienne à les faire sortir de moi. Les exprimer. Les partager.

— Tu fais chier, Alex.

— Plus pour longtemps, va.

— T'as toujours fait chier, et tu feras toujours chier.

— D'accord, si tu veux… J'ai un dernier service à te demander, Georges.

— Va te faire foutre.

— Tu ne me dois rien, mais disons que ce serait une sorte de cadeau pour fêter mon départ. C'est la tradition, non ?

— Je t'ai déjà répondu : va te faire foutre !

— Arrête de parler comme un flic de série télé, s'il te plaît.

— C'est ça, ton service ?

— J'aimerais savoir si Florence Mazeau est toujours de ce monde. Et si oui, à quel endroit précisément.

— Qui ça ?

— Florence Mazeau.

J'ai épelé son nom. Georges l'a noté en grommelant. J'avais confiance : si c'était une chose possible, il la retrouverait. Voire si c'était impossible. Il ferait ça pour moi. Il grommelait toujours lorsque j'ai raccroché.

J'ai passé la majeure partie de cette journée dans un lieu nulle part répertorié. Ni ici, ni vraiment ailleurs. Entre-deux. J'ai somnolé un peu. J'ai fait du repassage, chemise et pantalon, puis je me suis préparé.

J'étais très en avance au Temps Perdu. Une fois la porte franchie, j'ai eu un instant d'hésitation. Le café était bondé. Aucun visage familier ne s'est tourné vers moi ; aucun bras levé à mon adresse. Bien sûr. « Notre » table était prise, j'ai dû me rabattre vers une autre située au fin fond de la salle. Banquette ou chaise. J'ai opté pour la banquette, vue sur l'entrée, afin de repérer Marie. Au bout d'un quart d'heure un serveur s'est pointé et j'ai commandé un café. L'établissement était un des plus anciens de la ville et demeurait l'un des plus courus. Une institution. La déco datait de la belle époque ; surannée et branchée à la fois. Sur le mur derrière le comptoir, entre les rangées de bouteilles, était fixé un gros cadre en médaillon. On y voyait la photo jaunie d'un homme au regard et à la moustache de poisson-chat. Marcel Proust, selon certains. D'où le nom donné au café par son fondateur, un amoureux des belles lettres ou des jeunes filles en fleur. Mais la mafia napolitaine qui avait repris l'affaire en sous-main devait croire que c'était le portrait d'un maquereau local.

Je me suis demandé pourquoi nous aimions tant ce bar, à l'époque. Était-ce seulement un effet de mode ? Aujourd'hui je m'y sentais déplacé. Un intrus. Une anomalie. Trop de monde et trop de bruit et trop de chaleur ; tout cela m'indisposait. Si je n'avais pas eu rendez-vous, j'aurais fui.

Marie s'est retrouvée debout devant ma table sans même que je l'aie vue arriver. L'élégance dans la sobriété. Il m'a semblé qu'elle avait modifié un petit quelque chose dans sa coiffure mais j'aurais été incapable de dire quoi. J'ai remarqué également une touche de maquillage, très légère. Marie est de ces femmes qui n'osent reconnaître leur beauté, encore moins la mettre en valeur. Elle portait un sac à main et une chemise plastifiée sous le bras, dans laquelle elle avait rangé le manuscrit. Elle m'a dévisagé d'un air songeur, puis elle a posé la chemise sur la table et commencé à déboutonner son manteau. J'ai pensé que je devrais me lever et l'aider à ôter le vêtement mais je suis resté vissé à mon siège. Peut-être parce que je me suis revu faire ce geste pour des dizaines de courtisanes qui ne valaient pas un centième de son ombre.

J'étais heureux de la voir.

Trois fois j'ai fait signe avant qu'un garçon ne s'approche.

— Qu'est-ce que tu prends ? j'ai demandé à Marie.

Pendant une fraction de seconde j'ai cru qu'elle allait répondre : « Un Gambetta limonade. »

— Un thé, s'il vous plaît, elle a dit. Thé citron.

J'ai commandé un autre café pour moi. Nous sommes restés silencieux un moment. Sans doute plus conscients que la veille, donc plus intimidés. Puis Marie a dit :

— Ça ressemble vaguement à un pèlerinage.

— C'est l'effet « madeleine », j'ai fait en désignant le cadre ovale.

Elle a souri.

— Tu étais déjà revenue ici ? j'ai demandé.

— Non.

— Alors ? Tes impressions ?

Elle a jeté un œil, à droite, à gauche. Elle a soupiré :

— On ne peut pas marcher sur ses propres traces.

J'ai acquiescé d'un signe de tête.

— Je mets longtemps à comprendre les choses, tu sais.

— C'est mieux que de ne jamais les comprendre.

— Pas sûr, j'ai dit. L'ignorance préserve. Mon carnet de remords est aussi épais que la Bible.

— Tu n'as qu'à lire un peu autre chose, pour changer.

Son ton sans concession m'a surpris. J'avais l'habitude que Marie me caresse dans le sens du poil.

— Il n'y a que toi qui puisses le décider, Alex, elle a ajouté.

— Aide-toi et le Ciel t'aidera…

— Le Ciel, je ne sais pas. Mais moi oui, en tout cas. Je ne demande pas mieux, j'espère que tu n'en doutes pas. Mais je ne peux rien faire sans ton consentement. Sans ta propre volonté. J'ai essayé : ça ne marche pas. On ne peut pas obliger quelqu'un à vivre contre son gré. Moi aussi, tu vois, j'ai mis du temps à comprendre.

Le serveur s'est pointé avec nos boissons. J'ai regardé le thé s'infuser lentement dans l'eau chaude. Comme l'encre de la seiche. Marie a soufflé sur le liquide avant de le porter à ses lèvres. Entre deux gorgées, elle a dit :

— Et puis, je crois que tu t'es trouvé un nouvel allié.

— Comment ça ? j'ai fait.

— Quelqu'un d'autre qui cherche à t'aider.

— Qui ?

Elle me fixait par-dessus sa tasse.

— Édouard Dayms, elle a dit.

Je suis resté sans voix. Marie conservait une expression calme, déterminée, et même une certaine froideur dans le regard, que je ne lui connaissais pas. Elle a reposé sa tasse.

— J'ai bien réfléchi : c'est la seule raison valable que j'aie trouvé pour expliquer son geste.

— Quel geste ?

— Celui de t'expédier ceci, elle a fait en plaquant

sa main sur la chemise en plastique. Son témoignage. Son testament. Un message de paix, Alex.

— Un message de paix ! Mais… Putain, Marie, qu'est-ce que tu me chantes ? Cet enfoiré m'a envoyé cette bombe pour me détruire !

— Tu étais déjà détruit. Pas besoin de ça. Je veux bien admettre qu'il ait contribué à ta perte, d'une manière ou d'une autre. Dans un premier temps. La main munie d'un pieu, comme tu dis. Mais dans un second temps, c'est une main désarmée qu'il te tend. Faisons la paix. Fais la paix avec toi-même : voilà ce qu'il te propose.

— Faire la paix alors qu'il s'empare de mes mômes ? De ma femme ! De ma vie !… Il m'a tout pris. Il m'a raclé les os et l'âme. C'est toi qui l'as relevé, tu l'oublies ?

— C'est vrai, a reconnu Marie. Ma première réaction a été la même que la tienne. Mais j'ai pris le temps de relire le texte…

— Je l'ai relu aussi.

— Et je pense qu'on peut reconsidérer les choses sous un angle différent.

— Sous n'importe quel angle que ce soit, le tir fait mouche. Tu ne connais pas ce type, Marie. C'est un tueur !

— Tu te rappelles comment ça se termine ?

— Bien sûr. Et alors ?

— Matthieu va retrouver Ariel, pour la dernière fois. Il veut en finir. Il ne supporte plus l'emprise de ce double, ou de cette moitié si tu préfères. Cette seconde face de son propre esprit qui lui bouffe l'existence. Il veut s'en débarrasser. Symboliquement parlant, Matthieu représente ce qu'il y a de bon en nous, et Ariel est l'opposé. C'est l'éternel combat. La lutte fratricide. Caïn et Abel. Les forces du Bien contre celles du Mal. La vie, l'amour, contre la mort...

— Et alors ? j'ai répété.

— Alors, qui en sort vainqueur ? a lâché Marie.

Trop de bruit et trop de chaleur. J'avais les mâchoires incrustées l'une dans l'autre et je balançais obstinément la tête pour dire non. Au milieu du brouhaha, Marie a repris :

— « Voilà comment tout ceci devait se terminer, monsieur Astrid. Il faut détruire le mal. Il faut l'éradiquer, comme on dit. Puis il faut se pardonner si l'on veut que l'histoire se poursuive. Pour ma part, j'aime toujours autant la plage en hiver, et je continue à m'y promener. Aujourd'hui, la mer est calme. Sur le sable il y a l'empreinte de mes pas. Il y a les traces de Florence. Il y a celles de nos enfants. On peut les suivre jusqu'où bon nous semble. À vous de voir. »

Les dernières phrases du manuscrit. Elle les avait récitées de mémoire. J'en étais toujours à serrer les dents et les poings et à secouer le crâne comme un gamin borné. J'ai fermé les yeux. Elle ne m'a pas lâché.

— Remplace le prénom de Florence par celui d'Hélène : qu'est-ce que ça donne ?

— Arrête ! j'ai soufflé.

Elle a poursuivi :

— Que fait Ariel face à Matthieu ? Il s'incline. Il se supprime et Matthieu repart, seul. L'âme enfin en paix. C'est là sa véritable délivrance… Qu'a fait Édouard Dayms face à toi, Alex ?

J'ai dû retenir mon poing qui allait s'écraser sur la table.

— Je ne t'ai pas encore raconté la fin de l'histoire, Marie. Tu ne sais pas ce dont il a été capable. Ce qu'il m'a infligé. Tu ne sais pas !

— La «suite» de l'histoire, a corrigé Marie. Effectivement, je l'ignore, et j'espère bien que tu vas me l'apprendre. Mais ce n'est pas la fin, Alex. Il ne tient qu'à toi que l'histoire continue !

J'ai à peine entendu ces derniers mots. La rumeur du café avait enflé dans des proportions assourdissantes. J'ai relevé les yeux et j'ai vu des gueules hilares au comptoir, j'ai vu des plateaux raser le sommet des crânes, j'ai vu la flamme d'un briquet et des bouches rouges et roses crachant la fumée, j'ai vu Marie, j'ai vu Léna petit bout de femme assise à côté de moi avec une paille au coin de son sourire, j'ai vu Ed le vampire debout immobile au pied d'une colonne. Je me suis redressé d'un bond, bousculant la table. Le café que je n'avais pas touché s'est renversé.

— Foutons le camp d'ici ! j'ai dit.

Ariel s'est tenu à distance pendant près de neuf années.

Je n'ai pas exaucé son vœu. Je n'ai pas exécuté sa dernière volonté. J'ai lu ses carnets, j'ai passé des heures à déchiffrer son écriture hiéroglyphique. Je ne les ai pas transmis à Florence. Elle ne sait rien de leur existence, elle n'en a jamais rien su.

Elle ignore également que c'est moi qui suis en possession de ses propres cahiers – les fameux cahiers verts. À quoi bon ? Ainsi que je l'ai déjà dit, nous évoluons sur le fil et je me suis fixé pour but de maintenir l'équilibre. Coûte que coûte.

Quelques mois après le départ d'Ariel, nous étions assis, Florence et moi, sur notre petite plage de galets. C'était une matinée de soleil et de vent. Lorsqu'elle m'a demandé si j'accepterais de la garder auprès de moi, je n'ai pas eu assez d'amour-propre pour refuser. Ou trop d'amour pour elle.

N'avez-vous jamais connu ça, monsieur Astrid ? L'amour.

Si. Bien sûr que si ! (Songez à la photo, songez aux petits shérifs avec leurs chapeaux trop grands sur le crâne). Rappelez-vous combien dans ces moments-là l'être aimé, quel qu'il soit, est exceptionnel. Il est le centre du monde et le monde tout entier et la justification de votre propre existence. Enfin une raison valable de vivre. C'est énorme. Merci. Il faut s'y accrocher. Rappelez-vous combien celui qui aime est peu de chose. Combien il est solitaire, solitaire, solitaire, et fragile. Vulnérable. À tout instant il peut retourner au néant.

C'est une évidence. Vous devez savoir cela.

Et puis j'en ai assez d'essayer d'expliquer. Je vois bien tout ce qu'il peut y avoir de confus et de vain dans ces tentatives. Je finis par m'embrouiller moi-même. Il vous faudra admettre que la plupart du temps nous ne comprenons pas ce qui se passe, ni en nous, ni autour de nous. Pour ma part, j'admettrai que vous n'êtes pas obligé de me croire.

Ce matin-là sur la plage je sentais ma poitrine s'ouvrir pour laisser pénétrer l'air du large. L'air des longs voyages, des grandes traversées. Florence a posé la tête sur mon épaule. J'ai pensé qu'elle me faisait confiance.

Je l'ai épousée. Nous avons abandonné la fac et sommes retournés vivre dans ma petite ville.

Je crois avoir fait tout ce qui était en mon pouvoir pour chasser les ombres au fond de ses yeux.

Ensemble, nous avons réussi à produire au moins deux miracles qui ont pour noms Étienne et Mattéo. Un troisième miracle était en cours. Pour cela il en avait fallu, du temps. Il avait fallu de la patience et de l'amour. Beaucoup d'amour. Mais, par la grâce de nos efforts conjugués, par la force de notre volonté, la vie était enfin devenue quelque chose de paisible et de doux.

Vous n'avez pas idée, monsieur Astrid, de ce que cela signifie pour moi.

Quelque chose de vivable, simplement. Jusqu'à ce fameux matin de Noël. Jusqu'à ce jour maudit, ce jour tant redouté, où le diable a resurgi de sa boîte. Image facile, mais je n'en trouve pas de plus juste.

C'était lui ou moi. Cela ne pouvait plus être les deux.

Marie n'était pas levée que je me frayais un passage entre les corps jusqu'à la sortie. J'ai surgi hors du bar comme si je venais d'échapper à un brasier. J'ai fait quelques pas sur le trottoir. J'étais en chemise mais le froid n'avait pas encore eu le temps de me saisir. Marie m'a rattrapé en trottinant. Ses talons cliquetaient sur l'asphalte. Elle portait son sac et le manuscrit et le blouson que j'avais oublié. Son propre manteau n'était pas reboutonné.

— Ça va ? elle a fait.

Je n'ai pas répondu, me contentant de mettre un pied devant l'autre et d'engranger de l'air frais. Elle m'a passé le blouson sur les épaules.

— Enfile ça, tu vas prendre froid.

On a marché un bout de temps côte à côte. Il y avait pas mal de circulation. Dans certaines rues subsistaient des décorations de Noël : guirlandes électriques tendues entre deux lampadaires ; une paire de rennes tirant un traîneau ; une botte gigantesque ; une pluie d'étoiles filantes. Je sentais les coups d'œil inquiets que Marie me jetait. Lors d'une halte devant un passage protégé, elle a dit :

— Pardon d'avoir été si directe, Alexandre. Et brutale. C'était de la maladresse de ma part... Tu m'en veux ?

J'ai respiré encore un bon coup.

— Je ne m'attendais pas à ça, j'ai dit. J'étais parti pour une soirée... une soirée du style « anciens combattants ». Tu vois ? À évoquer les souvenirs du bon vieux temps. Du temps perdu.

— Ce n'est pas trop tard. Si tu en as toujours envie.

J'ai haussé les épaules. Le feu est passé au rouge pour les voitures, mais nous n'avons pas bougé.

— Tu préfères que je te laisse ? a fait Marie.

— Non. J'ai promis de te raconter. Il faut que j'apprenne à tenir mes promesses.

— Ça peut attendre demain, ou après-demain.

— Non, j'ai répété.

On a repris notre marche silencieuse. Nos pas nous menaient vers le port. Il fut un temps où l'on pouvait entendre la mer, et la sentir, bien avant de l'apercevoir. Un vol de goélands est passé au-dessus de nos têtes ; on ne voyait que leurs ventres blancs.

— Pourquoi ?... j'ai murmuré.

Je crois que je ne m'adressais qu'à moi-même, mais Marie a entendu.

— Pourquoi quoi, Alex ?

Je me suis arrêté de nouveau sur le trottoir.

— Pourquoi il aurait fait ça ? Me tendre la main après m'avoir frappé avec. De toutes ses forces.

Marie a soulevé une épaule. Un mouvement à peine perceptible.

— Tu n'es peut-être pas le seul à avoir des remords, elle a dit.

Puis, très vite, elle a ajouté :

— Écoute, Alexandre, je me suis sans doute un peu trop précipitée. J'étais assez contente de ma petite théorie, le message de paix et tout ça, et j'étais pressée de t'en faire part. Mais ce n'est qu'une interprétation, une hypothèse comme une autre. Qui vaut ce qu'elle vaut. Et il est fort possible que je sois totalement à côté de la plaque… Ce que je veux dire, c'est : ne te tourmente pas pour ça. Laissons tomber. Au moins pour l'instant. On en reparlera éventuellement plus tard, à tête reposée.

De la buée sortait de sa bouche par petites touffes délicates. Elle serrait le haut de son manteau dans son poing. J'ai plaqué ma main sur la sienne. Sa peau était glacée.

— C'est toi qui as froid, j'ai dit.

— Un peu.

— Faim ?

— Un peu.

J'ai regardé tout autour de nous, comme si je cherchais un abri dans la tempête.

— Viens, j'ai fait.

Je l'ai entraînée à travers le dédale de rues étroites de la vieille ville. Je me souvenais d'un petit resto dans le quartier, du genre adresse confidentielle, jalousement gardée par une poignée d'initiés. Le réduit ne comprenait pas plus de quatre tables, le patron était aux fourneaux et sa bonne femme en salle. Exploitation familiale. Et illicite. La meilleure daube de poulpe de l'univers.

Le seul problème était que le resto n'existait plus. Remplacé par une boutique de toilettage pour chiens. J'ai vérifié le nom de l'artère, mais je ne m'étais pas gouré. Le vieux couple avait dû prendre sa retraite ou mourir. Un nouveau pan qui s'effondre.

— Merde… j'ai soufflé.

Ce n'est qu'à ce moment-là que j'ai pris conscience de la main de Marie dans la mienne. Je n'avais pas cessé de la tenir. Durant quelques secondes je n'ai pas su quoi faire. Puis je l'ai relâchée doucement.

— C'est râpé, j'ai dit en détournant les yeux. Qu'est-ce qu'on fait ? Tu as un lieu de prédilection, ou bien on laisse le hasard décider ?

— Aucune importance, a dit Marie. Je te suis.

La première enseigne sur laquelle on est tombés était celle d'une pizzeria. Dolce Vita. Classique, sans fioriture. Il était encore tôt et les clients étaient peu nombreux. On nous a installés près d'une cheminée qui n'avait pas dû s'enflammer depuis la guerre. Deux menus à quinze euros et une bouteille de Badoit : on était loin du dîner de gala. Le moins que je pouvais faire était de satisfaire la curiosité de Marie. J'ai attaqué le cas Édouard Dayms juste après les entrées.

L'attente commençait à devenir insupportable. Ariel ne s'était pas manifesté depuis la matinée du 24, date de nos brèves retrouvailles le long de la plage. Une semaine entière s'était écoulée. Pas le moindre signe. Pourtant je sentais trop sa présence pour me persuader que cela n'avait été qu'une simple apparition, éphémère et fortuite. Flo la sentait aussi. Elle s'était repliée, elle s'était recroquevillée dans un coin de son cœur. L'angoisse la rendait muette. Je lui avais proposé de changer d'air. Qu'elle parte, qu'elle s'éloigne quelques jours avec les enfants. Elle avait refusé.

Et puis, le soir du 31, à 23 heures 15 précisément, le téléphone a sonné.

L'histoire qui recommence. Le sort qui s'acharne.

J'ai décroché avant la fin de la première sonnerie. Ariel a juste dit :

— Je vous attends.

Je n'ai pas prononcé une parole. Flo se tenait à l'autre extrémité du couloir. Son visage était pâle. Les ombres avaient envahi son regard. Elle ne portait pas ses larmes bleues aux oreilles, elle les avait laissées couchées dans leur écrin.

Pendant quelques secondes encore, j'ai gardé l'appareil en main. Puis j'ai raccroché. Je suis resté à ma place, Florence à la sienne.

— C'était lui, elle a dit.

J'ai acquiescé.

— Qu'est-ce qu'il veut ?

J'ai menti. J'ai dit :

— Il veut me voir.

— Non, a dit Florence. N'y va pas !

Cela m'a touché. Elle tenait à moi, mais elle ne me croyait pas assez fort.

— N'y va pas ! elle a répété.

Je me suis rapproché. Elle avait les lèvres serrées et son menton tremblait légèrement. Je pouvais voir tous les efforts qu'elle faisait pour ne pas se disloquer. J'ai murmuré :

— C'est la dernière fois, mon amour.

Elle a baissé ses paupières, les a tenues closes le temps d'une forte inspiration, puis les a relevées.

— Tu m'as déjà dit ça.

J'ai tendu la main vers son ventre rond et plein.

— C'est à lui que je le dis.

Étienne et Mattéo regardaient la télé dans le salon. J'ai déposé un baiser sur le crâne de chacun. Ils n'ont pas lâché l'écran des yeux. Tant mieux. J'ai enfilé un blouson et pris les clés de la voiture. Comme je franchissais la porte, Flo m'a appelé.

— Tu vas… tu vas revenir ? elle a demandé.

Elle avait la voix de la petite fille. J'ai pensé que je ne la trahirais pas, que je ne l'abandonnerais pas. Pas moi.

— Bien sûr, j'ai dit.

Je lui ai souri, puis je suis sorti.

Édouard Matthieu Anthonin Dayms. Né le 23 août 1971 à Cologny, canton de Genève. Une cuillère d'argent dans la bouche. Le père était un neurochirurgien réputé, la mère avait pour dot une des plus grosses fortunes du pays. Ces deux-là étaient destinés à convoler, avoir beaucoup d'enfants et vivre heureux et longtemps. Ça ne s'est pas passé comme ça.

Un an après la naissance d'Édouard, un second enfant voit le jour. Une fille. Elle se prénomme Marie-José Emmanuelle ; Édouard la rebaptise « Jona ». Le frère et la sœur grandissent ensemble au sein de la vaste propriété familiale. C'est une sorte de manoir avec un parc immense, un étang. Une prison de luxe dont ils ne s'échappent quasiment jamais. Pas d'école ; instruction et éducation leur sont assurées à domicile par une préceptrice, une dame d'origine anglaise nommée Doris Greenhill.

Isolés du reste du monde, les deux gamins deviennent vite inséparables. Leur relation est intense, fusionnelle. Au point qu'on a souvent le sentiment d'avoir affaire à un esprit unique réparti entre deux enveloppes charnelles. Encore une histoire de double, ou de moitié. Ces deux-là étaient destinés à suivre des trajectoires étroitement liées, indissociables, à ne jamais se désunir. Ça ne s'est pas passé comme ça non plus.

Un soir d'hiver, le petit Édouard est rentré à la maison. Seul. Il revenait d'une de leurs expéditions coutumières aux confins du parc. Ses vêtements étaient crottés de la tête aux pieds et son visage était en sang. Une plaie assez profonde à l'arcade sourcilière. Tout ce qu'on a pu lui arracher comme explications fut : « C'est le diable... C'est le diable... »

On a cherché la gamine la nuit entière et les trois jours suivants. On a retrouvé son corps au matin du quatrième jour dans les eaux glacées de l'étang. Noyée. Aucune trace de ce diable dont avait parlé le garçon. Un vagabond ? Un braconnier ? Un simple promeneur ? Nul ne le saura jamais.

Édouard a dix ans. Jona en avait neuf. Le silence s'installe dans la maison.

Comment j'ai appris tout ça ? Par la bouche même de madame Greenhill.

J'ai creusé profond.

Ma première rencontre avec Édouard Dayms avait été si marquante pour moi que j'ai voulu tout savoir, tout connaître de lui avant de le revoir. Difficile à comprendre, je sais. Et difficile à expliquer. Parce que l'impression qu'il m'a produite se situe au-delà des mots et des pensées, quelque part dans le domaine de l'irrationnel. Je crois que c'était le début d'une espèce de fascination. Oui. Une fascination assez comparable à celle qu'exerce Ariel sur Matthieu, et qui est décrite dans son texte par... Édouard Dayms lui-même ! Ce qui tend à prouver, entre parenthèses, que sa folie n'avait d'égale que sa lucidité.

Enfin, quelles que soient les raisons, le fait est qu'il avait mordu et répandu son venin dans toutes les cellules de mon cerveau. J'étais accro. À partir de là, je n'ai eu de cesse de chercher, fouiller, fouiner, interroger. L'enquête sur le meurtre de Cyrillus s'est transformée en quête personnelle après l'entrée en scène d'Édouard Dayms. Entre deux cuites, j'y ai consacré toutes les forces qui me restaient. Et la chance m'a donné un coup de pouce.

J'ai découvert l'existence de Doris Greenhill. J'ai retrouvé sa trace. L'ancienne préceptrice n'avait pas quitté la Suisse. J'ai fait le déplacement pour la rencontrer.

Je m'attendais à une vieille dame au bord de la tombe ; en réalité, celle que le frère et la sœur surnommaient « madame Gorille » n'était guère plus âgée que moi. Une femme intelligente et charmante. Elle n'avait rien oublié des années passées chez les Dayms, dans la Maison aux Cygnes. Elle n'a fait aucune difficulté pour me raconter.

D'après elle, la mort de la petite Jona avait agi comme un coup d'accélérateur dans un processus de décomposition déjà largement entamé. Ça n'allait pas très fort entre les époux Dayms, et cela n'a fait qu'empirer. La mère était une sorte de

Belle au bois dormant, confinée dans son château entre ses rêves et ses espoirs ; elle attendait son sauveur. Mais le prince charmant passait ses soirées à faire le paon dans les basses-cours mondaines. Il est cynique et coureur, elle est déçue et jalouse : quand ils se croisent, les étincelles jaillissent. Une fois la gamine disparue, la mère a jeté l'éponge. Elle a fini par ne plus quitter sa tour, puis son lit. Princesse neurasthénique. Sur sa table de chevet il y avait toute une pharmacie, la fine fleur de la chimie anesthésiante. Lui, le père, a choisi des moyens un peu plus naturels : du champagne il est passé à la vodka, de trois coupes il est passé à une bouteille pleine. Mais c'est elle qui a gagné la course. Un jour, elle a pris la dose de trop, celle qui l'a conduite au royaume où nul baiser ne pourrait plus la réveiller.

Le jeune Édouard a continué à pousser dans cette saine et joyeuse ambiance. C'est la brave madame Greenhill qui s'occupait de lui. Au fil du temps, son rôle de préceptrice s'est étendu sans qu'on le lui demande à celui de gouvernante, puis de nourrice à part entière. Elle arrivait tôt le matin, elle repartait tard le soir, quand elle était sûre que l'enfant dormait. Sans elle, il eût été livré à lui-même.

Le gamin était-il conscient de la situation ? Sans doute. Mais il n'exprimait rien. Ni peine, ni souffrance, ni colère. Madame Greenhill jugeait cette absence de réaction inquiétante, voire effrayante. Elle m'a confié avoir maintes fois observé Édouard à son insu, et la froideur et la fixité de son regard lui donnaient des frissons. Il pouvait rester des heures sans bouger, sans parler. Inaccessible. Depuis la perte de sa sœur, il paraissait insensible à tout.

Édouard était âgé de quatorze ans lorsque sa mère est morte à son tour. Il avait vu transporter son corps sans verser une larme. Madame Greenhill n'avait pu s'empêcher de penser qu'il était perdu.

Deux ans plus tard ils déménageaient, le père et le fils. Les survivants. Le chirurgien avait charcuté deux patients avant qu'on ne lui signifie sa mise à pied. Repos forcé, à durée indéterminée. Il a vendu la maison et en a racheté une autre, en France, sur la Côte d'Azur. Peut-être que le changement de lieu et de climat leur ferait du bien. Peut-être qu'ils pourraient ainsi repartir sur de nouvelles bases, se reconstruire. Madame Greenhill l'espérait. Elle pensait souvent à eux. À Édouard en particulier. C'était elle, en quelque sorte, qui l'avait élevé. Elle avait fait de son mieux, Elle estimait que le garçon avait eu son lot de malheur dans l'existence, et qu'il était temps que la roue tourne. J'ai senti qu'elle hésitait, mais finalement elle ne m'a pas demandé les motifs de ma visite.

Depuis leur départ, elle n'avait jamais reçu aucune nouvelle d'eux. Même pas une carte postale.

Voilà pour le volet suisse de l'histoire. L'enfance du tueur. La source. Pas difficile d'y puiser tous les ingrédients de la tragédie à venir. Édouard Dayms est une bombe à retardement. N'y manque que le détonateur.

Si on en croit son propre témoignage écrit, c'est au cours de cette première année en France que les choses se déclenchent. C'est à ce moment-là que les deux créatures, Ariel et Matthieu, se rencontrent. Ou se retrouvent. Pourquoi ? Je l'ignore. Mais on peut imaginer que l'espèce de schizophrénie dont souffre le jeune homme demeurait jusque-là à l'état latent ; elle a mûri lentement, en vase clos, dans l'atmosphère de silence et de soufre de la Maison aux Cygnes, elle est prête désormais à éclore. Un simple changement de lieu, comme dit madame Greenhill, un bouleversement des habitudes peut servir de déclic. Édouard Dayms découvre la mer, et l'horizon sans limite…

Quoi qu'il en soit, le binôme infernal se forme. Et cela débouche sur ce qui est décrit dans le texte comme « l'épisode Cartereau » – le petit caïd du lycée. Premiers troubles aigus de la personnalité. Première crise de paranoïa. Et premier accès de violence. Inventé ou réel ?… Ce passage est quasiment invérifiable, mais j'aurais tendance à le croire véridique. Édouard Dayms, sous le couvert des créatures qui le possèdent et le hantent, se fait les crocs. Il ne tue pas encore. Il apprend le peu qui lui reste à apprendre.

Plus tard a lieu la seconde rencontre, tout aussi déterminante : Florence.

C'est une jeune femme. Un être de chair, s'il en est. Mais là où le commun des mortels ne verrait qu'une petite pute paumée et toxico, que voit Édouard Dayms ? Un rouge-gorge, un oiseau rare, un astre brillant au firmament. Son âme sœur.

Jona ressuscitée. Jona arrachée aux eaux glauques de l'étang.

Pourquoi elle ? Pourquoi Florence Mazeau plutôt qu'une autre ? La ressemblance physique, entre eux deux, est indéniable. Ils peuvent effectivement passer pour frère et sœur. Mais ce n'est pas tout : je pense que l'esprit de la jeune femme était un terrain propice à ce type d'expérience. Un terrain en friche et fertile, vague et malléable à souhait pour qui sait s'y prendre. Ed l'alchimiste débarque et transforme la pauvre fille égarée en étoile scintillante. Il la porte aux nues, sans même la toucher. Elle ne demande qu'à y croire car il ne faut pas oublier que Florence aussi, de son côté, est en manque d'un frère, du regard vivant d'un frère – une chose qu'elle n'a jamais pu saisir au cours de son enfance.

Bref tous deux s'offrent une seconde chance. Et Édouard, cette fois-ci, ne faillira pas. Il ne trahira pas. Il ne restera pas sourd aux appels au secours et aux prières. Nul ne pourra plus faire de mal à sa sœur bien-aimée. Gare à ceux qui s'y frottent ! Aucun diable n'aura le pouvoir d'arracher la petite main de la sienne, aucun ne sera capable de la lui reprendre. Il ne craint plus rien ni personne.

Parce que le diable, à présent, c'est lui.

Souvenez-vous, monsieur Astrid, de cette soirée très particulière. C'était le passage à l'an 2000. Le commencement d'une ère nouvelle. Les hommes tournaient la page. Les hommes remettaient leurs pendules à l'heure. On se gargarisait de chiffres et de symboles. Des prophètes annonçaient posément l'imminence du chaos, l'éclipse totale, les sacrifices de masse, les cataclysmes sismiques, écologiques, atmosphériques, informatiques. Des prophètes – d'autres ou parfois les mêmes – proclamaient au contraire l'avènement de la lumière sur Terre, éblouissante et purificatrice, plus blanche que blanche, comme la lessive. On se donnait des frissons. On jouait sur les mots. On jouait sur les fuseaux horaires pour faire vendre aux tour-opérateurs des billets d'avion, calèches supersoniques réquisitionnées pour l'occasion afin que les plus puissants d'entre nous puissent vivre en double l'événement, sabler deux fois le champagne au-dessus de nos têtes, décompter vingt-quatre coups à minuit au lieu de douze, à des tarifs rédhibitoires.

Souvenez-vous de ça. Une vaste escroquerie médiatico-commerciale.

J'allais retrouver Ariel. J'avais emporté avec moi le fidèle Ruger, calibre 38 Spécial.

Il y avait foule dans les rues de la ville malgré le froid. Les gens se pressaient vers le bord de mer. Artères bloquées. Déviations obligatoires. La municipalité avait promis un fabuleux feu d'artifice en manière de célébration. Le peuple marchait. Des grappes de silhouettes dans la lueur des phares. Je surprenais des visages hilares, je pouvais percevoir l'excitation et la fébrilité. Il m'aurait plu d'être des leurs, commun des mortels, de tenir mes enfants et leur mère par la main et me fondre avec eux au sein du joyeux troupeau. Oh ! oui, cela m'aurait plu.

Je roulais au ralenti. Quand je me suis garé aux abords de la villa, il était minuit moins dix.

Marie avait le regard flou. Une longue cuillère entre les doigts. Elle n'avait pas encore touché à l'île flottante posée sur la table devant elle. Le minuscule iceberg s'enfonçait peu à peu dans la crème. Sûrement le trou dans la couche d'ozone. Le réchauffement de la planète.

— Et toi, dans tout ça ? elle a dit.

Elle avait beau s'en défendre, ses yeux étaient deux grands puits de lumière et de miséricorde. Je me souvenais de la phrase notée en bas de ma liste : « N'écoute pas ton cœur, connard ! » Mais trop tard pour faire machine arrière.

— Moi, Marie, je me suis jeté dans la gueule du loup. Après avoir exploré le passé d'Édouard Dayms, il m'en fallait davantage. Je me suis mis à le filer, à le surveiller, à l'épier.

— Comme Matthieu épie Ariel, encore une fois.

— Comme le papillon tourne autour de la flamme. Et s'en rapproche progressivement… Édouard Dayms m'avait envoûté, Il m'avait subjugué. Attirance, attraction, et mieux, et pire que ça : de l'envie !

La cuillère, dans la main de Marie, a cessé de se balancer.

— De l'envie ? Qu'est-ce que tu veux dire ?

— Je veux dire que j'étais jaloux de lui. Jaloux de sa force et de sa maîtrise. De sa puissance. Je veux dire que si, ainsi qu'il l'affirmait, on pouvait devenir un autre, si on pouvait changer de costume à volonté, alors j'aurais certainement choisi de revêtir ses propres habits noirs !

Elle m'a fixé un instant en hochant la tête. Puis elle a baissé les yeux, avec tristesse et pudeur. J'ai poursuivi :

— Je l'ai revu. J'ai revu Édouard Dayms à plusieurs reprises et sous n'importe quel prétexte. Questions supplémentaires, détails à vérifier, etc. Il n'était pas dupe, de toute façon. Je lui fixais rendez-vous dans des lieux neutres, hors du commissariat. J'étais censé l'interroger mais celui qui parlait le plus, c'était moi. Je n'étais pas dupe non plus. J'arrivais déjà bien chargé afin de tenir le choc. J'avais honte. Je me méprisais. Mais je me roulais là-dedans avec délectation, comme un porc dans la boue. Et je déballais tout. Aucune retenue. Aucun trou noir dissimulé. Je racontais ma vie foirée, ma putain d'existence et toutes celles autour de moi que j'avais saccagées. Des séances d'auto-flagellation. Des confessions bidon où je chialais sur mon sort en même temps que je me vomissais. C'est comme ça qu'il a su, petit à petit. C'est moi, Marie. C'est moi qui lui ai livré sur un plateau Étienne et Mattéo, et Léna et le bébé. Et le reste. C'est moi qui ai tout offert en sacrifice à l'idole, au dieu Ed!... Ed le vampire n'avait qu'à boire mes paroles!

— Doucement... a soudain soufflé Marie.

Elle s'est penchée pour poser sa main sur la mienne dans un geste d'apaisement. Ses doigts avaient repris de leur chaleur. Je n'avais pas l'impression d'avoir parlé trop fort. J'ai jeté un coup d'œil dans la salle; quelques tables s'étaient remplies. Personne ne faisait attention à nous.

— Doucement, elle a répété.

Elle a retiré sa main et nous a servi un verre d'eau à chacun. Elle a bu. Je l'ai imitée. Dans sa coupe en pyrex, l'iceberg sombrait inexorablement. Je me suis penché à mon tour.

— Ce qui est curieux, j'ai dit, c'est que je continuais à vouloir sa peau. À aucun moment je n'ai renoncé à coincer Édouard Dayms. Je poursuivais mon enquête, et je ne le lui cachais pas. T'imagines ça? Le flic qui vient se répandre lamentablement dans le giron de l'assassin et qui fait tout son possible dans le même temps pour le coffrer!

— Objet de culte et de haine à la fois, a lâché Marie. C'est plus courant que tu ne le penses. Mais on peut aussi mettre ça sur le compte de ta conscience professionnelle.

— Ne me parle pas de conscience, s'il te plaît.

— Il me semble avoir entendu dire que tu étais un bon flic, Alex.

Elle a planté d'un coup la cuillère toute droite dans la crème, et l'a laissée là. J'ai senti un sourire amer me monter aux lèvres.

— Tu veux toujours connaître la suite de mes exploits ?

— Oui.

— OK... j'ai dit.

Puis j'ai enchaîné aussi sec :

— Au sujet de l'affaire Cyrillus, je n'avais rien trouvé de nouveau. Rien non plus dans le cas Thierry Carmona. Résultat : zéro. J'ai misé mes derniers espoirs sur les parents de Florence. La famille Mazeau. Je me suis rendu sur les lieux de l'incendie, pour voir, constater par moi-même, en me disant qu'il y aurait peut-être un petit quelque chose qui nous avait échappé. Un détail à côté duquel on était passé parce qu'il semblait sans signification. N'oublions pas que j'étais le seul à avoir fait le rapprochement entre ces différents crimes. Officiellement, la cause de l'incendie était toujours accidentelle, et nul n'avait cherché plus loin.

«Les Mazeau habitaient un bled dans l'arrière-pays. Une petite villa, dans un lotissement. En arrivant sur place, je me suis dit que j'avais fait le déplacement pour rien. Les pelleteuses étaient passées avant moi. Les ruines de la baraque avaient été entièrement déblayées. Restait plus que quelques débris sur le sol, des éclats de briques et de bois roussis. Que dalle. Je me suis senti complètement impuissant. Je me rappelle avoir piétiné un bon moment sur ce bout de terrain, comme si j'espérais faire tomber la pluie dans mon désert...

— Et elle est tombée ! a fait Marie.

— Oui. Mais pas par magie. Grâce à un bon vieux truc de la bonne vieille école : l'enquête de proximité. Fureter, interroger le voisinage… J'ai tenté le coup avant de repartir. Je n'avais plus que ça à faire. Dans le lotissement, quatre villas avaient vue sur celle des Mazeau. J'ai commencé par la plus proche. Et la première fut la bonne.

« Le type qui m'a ouvert était une espèce d'ermite, un vieil ours mal léché. Pas loin de quatre-vingts balais. Il vivait seul dans son foutoir, je lui ai montré ma carte. Il m'a dit qu'il m'avait déjà repéré et qu'il m'avait pris pour un promoteur ou un agent immobilier. Un de ces charognards. Il n'aimait pas les agents immobiliers. Il n'aimait pas les flics non plus, d'ailleurs. J'ai marqué un point en lui disant que c'était pareil pour moi. Au bout de quelques minutes on s'est retrouvés dans sa cuisine autour d'une bouteille. La grande confrérie des poivrots, je crois bien qu'elle existe. On se renifle, on se reconnaît, et ça crée tout de suite un lien. C'est en bonne partie grâce à ça si j'ai pu remporter le morceau. Le bonhomme marchait au Cointreau et je l'ai accompagné un bout de chemin. Après quelques petits verres, nous étions deux anciens combattants qui poursuivaient leur guerre. Seuls contre tous. Je l'ai laissé grogner et déverser sa bile pendant une demi-heure. Puis je l'ai ramené doucement vers le sujet qui m'intéressait. La famille Mazeau. L'incendie.

« Il s'en rappelait très bien. La nuit où la maison a brûlé, il était assis là, exactement à la même place, dans sa cuisine. Il pionçait sur la table. J'ai compris qu'il devait en tenir une bonne. C'est le feu qui l'a réveillé. Le bruit, l'odeur de la fumée. Il était trois heures du matin. Il s'est traîné jusqu'à la fenêtre pour voir ce qui se passait. En face, les flammes étaient déjà plus hautes que le toit.

« — Et vous n'avez rien remarqué ? je lui ai demandé. Quelque chose, ou quelqu'un ?

« — Si, a fait le vieux.

« Il s'est resservi un verre. Il a trempé ses lèvres. Je bouillais, mais je savais qu'il ne fallait pas le brusquer.

« — Y avait un type dans mon jardin, il a repris. Juste derrière ma palissade.

« J'ai senti mon cœur se serrer.

« — Un type ?

« — Ouais. J'ai failli pas le voir, parce qu'y se tenait dans un coin et qu'y bougeait pas. Y regardait le spectacle, lui aussi. Et puis un pan du toit s'est écroulé en faisant gicler des gerbes de partout. C'est à ce moment-là que j'l'ai vu. Le temps que je sorte, il y était plus. Envolé.

« — À quoi il ressemblait, ce type ? Vous pourriez le reconnaître ?

« — Faut voir… il a bougonné.

« J'ai sorti une des photos de Florence avec Édouard Dayms, que je trimballais toujours sur moi. J'étais tellement excité que mes doigts tremblaient. Le vieux a jeté un œil au cliché. Il n'a pas eu l'ombre d'une hésitation.

« — C'est lui, il a fait. Le blondinet déguisé en corbeau.

«Je crois que toute ma vie je me rappellerai cette phrase. J'en suis retombé le cul sur ma chaise.»

J'ai laissé un peu de temps à Marie pour apprécier le coup de théâtre. Elle arborait une mine soucieuse.

— Tu ne trouves pas ça un peu gros? elle a fini par dire. Ton témoin n'a pas dû voir le visage de l'autre plus d'une seconde. De nuit, qui plus est. À la seule lueur des flammes. Dans ces conditions, il me paraît bien sûr de son jugement.

— Sans compter qu'il était encore à moitié bourré, j'ai surenchéri. Objections valables... À ceci près, Marie, que notre bonhomme ne découvrait pas le visage d'Édouard Dayms, cette nuit-là. Il l'avait déjà vu!

— Comment ça?

— Quelques semaines plus tôt, Florence était venue «présenter» Édouard à sa famille, et le vieux était déjà là, derrière ses carreaux. Il a eu tout le temps de le détailler, le blondinet déguisé en corbeau. Tout le temps de l'imprimer sur sa rétine. C'est lui-même qui me l'a spécifié, sans que je le lui demande. Pochtron mais pas débile. «J'me suis dit que la p'tite salope s'était dégotté un pigeon.» Voilà ce qu'il avait pensé la première fois, en les voyant. Ce sont ses propres paroles, Marie. Textuel.

Elle n'avait pas l'air convaincue. Maria la sainte, avocate du diable. Elle cherchait les failles.

— Pourquoi il n'en a pas parlé plus tôt? Pourquoi n'a-t-il rien dit à la police?

— Parce qu'il n'aime pas les flics. Parce qu'on ne lui a rien demandé. Parce qu'il n'a jamais été question d'un acte criminel, mais d'un accident. Un accident… Et puis, quand bien même il aurait flairé quelque chose de louche, tu crois vraiment qu'un vieux misanthrope comme lui serait allé se fourrer dans ce genre d'embrouilles ? De sa propre initiative ? C'est pas ses oignons, Marie. Et ç'aurait changé quoi ? Le mal était fait ; les Mazeau étaient morts et c'est pas ça qui les aurait fait revenir. Alors je la boucle et je laisse courir, qu'on vienne pas m'emmerder !

— Admettons. Mais la présence d'Édouard Dayms dans le secteur ne constitue pas une preuve. Il aurait pu se trouver là…

— Par hasard ? je l'ai coupée. À trois heures du matin ? Au moment et à l'endroit précis où le feu dévaste la maison d'enfance de celle qui est, pour le moins, sa meilleure amie ?… Bon Dieu, Marie, si tu faisais partie du jury, qu'est-ce que tu voterais, en ton âme et conscience ?

— Je ne souhaite pas d'avoir jamais à juger quelqu'un.

— Ce n'est peut-être pas une preuve, mais les présomptions me semblent assez lourdes pour envoyer Édouard Dayms au trou jusqu'à la fin de ses jours !

Marie s'est laissée aller en arrière sur sa chaise. Large inspiration, les ailes du nez pincées. J'attendais d'autres objections mais il n'y en a pas eu. D'une voix plus calme, j'ai repris :

— J'ai pu convaincre le vieux de faire une déposition. Je lui ai dit que je repasserais le lendemain. Je suis reparti de chez lui avec un mélange bizarre de sentiments... Je le tenais, tu comprends ? Je tenais enfin Édouard Dayms. Pour la première fois j'avais réussi à prendre l'ascendant sur lui. J'étais passé maître du jeu. Tous les atouts de mon côté, plus qu'à jeter les cartes sur le tapis. Du moins, c'est ce que je croyais... J'aurais dû exulter. J'aurais dû savourer ma victoire. Mais quelque chose m'en empêchait.

— La crainte de le perdre ? a soufflé Marie.

— Quelque chose comme ça, oui. La peur du vide. Du manque. Pas si évident de couper le cordon.

— Qu'est-ce que tu as fait ?

— J'ai commencé par le plus facile : je suis rentré chez moi et je me suis soûlé la gueule.

Je n'avais pas remis les pieds dans cette maison depuis près d'une décennie. Le jardin avait des allures de jungle. La balancelle était immobile sous la lune. J'ai gravi les marches de la terrasse, j'ai poussé la porte-fenêtre et trouvé Ariel exactement à l'endroit où je l'avais laissé. Durant un bref instant j'ai pensé qu'il n'avait peut-être jamais quitté les lieux. Je suis resté debout dans la pièce. J'ai attendu qu'il parle le premier.

— Tu es seul, il a constaté.

— Pas toi ? j'ai dit.

Ma voix était ferme, rude : enfin la voix du justicier. Ariel a eu un faible sourire.

— Je vois que tu as pris du poil de la bête, il a dit.

— C'est la bête tout entière que j'ai l'intention de prendre. Et d'éliminer.

Je soutenais son regard. J'avais décidé qu'il fallait faire vite. Très vite.

— Un siècle qui s'achève, a repris Ariel. Un millénaire. Je me suis dit que c'était l'occasion idéale pour nous retrouver, tous les trois. Comme au bon vieux temps. Tu te souviens, Matthieu ?

— Il n'y a jamais eu de bon vieux temps, Ariel.

Il a froncé les sourcils.

— Vraiment ? Tu le penses ?

— Vraiment, oui.

Son désarroi paraissait sincère. Il a hoché la tête.

— C'est une grande déception, alors.

— Une de plus, j'ai dit. Pour rien au monde je ne voudrais que ça recommence.

— Et elle ?

— Elle non plus, crois-moi.

Il y a eu une plage de silence. Puis Ariel s'est levé et je n'ai pu m'empêcher d'avoir un léger mouvement de recul.

— Tu ne lui as jamais donné mes carnets, n'est-ce pas ?

— Non, j'ai dit.

— Pourquoi ?

— Parce que j'estime que cela ne la regarde pas. Parce qu'elle a assez souffert. Parce que je l'aime.

— L'amour… a soufflé Ariel.

Il s'est mis à déambuler dans la pièce, mains dans le dos, d'un pas lent. Le noir fantôme des jours.

— Qu'est-ce que tu espères, à présent ? il a demandé. Qu'est-ce que tu souhaites ?

— Des choses simples, j'ai dit. Je veux vivre. Je veux me fondre dans la masse. Je veux pouvoir me regarder dans les miroirs sans dégoût et sans crainte.

Il a tourné la tête vers moi.

— Et qu'y a-t-il dans les miroirs qui t'effraie tant ? Qu'est-ce que tu y vois ?

— Ton visage.

— Je vois le tien.

— Je sais. C'est un de trop. Il n'y a plus la place pour deux.

— Qui te dit que c'est moi l'intrus ?

— L'amour... j'ai soufflé.

Il est parti d'un rire bruyant, hideux. J'ai attendu qu'il se calme.

— Tout a une fin, j'ai dit.

— Et les vaches seront bien gardées, c'est ça ?

Je n'ai pas relevé. Pas question de me laisser entraîner sur ce terrain-là.

— J'ai fait la promesse que ce serait la dernière fois, ce soir.

— Ah oui ? Il me semble que c'est précisément ce que j'avais dit... la dernière fois !

— Moi, je tiendrai parole, Ariel.

J'ai sorti le Ruger de la poche de mon blouson. Je ne m'attendais pas à l'impressionner et il ne l'a pas été. Il a considéré l'arme d'un œil narquois.

— Ben voyons, il a fait. Aux grands maux, les grands remèdes !... Tu n'as pas oublié de le charger, au moins ?

Je n'ai pas répondu. Je tenais le revolver et mon poing ne tremblait pas. Ariel a marché encore un moment à travers la pièce, puis il s'est arrêté de nouveau face à moi. Dans un murmure il a dit :

— Je t'ai tout donné, Matthieu. Tout ce que je possédais.

Son ton n'était plus ni acerbe ni ironique.

— C'est pour ça que je suis venu, Ariel. Pour te le rendre. Comme ça, nous serons quittes.

Là-dessus, je me suis penché et j'ai posé le revolver sur la table basse. Puis je me suis relevé. J'étais prêt.

— Trop lâche pour le faire toi-même ? a grincé Ariel.

J'ai plongé mes yeux dans ses yeux.

— La mort est ton domaine, j'ai dit. Pas le mien.

Je n'ai éprouvé aucune espèce de sentiment en le quittant. J'ai lancé un «Adieu» d'une voix neutre et sans inflexion – cette voix qui avait été la sienne – puis je suis sorti par là où j'étais rentré.

Il était minuit pile. Je traversais le jardin quand le feu d'artifice a éclaté. Une immense gerbe écarlate s'est déployée au-dessus des eaux, illuminant le ciel. La mer renvoyait son écho et son reflet. Je suppose que la détonation du Ruger s'est noyée au milieu du vacarme.

L'île ne flottait plus. Elle était définitivement ensevelie sous la surface. Marie n'y avait même pas goûté. J'ai pensé que mon histoire lui avait coupé l'appétit. Pourtant, elle n'était pas encore au bout de ses peines.

— « Et voilà que nous en arrivons à cette tragique mais inéluctable nuit d'hiver… » comme l'écrit si bien ce brave Matthieu. C'est la nuit du 10 au 11 mars, c'est-à-dire la nuit qui suit, celle qui vient de tomber juste après les révélations du voisin des Mazeau. Il est deux heures du mat' et je suis pas mal dans les vapes, comme tu peux l'imaginer. Le téléphone sonne. Je parviens à décrocher. C'est Ariel au bout du fil…

— Ariel ? Tu veux dire : Édouard.

J'ai émis un bref ricanement.

— Lapsus révélateur… Édouard, oui. Édouard Dayms. Première fois qu'il m'appelle. Jusqu'à présent, c'est toujours moi qui l'ai contacté, et ce soir-là, comme par hasard, c'est lui qui me téléphone.

— Tu crois qu'il se doutait de quelque chose ?

— À mon avis, c'était plus que des doutes. Il savait.

— Comment aurait-il pu savoir ?

— Il savait, c'est tout !

Regard perplexe de Marie. J'ignore jusqu'à quel point elle acceptait ma version des faits. Elle est passée outre.

— Qu'est-ce qu'il voulait ?

— Que je le rejoigne. Tout de suite. Il n'était pas en ville. Il passait le week-end chez son père, à Saintes. La villa du bord de mer. Il m'a dit qu'il m'y attendait. Il a raccroché sans plus d'explications… Trois minutes plus tard, j'étais dans ma voiture. Me demande pas comment j'ai pu faire le trajet dans cet état parce que j'en sais rien. Quatre-vingts bornes dans le coaltar. Dieu merci, à cette heure les routes étaient désertes. Je connaissais le chemin pour avoir filé Édouard Dayms jusque là-bas. Je me suis garé. Le petit portail était entrouvert, je l'ai poussé et je suis entré dans le jardin.

« Je ne suis pas allé bien loin. Arrivé à hauteur de l'allée centrale, j'ai d'abord tourné la tête vers la maison. Il y avait de la lumière dans la pièce du bas. C'était la seule pièce éclairée. J'allais prendre dans cette direction, mais une voix m'a interpellé. La voix d'Édouard.

« — Par ici, monsieur Astrid !

« Ça venait de l'autre côté, de l'extrémité du jardin. Il m'a semblé apercevoir une silhouette au bord de la falaise. Une forme qui se découpait sur l'immensité du ciel. Je n'ai pas eu le temps d'en voir plus. Tout à coup, une lueur a jailli dans le noir. On aurait dit l'éclat d'un phare au loin. Mais c'est le bruit qui m'a choqué. C'est ça qui a déclenché mon réflexe. Je me suis jeté à terre avant même de comprendre que ce salopard me tirait dessus. Il y a eu un deuxième coup de feu et des graviers ont giclé juste devant mon nez. J'ai roulé sur le côté tout en essayant de dégager mon arme de son étui. Tout était complètement brouillé dans ma tête, mélange de trouille et d'alcool. La panique. Un putain de cauchemar ! J'ai entendu une troisième détonation. Je me suis retrouvé avec mon pistolet à la main et j'ai fait feu. Au jugé. J'ai tiré et tiré et tiré. Je pouvais plus m'arrêter d'appuyer sur cette foutue détente. J'ai continué comme ça jusqu'à ce que le chargeur soit vide.

« Puis j'ai attendu un bon moment, à plat ventre sur le sol. Mes tympans sifflaient tellement que je ne percevais même plus ma propre respiration. Je scrutais l'obscurité là devant et je ne voyais rien. Plus de silhouette. Plus de lueur. Aucun mouvement. Rien que le ciel dégagé et la mer. Peu à peu, j'ai recommencé à entendre le bruit des vagues ; elles cognaient au pied de la falaise. J'en sentais les vibrations sous mon ventre. J'ai avancé en rampant, sur quelques mètres, puis je me suis relevé et j'ai marché prudemment vers le bord du précipice. Avant de l'atteindre, j'ai remarqué quelque chose qui luisait par terre. C'était une bouteille, vide. Une bouteille de vodka. De la même marque que celle que je buvais. Je ne sais pas pourquoi mais la vue de cet objet m'a frappé. J'ai dû rester une bonne minute planté là à le regarder. Je luttais contre l'envie de vomir. Je voulais à tout prix rétablir la clarté et la cohérence dans mon esprit, mais je n'y arrivais pas. J'ai fait encore deux ou trois pas, puis je me suis mis à genoux et me suis penché au-dessus du vide.

« Il m'a fallu un bon moment avant de repérer le corps. Une tache blanche au milieu des rochers. De la blancheur de l'écume. Ça s'est mis à onduler dangereusement devant mes yeux. Le vertige et la nausée. À l'instant où j'ai redressé la tête, la voix a surgi de nouveau dans mon dos :

« — Merci d'être venu, a fait Édouard Dayms.

« Pendant une poignée de secondes, j'ai vraiment cru à un phénomène surnaturel. Je venais d'abattre ce type, je venais de voir son cadavre trente mètres plus bas, et voilà qu'il se retrouvait debout devant moi !... Bon Dieu, juste un peu de clarté et de cohérence, par pitié... Je le regardais, mâchoire pendante, comme on regarde un fantôme ou un spectre. Comme on regarde le diable en personne. Si ce n'est que le diable n'a pas besoin d'un revolver pour vous tenir en respect.

« C'était le fameux Ruger. Édouard Dayms le braquait droit sur moi. C'est peut-être curieux, mais la présence de cette arme m'a plus rassuré qu'autre chose. Avec ça je quittais un monde de miracles et de magie noire pour retourner en des territoires connus, des lieux sordides et misérables où s'exercent les basses œuvres humaines.

« J'ai eu un geste vague vers le bas de la falaise. J'ai balbutié :

« — Qui... qui... ?

« — Mon père, a fait Édouard Dayms. Mon géniteur.

« J'étais sonné. Abasourdi. Mon regard allait du précipice à la bouteille de vodka en passant par Édouard et son flingue… Et soudain l'éclair a franchi le brouillard de mon esprit. J'ai enfin compris toute la réalité de ce qui venait de se produire. Le piège. La machination !

« Édouard Dayms avait tiré sur moi. Il ne cherchait pas à m'atteindre. Surtout pas. Il voulait simplement que je riposte. Ce que j'avais fait. Mais la silhouette aperçue dans l'obscurité, et vers laquelle j'avais visé, n'était pas la sienne. C'était celle de son père. Et le cadavre qui gisait maintenant sur les rochers était celui de son père. Et c'était moi qui l'avais tué !

« Un meurtre par procuration. Un acte prémédité, calculé. Froid. Aussi froid que la haine qu'il vouait à cet homme. Édouard Dayms s'était servi de moi. Il m'avait baisé en beauté.

« — Le temps met du temps à passer…, il a murmuré.

« Les larmes me sont montées aux yeux. Je n'éprouvais plus aucune peur, juste une formidable déception. Et de la rage.

« — Tire, j'ai dit.

« J'étais toujours à genoux devant lui. En allongeant le bras, j'aurais pu toucher la gueule du Ruger. Édouard Dayms a secoué doucement la tête.

« — Je vais vous laisser, monsieur Astrid. Je vais partir. C'est tout ce que je peux faire pour vous.

« — Tire ! j'ai crié. Tire, fils de pute ! Vas-y !

312

«Le précipice s'ouvrait à moins d'un mètre de moi. J'avais encore le choix. Je pouvais encore sauver le peu qui me restait à sauver : une portion congrue de dignité. Et peut-être rejoindre mes anges, qui sait ?

«Je ne l'ai pas fait.

«Édouard Dayms s'est avancé. J'ai croisé une dernière fois son regard tandis qu'il levait le bras de toute sa hauteur.

«— Tire…, j'ai supplié.

«Son bras a fauché l'air. La poignée du revolver m'a frappé en pleine tempe. Et la nuit s'est refermée sur elle-même.

Voilà.

Voilà comment tout ceci devait se terminer, monsieur Astrid.

Il faut détruire le mal. Il faut l'éradiquer, comme on dit. Puis il faut se pardonner si l'on veut que l'histoire se poursuive.

Pour ma part, j'aime toujours autant la plage en hiver, et je continue à m'y promener. Aujourd'hui, la mer est calme. Sur le sable il y a l'empreinte de mes pas. Il y a les traces de Florence. Il y a celles de nos enfants. On peut les suivre jusqu'où bon nous semble.

À vous de voir.

J'ai bu une gorgée d'eau. Puis une autre. Puis j'ai dit :

— Maintenant, tu sais… Pas tout à fait la même histoire que celle décrite dans le manuscrit, pas vrai ?

Marie conservait le silence. Telle qu'elle était placée, un côté de son visage baignait dans la chaude lumière d'une bougie. J'ai pensé à Léna assise à son piano. J'ai eu une envie soudaine de Chopin, ou de Debussy. Quelque chose qui coule comme un torrent entre les pierres.

À la table de derrière, les clients se sont levés. Des jeunes gens, deux filles et un garçon. Probablement des étudiants. L'une des filles s'est coiffée d'une sorte de béret basque. J'ai regardé ma montre, il était presque 22 heures.

— C'était de la légitime défense, a dit alors Marie. On t'a tiré dessus à coups de revolver, tu as répliqué. N'importe qui à ta place aurait agi de la même façon, Alex.

D'un ton très posé, j'ai répondu :

— C'est exactement la version concoctée par

mes amis les flics. Mes propres collègues. Pour étouffer l'affaire. Si on s'en tient à la stricte réalité des choses, c'était une énorme bavure. Au mieux. Le père d'Édouard Dayms avait trois grammes d'alcool dans le sang et deux balles dans le corps : les miennes. Au pire, c'était l'aboutissement fatal de ma longue carrière de minable. Son apothéose.

— Alex…

— J'ai tué cet homme, Marie. Après avoir bafoué toutes les règles les plus élémentaires de mon métier. Après avoir frayé pendant des mois avec un suspect. Avec l'assassin présumé d'au moins cinq personnes. Et ceci je l'ai fait sciemment, en toute connaissance de cause. J'ai accouru lorsqu'il m'a sifflé. Je me suis livré à lui comme le plus irresponsable des débutants. Nu, à découvert. Et soûl comme une barrique. Je n'ai aucune excuse. J'en ai encore moins qu'Édouard Dayms lui-même.

Marie a poussé un bref soupir d'exaspération. À court d'arguments, elle a lancé :

— Pourquoi tu ne m'as jamais parlé de tout ça, Alex ? J'étais là, durant toutes ces années. Tu ne m'as jamais rien dit. Pourquoi ?

J'ai réfléchi un instant. J'ai fait la moue.

— Sans doute pour t'épargner la honte de m'avoir aimé.

Elle a pâli. Ses grands yeux clairs ont brillé. Là-dessus le serveur est arrivé pour débarrasser notre table. Marie en a profité pour s'éclipser aux lavabos. J'ai demandé un café. Je me sentais las, vidé.

Marie est réapparue cinq minutes plus tard, la figure toujours pâle. Elle s'est assise sans un mot.

Je l'observais et je voyais bien que ça s'agitait sous son crâne. J'attendais. J'estimais que c'était à elle que le choix revenait : poursuivre ou parler d'autre chose, ou se taire. On m'a apporté le café. J'ai mis un sucre dans la tasse et touillé longuement.

Puis Marie a saisi la chemise en plastique contenant les feuillets et l'a déposée sur la table.

— Pour le renseignement que tu m'as demandé, elle a dit, à propos du titre, je suis sur une piste.

C'était une façon de quitter le cœur du débat sans trop s'en éloigner.

— Déjà ? j'ai fait. Comment tu t'es débrouillée ?

— C'est la petite souris.

— Pardon ?

— Le Web, Alex. Internet. Ça te dit quelque chose ?

— Je sais que ça existe…

— On est plutôt bien pourvu, au collège. Une documentaliste n'est plus une vieille dame perdue au milieu de bouquins poussiéreux. On se sert des nouveaux médias. J'ai passé une partie de ma journée à faire des recherches sur le Net. Aux frais de l'Éducation nationale, j'avoue.

J'avais du mal à imaginer Marie devant un écran, pilotant son vaisseau dans cette espèce de galaxie, ce gigantesque labyrinthe virtuel qui m'était totalement étranger.

— Alors, qu'est-ce que ça donne ? j'ai demandé.

— Patience. J'ai encore besoin d'un jour ou deux pour vérifier.

— Accordé.

— Et j'aimerais également conserver le texte pendant ce temps. C'est possible ?

— Autant que tu veux, j'ai dit.

Trente-cinq minutes plus tard, je la déposais en bas de chez elle. Nous n'avions pas ajouté grand-chose. Marie était fatiguée. Moi aussi. Il était convenu qu'elle me ferait signe quand elle aurait résolu l'énigme du titre. Elle s'attelait à cette tâche avec sérieux et application, et sans compter ses heures. Comme pour tout ce qu'elle faisait. Avant qu'elle ne sorte de la voiture, j'ai soufflé :

— Ça va aller ?

— C'est toi qui me le demandes ? elle a fait.

— Il serait temps que je m'en inquiète, non ?

Léger hochement de tête.

— Tu sais ce que je fais quand j'ai un gros coup de cafard ? elle a dit.

— Non.

— Je mets un disque de Pierre Perret.

Elle a souri en ouvrant la portière. Je n'étais pas sûr que ce soit une boutade. Je l'ai regardée traverser le trottoir et disparaître derrière la porte du vieil immeuble.

... And I saw it was filled with graves

Le lendemain matin je suis sorti dans le jardin avec une tasse de café pour moi et un bol de lait pour le chat. Je l'ai attendu pendant près d'un quart d'heure. Il n'est pas venu. Je me suis dit que mon geste de la dernière fois, ma tentative de caresse, l'avait effrayé ; ç'avait bouleversé ses habitudes. Et puis, après tout, peut-être qu'il voulait seulement se frotter à mon pantalon. Rien de plus.

J'ai réitéré l'expérience le matin suivant. Il ne pleuvait pas mais le temps était toujours au gris. De l'humidité dans l'air. Le chat s'est pointé au moment où je renonçais à y croire. Il a reniflé le bol. Il n'a pas touché au lait. Cette fois, j'y suis allé tout doucement, par étapes : me pencher, tendre la main, effleurer son poil. Puis caresser. C'était légèrement mouillé sous mes doigts. Il ne s'est pas enfui. Il s'est mis à ronronner, les yeux mi-clos.

Je n'ai eu aucune nouvelle de Marie durant ces deux jours. Je n'ai pas tenté d'en avoir. D'une certaine façon, j'avais modifié ses habitudes, à elle aussi. Intrusion, retour brutal dans sa vie. Temps de réadaptation nécessaire. Je la voyais bien en train de disséquer l'œuvre posthume d'Édouard Dayms, allongée sur son lit immaculé. En fond sonore *la Javanaise* de Gainsbourg. « J'avoue, j'en ai bavé pas vous, mon amour… »

Le matin du troisième jour, j'ai rédigé ma lettre de démission et je suis allé la poster dans la foulée. À peine un pincement au cœur en la glissant dans la boîte. J'avais songé retourner au commissariat pour récupérer mes affaires, mais j'ai réalisé que je n'y avais aucune affaire. Rien, en tout cas, qui valait le déplacement. Ni personne qui serait véritablement fâché que j'élude les adieux. J'ai triché un peu en conservant ma carte ; elle pouvait m'être utile pour l'ultime mission que je m'étais assignée.

En revenant de la poste, j'ai trouvé le chat couché près de la soucoupe. Après le lait, j'avais essayé le gras de jambon. Il n'y avait pas touché non plus. J'ai tranché définitivement pour une affection sincère et désintéressée de sa part – à moins qu'il ne soit déjà gavé par ses maîtres ?

Il était 13 heures quand Marie a appelé. Elle téléphonait du collège. Elle m'invitait à dîner chez elle, le soir même.

— Qu'est-ce que j'amène ? j'ai demandé.

— Toi, elle a fait.

J'ai quand même acheté un bouquet au passage. Des fleurs orange dont j'ai oublié le nom. Marie les a mariées aux fleurs jaunes dans le grand vase du salon. Le guéridon de la cuisine étant trop étroit, elle avait dressé le couvert sur la table basse.

— Des meubles de célibataire… elle s'est excusée en souriant.

On a mangé assis par terre, adossés au canapé. Le repas s'est étiré sur deux bonnes heures. C'était quelque chose de simple et d'agréable, comme de rester au chaud devant un bon feu de cheminée. J'étais bien. Engourdi. Plus envie de bouger. On a réussi à parler de tout et de rien, de son boulot à l'école, du tourisme en baisse dans la région, des faiblesses et mérites respectifs de Vivaldi et de Nicolas Peyrac. Je me suis demandé si ce genre de moments pouvait se renouveler souvent, et si je serais capable de le supporter à chaque fois sans culpabiliser.

Les choses sérieuses ont repris avec le café. Marie a posé le plateau sur la table, puis elle a disparu un instant dans sa chambre. Elle en est revenue chaussée de ses lunettes. Elle avait le manuscrit à la main, orné de plusieurs post-it en guise de marque-pages. Elle tenait également un livre de petit format, à la couverture bordeaux, qui m'a paru assez ancien. Je n'ai pas réussi à en lire le titre. Marie s'est rassise face à moi. Elle faisait très documentaliste, tout à coup. Je me suis dit que j'allais avoir droit à un cours magistral ou quelque chose comme ça. Elle a eu l'air de se concentrer, en me fixant de ses yeux clairs, puis elle a soufflé sur un ton de prière :

— *So I turn'd to the Garden of Love*
That so many sweet flowers bore;
And I saw it was filled with graves
Une étincelle de fierté au fond de sa pupille.

— Traduction ? j'ai dit.

— *Alors je me tournai vers le Jardin de l'Amour*
Qui portait tant de fleurs exquises ;
Et je vis qu'il était rempli de tombes.
J'ai hoché la tête.

— Le titre complet ?

Marie a acquiescé.

— Bravo, j'ai dit. D'où est-ce que ça sort ?

— C'est extrait d'une œuvre de William Blake.
Peintre et poète anglais du XVIIIe siècle.

Dans un murmure, j'ai répété :

— « Et je vis qu'il était rempli de tombes »…

La strophe tout entière tournait en boucle à l'intérieur de mon crâne. Pareille à un serpent de mer,
aussi évidente qu'insaisissable.

— C'est beau, j'ai dit.

— Oui.

— Et c'est triste.

— Mélancolique.

— Triste.

— Oui, a admis Marie.

S'en est suivie une plage de silence, qui pouvait
passer pour du recueillement. Je regardais le bouquet de fleurs dressé dans le vase. Puis j'ai dit :

— Je ne vois vraiment pas comment la petite
souris a pu te mener jusque-là.

— Par un cheminement assez tortueux, a soupiré
Marie. Tout à fait à l'image de celui qui l'a dessiné.

— Ed le dément…

— Oui.

— Vas-y. Je vais essayer de te suivre.

— C'est parti d'Ariel, elle a fait. Je me suis
demandé pourquoi Édouard Dayms avait choisi

précisément ce prénom. Quelle signification il pouvait avoir. Pour « Matthieu », ça pouvait se comprendre, puisque c'était son véritable deuxième prénom. Mais « Ariel » ?... Bref, j'ai lancé une recherche là-dessus. Et parmi les dizaines de réponses obtenues, j'ai fini par tomber sur un certain *Ariel ou la vie de Shelley*. C'est un ouvrage écrit par André Maurois, une sorte de biographie consacrée au poète Percy Shelley.

— Encore un poète.

— Oui. Et voici l'objet ! a fait Marie en soulevant le petit livre bordeaux. J'ai dû me taper pas mal de bouquinistes avant de le dénicher... Le vers de Blake est cité en exergue, c'est la première chose que j'ai lue en ouvrant le bouquin.

— Quel rapport entre Percy Shelley et Édouard Dayms ?

— Ce n'est pas très clair. À mon avis, les seuls rapports sont ceux qu'Édouard a voulu y voir. Même si j'ai pu relever quelques similitudes entre eux.

— Lesquelles ?

— Des ressemblances physiques, pour commencer. Shelley, enfant, était d'une extrême beauté ; cheveux blonds, yeux bleus, teint délicat. Lui aussi est issu d'une famille très riche et passe ses premières années dans un grand manoir, où il invente sans cesse des histoires de diables et de démons pour ses frères et sœurs. Relation très difficile avec son père. J'ai noté également que Shelley avait séjourné quelque temps à Genève, et plus exactement à Cologny – lieu de naissance d'Édouard

Dayms. Et puis, surtout, la vie du poète est jalonnée de morts. Beaucoup de ses proches ont connu une fin brutale : suicide, accident, noyade. Lui-même s'est noyé après le naufrage de son bateau… baptisé l'*Ariel*. Il avait tout juste trente ans.

— L'âge d'Édouard Dayms la dernière fois que je l'ai vu vivant.

— Il y a autre chose aussi, dans le genre symbole et métaphore : la seconde épouse de Shelley, Mary, est l'auteur du célèbre *Frankenstein*. Ce personnage qui défie les dieux en engendrant sa propre créature – un monstre conçu à partir de cadavres – et dont le contrôle finit par lui échapper. Tu vois où je veux en venir ?

— Ariel issu du cerveau d'Édouard !

— Par exemple… Mais dans l'ensemble, encore une fois, tout ça me paraît quand même tiré par les cheveux. C'est une vision assez romantique de sa propre existence. Cela dit, il existe peut-être d'autres éléments que j'ignore.

— Que nous ignorons tous, j'ai fait. Et probablement à jamais.

J'ai bu mon café en ruminant ce que Marie venait de m'apprendre. Bon boulot. C'était fragile mais ça se tenait.

— Tu sais pourquoi Blake et Shelley ? j'ai ajouté. Pourquoi la poésie anglaise, en particulier ?

— Non.

— À cause de madame Greenhill. La préceptrice. Cette dame était d'origine anglaise. On peut supposer que le petit Édouard a baigné dans cette langue et cette culture.

— Possible, a soufflé Marie.

Il y a eu de nouveau un moment de silence. Des secondes extensibles à souhait, durant lesquelles les deux vieux compagnons se contentent de regarder les flammes mourir dans l'âtre.

Puis j'ai repris :

— Le poète ne dit pas ce qu'il fait après ce terrible constat. Il retourne au Jardin de l'Amour, il le voit rempli de tombeaux : et ensuite ?

— C'est le grand trou noir de cette histoire, a dit Marie. Un vide de neuf ans entre le départ d'Ariel et son retour. Neuf années d'absence… Est-ce qu'on sait ce qu'a fait Édouard Dayms durant tout ce temps, dans la réalité ?

— Aucune idée. On a lancé un mandat d'arrêt contre lui, mais on n'a jamais pu retrouver sa trace. Complètement disparu de la circulation. Va savoir s'il n'a pas réellement monté une boîte d'informatique en Espagne.

— En revanche, on sait ce qu'a fait Matthieu, a affirmé Marie.

Elle avait les yeux plissés derrière ses lunettes. Et une petite idée derrière la tête.

— Matthieu ? j'ai soufflé.

— Oui. En se retirant, la première fois, Ariel lui a laissé sa chance. Et Matthieu la saisit. Il va mettre toutes ces années à profit pour rebâtir, pour forger cette existence à laquelle il aspire. Quelque chose de simple, de serein. Quelque chose de normal. Assez de gâchis comme ça ! Heureusement, tout n'est pas perdu. Il s'unit à Florence, et à eux deux ils vont redonner la vie. Une famille. Des enfants qui ont pour noms : Étienne et Mattéo. Et un nouveau bébé en route qu'ils baptiseront Nathan... Bref, pendant neuf ans, Matthieu va prendre ta place et vivre ta vie, Alex !

— Non ! Pas ma vie, Marie. Celle que j'aurais pu avoir. Celle que j'ai bousillée ! Toutes ces scènes qu'il décrit, les balades sur la plage, les matins de Noël, les jeux, les rires, tous ces instants de bonheur banals et quotidiens, je ne les ai pas vécus. Je les ai ignorés et méprisés. J'ai tout foutu en l'air !

Ma gorge s'est soudain resserrée sur ces derniers mots. Mon pouls battait vite et fort. Marie ne me lâchait pas des yeux et son regard était dur, sévère.

— D'accord, Alex. Alors, qu'est-ce qu'il faut faire ? On laisse le Jardin de l'Amour devenir un cimetière ? On regarde pousser les tombes, encore et encore. Uniquement ça. Des tombes à perte de vue. On erre comme des fantômes, au milieu d'autres fantômes, jusqu'à ce que la nuit ait tout recouvert ? On continue à mépriser la vie ?... Ou bien on prend les quelques précieuses graines qui demeurent et on sème. On sème. Lentement. Patiemment. Et on arrose avec l'espoir de voir surgir de nouvelles fleurs, qui ne remplaceront pas les anciennes, qui ne feront pas disparaître les sépultures, mais qui les orneront et leur rendront au moins l'hommage qu'elles méritent.

Marie s'est tue un instant. Je n'ai pas desserré les lèvres. Elle a repris en disant :

— Matthieu, lui, a choisi. Il a semé et il se battra jusqu'au bout pour préserver son petit jardin d'amour. Et malgré toute sa puissance, malgré tous ses « pouvoirs », Ariel n'y peut rien. Ariel ne peut que s'incliner et retourner là d'où il n'aurait jamais dû sortir. C'est ainsi que son règne s'achève.

« Matthieu ne fait pas autre chose que de t'indiquer la voie à suivre, Alex !... Il faut se pardonner. Il faut se pardonner si l'on veut que l'histoire se poursuive... Édouard Dayms s'est supprimé. Il ne peut pas faire plus. Il te laisse le champ libre. Il t'offre une seconde chance. À toi de la saisir ! »

Là-dessus, Marie s'est redressée et a commencé à débarrasser. Je la regardais sans réagir. Corps de plomb, lourd, ankylosé. J'ai quand même réussi à souffler :

— Ton message de paix, hein ?

— Pas le mien, a fait Marie sans se retourner. Le sien !

Je m'étais juré de ne plus jamais foutre les pieds à Saintes-sur-Mer, mais je n'avais pas le choix. L'adresse que m'avait refilée le commissaire Georges Hasbro se trouvait là-bas. Renseignement de source sûre ; c'était bien dans cette ville que Florence Mazeau résidait à présent. Une certaine logique, quand on y songe. Après avoir effectué un tour complet, on en revenait au point de départ. Boucle bouclée.

Le but de ma visite était de tenter d'éclaircir les dernières zones obscures. Les ombres dans mes propres yeux. J'aurais aimé savoir, par exemple, ce qui avait pu se passer entre le premier janvier 2000, date à laquelle Ariel se suicide dans le manuscrit, et le moment où Édouard Dayms se fait effectivement sauter la cervelle – après m'avoir fait parvenir son texte. Quatre années s'étaient écoulées entre les deux événements ; des années laissées sous silence, et qui se rajoutaient en réalité aux neuf ans d'absence. Qu'avait-il fait de tout ce temps ?

Des questions subsistaient également à propos de ces journaux intimes dont Matthieu faisait mention. Les carnets d'Ariel et les cahiers verts de Florence. Je ne les avais jamais vus nulle part. Ma conviction était qu'ils n'existaient que dans le délire d'Édouard Dayms, et que les extraits retranscrits n'étaient dus qu'à sa seule et unique plume. Mais il n'y avait que Florence qui pouvait m'en donner confirmation.

Georges m'avait rappelé au bout d'une semaine. Là-haut, ils avaient reçu ma lettre. Il m'a avoué qu'il n'y avait pas vraiment cru jusque-là. Au bout du fil, il m'a paru sincèrement affecté. « Je regrette que les choses se soient passées comme ça, Alex… » Quelles choses ? j'ai pensé. Sa voix était basse et grave. Râpeuse. Ravalée sa morgue. Ce n'était plus le supérieur distant et débordé mais le collègue des débuts. L'équipier. L'ami. Celui avec qui je partais au front dans la même caisse banalisée – ceux qui vont mourir te saluent, hombre. « Si j'avais le courage, je ferais pareil que toi », il a dit. Avant qu'on sombre dans le sentimental, je l'ai remercié pour le tuyau. Il m'a demandé de lui faire signe de temps en temps. Je n'ai pas promis. Ni lui ni moi n'y aurait cru.

Le mistral avait débarrassé le ciel. Journée de soleil et de vent. À quatre heures de l'après-midi j'ai pris le volant, direction Saintes. La radio retransmettait l'intégrale de la *Symphonie fantastique*. Je n'aime pas Berlioz, mais tant pis. J'ai tourné un petit moment avant de trouver l'adresse. À 17 heures 30 je me garais devant chez Florence. La nuit tombait.

C'était un modeste immeuble de trois étages,

flanqué de deux autres identiques. En bas un parking commun, parsemé de gravier, avec une rangée de boxes dans le fond. Un seul nom manquait sur les boîtes aux lettres du bâtiment. Dernier étage, porte de gauche. Je suis monté. J'ai sonné. Durant une poignée de secondes, j'ai souhaité avec ferveur qu'il n'y ait personne. Je n'ai pas entendu de pas s'approcher. Mais la porte s'est ouverte.

Florence Mazeau se tenait devant moi. Comme lors de notre première rencontre, treize ans auparavant, elle ne semblait pas étonnée de me voir. Je me suis dit qu'il y avait sans doute longtemps que plus rien ne pouvait la surprendre. Mais peut-être était-ce plutôt qu'elle attendait ma visite.

Elle m'a dévisagé un instant, sans un mot, puis s'est effacée pour me laisser entrer. Je n'ai pas eu besoin d'exhiber ma carte.

Florence avait perdu son côté gracile et félin ; elle avait gagné en plénitude. C'était du moins l'impression qu'elle dégageait. Une femme mature, terrestre. De prime abord, j'aurais parié qu'elle s'était rangée de la dope. Cela m'a fait réaliser que j'ignorais tout de ce qu'avait été sa vie, à elle aussi, au cours de ces dernières années. Après la fuite d'Édouard Dayms, elle avait été placée quelque temps sous surveillance, dans l'espoir qu'il tenterait de la contacter. Ça n'avait pas été le cas. On avait laissé tomber. Aucune charge retenue contre elle. Impossible de prouver qu'elle avait été complice, ou même simplement informée des meurtres perpétrés. Le rouge-gorge avait été relâché dans la nature. Qu'il survive ou qu'il crève : personne ne s'en était soucié. Moi, pas davantage.

Elle m'a précédé le long d'un couloir, jusqu'au salon-salle à manger. Nous n'avions toujours pas échangé une parole. Elle s'est avancée dans la pièce tandis que je m'arrêtais brusquement sur le seuil. Planté. Cloué sur place par le regard d'une gamine dirigé droit sur moi. Un regard si totalement dénué d'expression qu'il ne pouvait appartenir qu'à une morte. Reflet d'une âme vacante. Figé pour l'éternité.

J'avais tout de suite reconnu le tableau décrit dans le manuscrit. La fillette marchant dans un paysage de neige. Cadeau de Florence à Matthieu. Soi-disant. J'avais cru à une pure invention, pourtant la toile était bien là, accrochée au mur devant mes yeux. Dans le texte, Matthieu précisait qu'elle était signée : E.D. J'ai fait un effort pour me remettre en branle et m'en rapprocher. J'ai eu beau scruter la peinture de long en large, je n'y ai vu aucune signature. Quand je me suis retourné, Florence était assise sur un canapé et m'observait d'un air tranquille. Elle a parfaitement ignoré mes questions muettes. Ses premiers mots ont été :

— Je vous offre quelque chose à boire, monsieur Astrid ?

Sa voix est restée neutre, son visage impassible. Seule une brève lueur d'ironie a traversé ses yeux.

J'ai secoué la tête.

— Non. Rien.

D'un geste, elle m'a invité à m'asseoir. J'ai pris place sur une chaise, face à elle. Elle attendait que je parle. Je ne savais pas par où commencer. Je me suis raclé la gorge, puis je suis allé au plus direct :

— Édouard Dayms est mort, j'ai dit.

Si la nouvelle lui a causé un choc, elle l'a bien dissimulé. À peine un battement de cils. Soit elle n'en croyait pas un mot, soit elle était déjà au courant. J'ai poursuivi :

— Il s'est suicidé. Son corps a été découvert dans la maison que vous connaissez, ici, à Saintes. Il gisait par terre dans son ancienne chambre, sous les toits. Je l'ai personnellement identifié.

On aurait dit que j'avais besoin de rappeler ces détails afin d'y croire moi-même. Au bout d'un moment, Florence est sortie de son mutisme. Pour dire :

— Il y a longtemps qu'Édouard Dayms est mort, monsieur Astrid.

— Pas plus de trois semaines, en tout cas.

— Oh ! si... a soufflé Florence Mazeau.

Je m'apprêtais à la contredire à nouveau quand j'ai pigé où elle voulait en venir. J'ai tourné la tête vers le tableau : les yeux de la gamine étaient posés sur moi. Son putain de regard vide. Déserté. Ouvert sur le néant. Ce que je voyais n'était pas une petite fille, ce n'était pas la réalité, mais une simple représentation.

— Vous vous raccrochez encore à ces histoires, hein ? j'ai fait.

Elle n'a pas eu le temps de me répondre. Il y a eu du bruit dans l'appartement, en provenance d'une autre pièce. J'ai tendu l'oreille, alarmé.

— Vous n'êtes pas seule ? j'ai lancé en baissant le ton. Il y a quelqu'un ?

— Oui, a dit Florence.

De nouveau un bruit. Une chaise qu'on tire ou qu'on pousse. Puis des pas précipités, un martèlement rapide et léger sur le sol. Je me suis redressé d'un bloc en fixant l'encadrement de la porte. D'instinct j'ai porté la main à mon flanc : aucune arme ne s'y trouvait.

Le môme a déboulé comme une flèche. C'est à peine s'il m'a jeté un coup d'œil au passage. Il a filé droit vers Florence en disant :

— Ça y est, maman, j'ai fini !

Il lui tendait une feuille de dessin maculée de couleurs. Dans son autre main, il tenait un feutre. Le bout de ses doigts était taché de rouge.

Florence a saisi la feuille, examiné le dessin en caressant la tête du petit.

— Qu'est-ce que c'est ? elle a demandé.

Le môme a haussé les épaules.

— Je sais pas.

Il se frottait contre elle en se tortillant.

— C'est très beau, a dit Florence. Tu devrais aller en faire un autre, mon ange.

Le gamin n'a pas bougé. Ma présence commençait à l'intriguer. Il m'observait par en dessous et son regard à lui était tout ce qu'il y a de vivant.

Un petit ange blond aux yeux bleus. D'une extrême beauté. Ne manquait que la cicatrice au-dessus du sourcil.

Quelque chose montait lentement en moi, et je savais que ça n'allait pas tarder à me submerger.

— C'est… c'est votre enfant ? j'ai balbutié.

Florence a fait signe que oui. J'ai avalé ma salive.

— Quel âge a-t-il ?

— Bientôt quatre ans, elle a dit.

Un long frisson m'a parcouru, de la nuque au bas des reins. Le gamin s'est mis à mâchouiller son feutre.

— Comment il s'appelle ? j'ai soufflé.

— Vous pouvez le lui demander vous-même, a dit Florence.

J'ai fixé le môme pendant un bon moment. Incapable de répéter ma question. Florence a posé la main sur son épaule.

— Comment tu t'appelles, ma puce ? Dis-le au monsieur.

Le petit a hésité. Puis il a ôté le feutre de sa bouche. De sa voix fluette, il a lâché :

— Nathan.

Je connaissais la réponse. Je voulais l'entendre. J'ai fermé un instant les paupières, puis je les ai rouvertes. Les yeux me piquaient. Ça montait, ça montait.

L'enfant s'était de nouveau enfoui contre la poitrine de sa mère. Elle l'a repoussé avec douceur.

— Allez, Nathan, elle a dit. Retourne dessiner dans ta chambre. J'arrive tout de suite.

Le gamin s'est décidé d'un coup. Il s'est sauvé dans un petit trot feutré – ses chaussettes sur le carrelage. Il a disparu au tournant. Je savais ce qu'était une pièce vide hantée d'échos. Après son départ, mes genoux se sont mis à ployer imperceptiblement. Florence me toisait et je tanguais sous son regard.

— Et le père ? j'ai murmuré. Où est-il ?

Chaque parole me coûtait.

— Lequel ? a lancé Florence.

Un sourire étirait ses lèvres. Rusé. Un brin cruel. J'ai reconnu au fond de sa pupille l'ancienne étincelle, prête à tout embraser. Elle a ajouté :

— C'est une question que je me suis souvent posée : «Où est le père ?»... Il paraît qu'il est aux cieux !

Elle a eu comme un hoquet ; et puis son rire a soudain fusé, hystérique, démentiel, des gerbes de folie pure qui m'ont perforé les tympans et le cœur. C'était plus que je n'en pouvais supporter. J'ai quitté la pièce, jambes flageolantes. Tant pis pour les zones d'ombre qui subsistaient. J'ai marché jusqu'à la porte d'entrée. Juste avant de l'ouvrir, je me suis retourné.

Le petit ange blond se tenait debout à l'autre extrémité du couloir. J'ai pensé qu'il était magnifique. Nous avons échangé un long regard, seulement séparés par cette frontière invisible, mais infranchissable, qu'était le rire de sa mère.

Il n'y a pas eu d'au revoir. Ni un mot, ni un geste.

J'avais creusé un trou dans un coin du jardin, à l'abri du vent. Une espèce de cuvette, peu profonde. Je me suis agenouillé devant, à même le sol. J'ai mis le feu à la première page et je l'ai laissée tomber au fond du trou. Pareil pour les suivantes. Toutes les pages du manuscrit, toutes les feuilles du Jardin de l'Amour y sont passées, une à une, et je les ai regardées brûler.

Pendant quelques instants j'ai caressé l'idée que c'était peut-être Florence elle-même qui m'avait expédié ce paquet. Exécutant en cela les dernières volontés de son mentor. Mais qu'est-ce que ça changeait ?

Le chat est venu me rejoindre. Il a vu comme moi les flammes dévorer le papier, les minuscules confettis qui voletaient dans les airs – d'affreux papillons noirs aux ailes rabougries. Peu de fumée.

L'opération a pris moins d'un quart d'heure. Il en est resté un petit tas de cendre que j'ai recouvert de terre. Après quoi je suis retourné dans la maison pour me servir un café.

Je n'apprendrais que beaucoup plus tard que Marie avait conservé une copie du manuscrit.

Nous étions un samedi. Onze heures du matin. Marie m'avait donné rendez-vous en début d'après-midi. Je devais passer la prendre en voiture devant chez elle. Elle voulait m'accompagner quelque part, mais elle n'avait pas voulu me dire où. Une surprise.

Elle était déjà au pied de l'immeuble lorsque je suis arrivé. Elle portait un manteau de couleur sombre et une toque sur la tête. Fille de l'Est. Elle retenait le couvre-chef pour ne pas qu'il s'envole. Encore un jour de grand mistral. Le ciel était dégagé. Marie s'est engouffrée dans la voiture. Je me suis rendu compte que j'aimais les effluves discrets de son parfum.

Elle m'a guidé au fur et à mesure. La circulation était fluide. On s'est éloignés du centre, on a longé un moment la corniche. Le soleil cognait à travers le pare-brise. Puis Marie m'a indiqué la direction nord-ouest. La route de la colline. Vers Notre-Dame de Bon Voyage. C'est là que j'ai compris.

J'ai lâché brutalement la pédale d'accélérateur, par réflexe, et lancé à Marie un regard qui devait exprimer la stupeur et la panique. Elle a saisi ma main accrochée au volant. Légère pression.

— S'il te plaît, elle a dit.

La route montait en pente douce vers les hauteurs de la ville. Le sommet culminait à trois cents mètres d'altitude. On y trouvait une chapelle et un cimetière. C'était jadis un lieu de pèlerinage pour les pêcheurs. Certains d'entre eux effectuaient le trajet pieds nus avec une croix de quarante kilos sur le dos. À présent des restaurants avaient poussé sur les bas-côtés, tout au long du parcours. Terrasses panoramiques. Randonneurs et vététistes sillonnaient les sentiers dès les premiers beaux jours.

Je me suis garé sur une esplanade aménagée à l'arrière de la chapelle. Nous sommes descendus. Marie s'est dirigée vers une sorte de tout petit chalet en bois qui était une boutique de fleurs. Le vieux qui la tenait lisait son journal, assis sur un pliant à l'abri de la cabane. Il a suivi Marie à l'intérieur. J'ai attendu dehors. Elle est ressortie avec deux bouquets. Elle m'en a tendu un. Puis elle m'a pris le bras et m'a entraîné doucement jusqu'à l'entrée du cimetière.

En poussant la grille, elle a dit :

— Je viens ici tous les samedis. En taxi, d'ordinaire.

Ça ne m'a pas étonné. Pour ma part, je n'étais jamais revenu depuis le jour de l'enterrement. L'idée même m'était insupportable. Inconcevable. Des images de la cérémonie ont ressurgi tandis que nous avancions dans l'allée. Mon pas s'est raidi. Mais Marie était toujours là pour me soutenir et m'accompagner. C'était elle, déjà, qui m'avait porté à bout de bras la première fois. J'avais bu les trois quarts d'une bouteille entre l'église et le cimetière. Je ne tenais plus debout. J'avais honte, et peur, et froid.

En arrivant devant l'unique tombeau, j'ai eu le souffle coupé. Il m'a fallu un bon moment avant de respirer à nouveau. Je lisais et relisais les inscriptions gravées dans la pierre. Des noms et des dates. Je n'avais rien souhaité d'autre.

« À quoi tu penses ? » me demandait Léna.

Marie m'a effleuré la main. Elle avait ôté sa toque et le vent faisait voler ses cheveux dans tous les sens. Elle m'a montré où déposer les fleurs. J'ai calqué mes gestes sur les siens. Nous étions absolument seuls parmi les tombes. Les places, ici, étaient chères et prisées, si l'on peut dire. Mes relations, mes petites combines, à l'époque, avaient au moins servi à ça : offrir un emplacement de choix à mes très chers morts. Une dernière demeure de luxe.

J'ignore combien de temps nous sommes restés là, Marie et moi. Côte à côte. Immobiles et silencieux. Je ne connais pas les prières. J'ai simplement pensé très fort à eux. Aux shérifs. À Léna.

Elle est assise au piano au milieu de la nuit, nue, sublime. Toute la ville dort. Elle joue pour moi. Elle tourne la tête et me sourit. Regard espiègle. Puis elle me rejoint sur le matelas. Elle me prend la main et la pose à plat sur son ventre.

« Je veux sentir bouger, là-dedans. »

Je ne réponds pas.

« À quoi tu penses ? » elle me demande.

J'ai senti les larmes inonder mes joues. Un flot tiède et lent et continu. Libérant la place pour quelque chose qui ressemblait effectivement à la paix.

Les bulles de Schubert. Les chœurs de Fauré.

À quoi pouvais-je bien penser en ce temps-là ?

Avant de repartir, j'ai marché jusqu'au fond du

cimetière. Par-dessus le mur d'enceinte, la vue s'étendait à l'infini. Sans doute le plus beau panorama de la région. Nous surplombions la ville. Le mistral me fouettait le visage. J'ai laissé errer mon regard sur les toits. Sur le port et les plages. Sur les îles et au-delà.

La lumière baissait avec le soir. La mer était d'un bleu de méthylène. Exactement de la couleur du ciel.

DU MÊME AUTEUR

Aux Éditions Gallimard

LES HARMONIQUES, 2011

Aux Éditions Zulma

TOUTE LA NUIT DEVANT NOUS, 2008.
GARDEN OF LOVE, 2007, Folio Policier n° 589.
INTÉRIEUR NORD, 2005.
LA PART DES CHIENS, 2003, Folio Policier n° 519.
MON FRÈRE EST PARTI CE MATIN..., 2003.
ET TOUS LES AUTRES CRÈVERONT, 2001.

Aux Éditions Fleuve Noir

CARNAGE, CONSTELLATION, 1998, Folio Policier n° 506.
LE LAC DES SINGES, 1997, Folio Policier n° 564.
LE DOIGT D'HORACE, 1996, Folio Policier n° 551.

Aux Éditions Baleine

LE VRAI CON MALTAIS, collection Le Poulpe, 1999.

Aux Éditions Six pieds sous terre

LE VRAI CON MALTAIS, illustrations de Jampur Fraize, 2002.

Aux Éditions du Seuil

CENT JOURS AVEC ANTOINE ET TOINE, 2000.

Aux Éditions Autrement

PLAGE DES SABLETTES, souvenirs d'épaves, photographies
de Stéphanie Léonard, collection Noir urbain, 2005.

Aux Éditions Syros Jeunesse

Ô CORBEAU, illustrations de Rémi Saillard, 2010.

SCARRELS, 2008.

LE CHAT MACHIN, illustrations de Candice Hayat, 2007.

LE CHAPEAU, illustrations de Rémi Saillard, 2007.

L'ÉCHELLE DE GLASGOW, collection Tempo +, 2007.

IL VA VENIR, collection Souris noire, 2006.

Aux Éditions Pocket Jeunesse

DE POUSSIÈRE ET DE SANG : que renaissent les légendes, 2007.

BANDIT, 2005.

SOUS MA COUVERTURE, 2001.

COLLECTION FOLIO POLICIER

Dernières parutions